〔日〕**池井户润** 著

凌文桦 译

半泽直树

1

修罗场

はんざわなおき

中国出版集团　现代出版社

版权登记号：01-2019-2722

图书在版编目（CIP）数据

半泽直树 . 1, 修罗场 /（日）池井户润著；凌文桦译 .
—北京：现代出版社，2019.10
ISBN 978-7-5143-7783-5

Ⅰ . ①半… Ⅱ . ①池… ②凌… Ⅲ . ①长篇小说－日本
－现代 Ⅳ . ① I313.45

中国版本图书馆 CIP 数据核字（2019）第 108232 号

Original Japanese title: ORETACHI BUBBLE NYUKOUGUMI
Copyright © 2004 Jun Ikeido
Original Japanese edition first published by Bungeishunju Ltd.
Simplified Chinese translation rights arranged with Office IKEIDO Inc.
through The English Agency (Japan) Ltd. and through 上海途亚文化传播有限公司

半泽直树 . 1, 修罗场

著　　者　[日]池井户润
译　　者　凌文桦
责任编辑　赵海燕　王　羽
出版发行　现代出版社
通信地址　北京市安定门外安华里 504 号
邮政编码　100011
电　　话　010-64267325　64245264（传真）
网　　址　www.1980xd.com
电子邮箱　xiandai@vip.sina.com
印　　刷　三河市宏盛印务有限公司
开　　本　890mm×1240mm　1/32
印　　张　11.5
字　　数　236 千字
版　　次　2019 年 11 月第 1 版　2019 年 11 月第 1 次印刷
书　　号　ISBN 978-7-5143-7783-5
定　　价　50.00 元

终于到了《半泽直树》与中国读者见面的日子。

每个人都在各种各样的不自由中，带着各自的痛苦与烦恼生活着。本书的主人公，半泽直树也不例外。

但，无论是怎样的困难，都一定存在解决的办法。

半泽直树究竟是如何摆脱困境，打败对手的呢？敬请期待这出逆袭剧吧。

愿这本小说能给予各位生活的勇气与希望。

池井户润

2019.8.13

目录

序章　求职大战　　　　　　　　　　　　/　1

第一章　无责任论　　　　　　　　　　　/　17

第二章　泡沫经济时代的新人组　　　　　/　57

第三章　煤炭广场和总务行员　　　　　　/　115

第四章　非护送船队　　　　　　　　　　/　173

第五章　黑『花』　　　　　　　　　　　/　233

第六章　银行规则　　　　　　　　　　　/　277

第七章　晴天的水族馆　　　　　　　　　/　309

完结篇　谎言与新型螺丝　　　　　　　　/　347

序章　求职大战

充满神秘感的指示是有原因的。它违反了协议规定。

接到产业中央银行的来电是在八月二十日晚上九点过后。对方首先表达了感谢，因为之前半泽直树曾给银行寄过索要求职者报名专用资料的明信片，随后对方问道："您对我们银行还有兴趣吗？"在得到肯定回答后，对方接着说："明天下午两点，在池袋支行前请去找一个手拿《SUNDAY 每日》的人。这件事请务必保密。"——在留下了这样一个间谍小说般的指示后，对方挂断了电话。

"《SUNDAY 每日》，对吧？"

半泽直树一边慢慢地把话筒放回电话上一边嘟囔着。虽然感觉有点莫名其妙，但他还是无法抑制从内心涌出的激动。

企业和大学双方曾就学生的求职达成了一项《就业协议》，里面规定了学生对企业进行访问的解禁日是九月一日。在解禁日之前，企业本不应该和学生有任何私下接触，然而这项协议突然被打破了。因为破坏了社会公认的君子协定，那么就相当于银行方面证明了其本身并非君子。

在卖方市场占据优势的本年度抢人大战中，尤其受欢迎的银行部门却成了极端的买方市场。银行真正想要的只是一部分优秀人才而已。

只要一家企业打破了君子协议，大家就会争相效仿。

到底是哪家企业首先违反了协议已经不得而知了，然而自接到产业中央银行的电话之后，直到晚上十二点之前，半泽又接到了都市银行中所有排名靠前的银行以及一家生命保险公司的电话，至此，笔记本上原本空白的日程表已经被面试预约填满了。

"简直太火爆了！太厉害了！"

一个叫宫本的男同学兴奋地给他打来电话，他们曾经参加过同一个经济系的研究会。在那个没有官方主页和电子邮件的年代里，交换信息的手段主要就是通过电话。

"这么说，你准备投哪家啊？"

"嗯……我想先从银行和生命保险这边入手吧。"半泽悠闲地答道。

"银行和生命保险方向？你说得可真轻松啊。那边不是竞争很激烈吗？"宫本喋喋不休地说着，"就说最受欢迎的产业中央银行吧，据说仅我们学校的报考人数就超过了录取人数的五十倍之多。"

"怎么可能那么多，他们传得也太夸张了吧。"

"不不，都说了是真的。"

宫本语气十分肯定地说道，然后把自己为什么没有选择金融行业，而是选择了制造行业这个说了不知多少遍的话题又讲了大约二十分钟。最后，他突然说了一句"啊，有人给我打电话过来了，回头再聊啊"，就挂断了电话。

在没有空调的出租房里，半泽摁下小型风扇上"3"这个按钮后，它发出嗡嗡的声音，开始左右摇摆起来。这是距离东急东横线新丸子站步行十分钟左右的小公寓的二楼。房间大约有八块榻榻米大小，从打开的窗户可以看到主楼的黑色三角形屋顶。从傍晚开始，他一直在兼职的升学补习班给小学五年级和六年级的学生上课。此时他刚上完课，饥肠辘辘地回到家，吃了一碗泡面之后，没有心情喝光剩下的面汤，便随手倒进了公用洗碗池里。此时，半泽再一次在心里默念："终于等到这一天了。"

* * *

半泽比约定的时间稍微提前了一点到达，发现在炎炎烈日下已经有一名身穿西装的男子抱着一本杂志站在那里。

半泽报上自己的姓名后，那名男子轻轻点了点头，说还有一个人要来。这名年轻男子和半泽年纪相仿。几分钟后，一个同样身穿求职西装的学生在约定的两点钟准时出现了。他们被带到了产业中央银行池袋支行的后门，进到了银行里。

能否入职这家银行，现阶段还不得而知。不过，这倒是半泽第一次踏进银行的大门。从后门进去后有一段楼梯，那楼梯七扭八拐地通向内部，看起来非常奇怪。

"为了安全考虑，请跟紧点。这里的构造十分复杂，很容易迷路哦。"

带领他们的男子一边这样说着，一边非常熟练地在拐来拐去的通道上前进。时不时地会听到不知从哪里传来的电话铃声。

到达会议室后，已经有数位学生等在那里了，半泽和那个男生一进来，大家立刻把视线转向了他们。这里的每一位都是竞争对手。

"在叫到自己的名字之前，请在这里等候，可以随便坐。"

半泽坐到了窗边的一把椅子上。在等候的十分钟里，先到的学生被叫到名字后就走出去了，然后又会有新的学生加入进来。大家互相都没有说话，房间里安静得只能听到空调喷出空气的声音。

"我说，你不紧张吗？"突然，旁边的学生向半泽搭话道，"你是哪个大学的？"

"庆应。"

"啊，我也是。"

那名男生说着，从西装内侧的口袋里掏出名片来。虽然现在学生随身携带名片已经不是什么稀罕事了，可在当时来说这样做的多半是些装腔作势之徒。半泽接过他递过来的那张合唱团名片后才认真地看了看他的脸。他看起来受过良好的教育，白白胖胖的，挺得笔直的腰板使人印象深刻。

半泽也报上了名字，可能因为同为校友觉得安心吧，合唱团男生套近乎地问道："你都投了哪里啊？"

"这里，还打算试试生命保险。"

"哪里？"

"大日本生命。"

"这样啊。我只考虑都市银行。你是哪个系的？"

"经济。"

"我是法律系的，在端泽老师的研究会。"

半泽认识这位老师。他是教商法的老师，听说他的研究会很有影响力，对就业非常有帮助。研究会历届毕业生中有不少都在包括产业中央银行在内的一流企业就职。

合唱团男生接着谦虚地说道："不过，也不知道在这里能否用得上。"然而他脸上的表情是难以掩饰的得意。

"有什么消息的话，咱们可以彼此通个气。能告诉我你的电话号码吗？"

半泽给了他公寓的电话号码。

"这是你自家的电话？"

"公寓的。是我房间的电话，什么时候打都行。"

"这样啊，你真辛苦。"

半泽本想问问他有什么辛苦的，但合唱团男生刚好被叫到名字，走出了会议室。半泽很不喜欢这个装腔作势的家伙。原本他就不喜欢合唱团里一本正经唱歌的人，而像这种故意炫耀自己出身良好且喋喋不休的人，他就更讨厌了。他有点生气，拘泥感却也随之消失了。

差不多过了五分钟，半泽被叫到了名字。

三楼大厅的左右各设有三处面试隔间，每个隔间都并排摆着两张长桌。这是第一次面试的会场。

"请到那边。"对方指着位于里面的一张桌子。

半泽穿过大厅中央时，听到了有人说到"我只有一腔热情"，他朝那声音的方向瞥了一眼，是刚才那位合唱团男生。不同于刚才的装腔作势，他正满脸通红地拼命推销自己。对面的面试官一副麻木的样子，看上去并没有认真听他讲什么。那家伙肯定会失败的。

半泽走到指定的桌子前，两位面试官示意他坐下。

"你好，你叫半泽直树，是吧？为什么想来我们银行啊？能说说你的动机吗？"

提问者是一位不到四十岁的银行职员，坐在他旁边的是一位稍微年轻些的男子，看上去是记录员，他手里拿着记录本，沉默地望着半泽。

"我对金融很感兴趣。希望通过银行这份工作为社会做出贡献。"

平淡无奇的回答。他心里祈祷着千万不要深入提问。

果然不出所料——"可是，银行也有很多家，为什么非得选择产业中央银行呢？希望你如实回答，你的第一志愿是哪里？"

"第一志愿当然是产业中央银行。"

没有回应，因为面试者都会做出这样的回答。先不论是不是真心话，就算出于礼貌也应该这样回答。接下来才是真正关键的时刻。

"不过，最初这并不是我的第一志愿。"

两位面试官的视线立刻被吸引到了半泽身上。"我和几位学长见面聊天的时候，了解到产业中央银行有一种信息交流通畅的氛围，或者说非常好的行风，这是别的银行不具备的魅力。我想和这里的职员一起工作。银行虽说都大同小异，可对于我来说并不一样，在产业中央银行工作是我的梦想。"

"嗯。"

面试官面无表情地盯着半泽的眼睛，"你的第一志愿我了解了。可是，如果只是想为社会做贡献的话，也不是非进银行不可吧？"

原来如此。这样的反问可谓无可挑剔。

"我家里经营了一家小公司，"半泽回答道，"经营了二十多年了，绝不是一帆风顺。"

看提问官的表情就知道，他对这件事感兴趣。

"我还是中学生的时候，有次放学回家后发现家里来了很多人，在那里大吵大闹。原来是我们的一个重要客户破产倒闭了。在几十个讨债人面前，我父亲拼命地解释说，我们的公司没有问题。那时父亲的样子我至今也无法忘怀。后来拯救我父亲公司的就是银行。"

"是主力银行①吧？"

提问官的眉头动了一下。

"不是。"半泽回答。

"拯救我们的是只有过少量业务往来的都市银行。父亲公司的主力银行是当地的第二地方银行。因为当地的风气本来就偏向信

---

① 日本金融体制特征之一，主力银行一般是指对于某企业来说在资金筹措和运用等方面支持最多的银行，并拥有与企业持股、人员派遣等综合性、长期性、固定性的交易关系。

赖本地，父亲很信任那家银行。然而一旦到了有困难的时候，地方银行却摆出一副高高在上的样子，只想尽快收回贷款。反而是平时交易很少的都市银行客观分析了父亲公司的经营状况，贷了款给我们。后来父亲把这件事告诉了我，那时我就立志要到银行工作。如果我进入银行工作，就能帮助更多这样的公司了。这是我一直以来的想法。"

没有回应。取而代之的是，提问官和记录员都认真地盯着半泽的脸。

在接下来的几秒钟时间里，提问官仿佛找不到合适的语言表达，过了一会儿，他突然快速地说了一句"你的情况我了解了"，然后给了记录员一个眼神。

"谢谢你。面试结果稍后会通知你。如果有缘，我们还会再见的。"

"那我就先告辞了。"

当天晚上半泽就接到了产业中央银行第二次面试通知的电话。

* * *

品川的太平洋酒店大厅里至少容纳了上百个学生，闷热难当。半泽被通知早晨九点到这家酒店来，他还以为自己是第一组，然而并不是，还有更早的人。顺序是通过面试成绩决定的，还是单纯通过打电话的先后顺序决定的，不得而知。

半泽坐在靠墙摆放的椅子上，开始思考这些人中到底能有多少人能够进入产业中央银行。五个？十个？不不，应该没那么容易。今天在某个地方正进行着第一次面试的那些人明天应该也会来到这个会场吧。这个过程应该会持续一段时间。此时半泽回想起宫本说过的五十倍人数这事，此时的场景可以说是很现实地回应了这句话。

"感觉还要等很久啊。"听到这个声音，半泽回过头。

坐在旁边的男人带着熟稔的笑容和半泽搭话。

"是啊，我还以为人会更少一点呢。"

"我本来也是这么以为的，失误了。你是经济系的半泽吧。"

半泽睁大了双眼，"是啊，你呢？"

"我姓押木，中沼研究会的押木。"

"哦哦。"

这么一说，半泽想起来了，曾经在研究会的联络会上见过他。之所以印象不深是因为押木是个话不多的男生，不是那么引人注意。中沼老师是宏观经济学的泰斗，能进入他的研究会非常困难。因此能够作为那个研究会的代表参加联络会的押木虽然看上去不怎么起眼，但一定具有相当强的实力。

"很想进入产业中央银行啊，但是不知道我有没有这个机会呢。"

押木用和现场那种紧张压抑的气氛格格不入的悠闲语调说道。他说话时多少带着一些东北方言的声调。在来到东京的东北人中，有些人会因为在意乡音而少言寡语，押木可能也是其中一员。

"你昨天在哪里接受的第一次面试？"押木问道。于是二人聊了一会儿面试的事情，半泽这才发现他是一个让人感觉很温暖的男人。很不可思议，二人竟很合得来。

押木先被叫去面试，过了一会儿半泽也被叫到了。

酒店大厅被隔板隔出了无数个小隔间，是池袋支行三楼的面试会场无法比拟的。面试是一对一的形式。半泽在无人的隔间里等了一会儿才见到一位面试官。"为什么想进我们银行呢？"问题和昨天一样。半泽的第二次面试开始了。

这一天的面试稍微有些不同。

一个面试者会面对好几个面试官。半泽也是后来才知道的。具体形式是这样的：首先第一位面试官先提问，当得出"这个学生不错"的评价后，第二位面试官再来确认。即使出现"这个学生不行"这样的评价，为保险起见，还会再来一位面试官进行确认，当几个人的意见统一后，才决定合格还是落选。面试时间是一个人十五分钟左右。本来以为就这么结束了的时候，对方说了句"请稍等"，第二位面试官来了。然后是第三位、第四位，一个小时的时间一晃就过去了。

在第二位面试官准备离开的时候，半泽的背后传来流利的英语。

这是在突显自己擅长英语吧。在说英语的应该是学生，对方也用英语回应，从偶尔发出的笑声看来，他们聊得相当投机。半泽的英语倒也不差，不过那声音主人的发音如同说母语一样，优美，毫无阻滞。

"真厉害啊！"

这样想着，半泽不由得转过头去看，他有点怀疑自己的眼睛，那位说英语的人竟然是刚才的押木，和那个一口东北腔日语的人反差太大了。他感觉这家伙肯定能合格，这是一种类似于直觉的东西。如果仅凭直觉的话，他觉得自己应该也能合格。

＊　＊　＊

"哟。"

两天后，半泽出现在可以俯瞰从大手町直到八重洲周边的产业中央银行总行的一个房间里，晚些进来的男子看到半泽后并没有感到惊讶，反而露出了熟稔的笑容。

"哟。"半泽回应道。

"你也拿到录取通知了。"

"拿到啦。"

押木面带笑容环视了一下屋子里的人。录取通知是昨天早晨进行的第三次面试之后下达的。虽然面试形式和第二次一样，在半泽准备和其他学生一样迎接面试的时候，来了一个引导他的人，在众多竞争者嫉妒的目光中，把他从小隔间带到另一间屋子，在那里拿到了录取通知。

可能押木也是这样，还有在这里的其他三位也都受到了同样的待遇。想要的人才无论如何都要赶紧抢到手，这正是银行一贯的作风。

"果然不出我所料啊，我就感觉你肯定会通过面试的，押木。"

说这话的是同在经济系的渡真利忍。他是某个知名研究会的会长，和半泽很熟。

"喂，过来，我来介绍一下。"

在渡真利的招呼下，屋子里的其他两位也靠了过来。一位是戴着眼镜、看起来有些神经质的人，另一位则是壮硕得难以想象的、像运动员一样的人。

"这位戴眼镜的是法学系的苅田。从前辈那里听说，苅田是通过了司法考试短答考试的能人。进了银行应该会成为人事方面的精英吧。说不定是未来的人事部长哦。然后，这位身材高大的是商学部的近藤。近藤是莲本研究会的会长，现在的业务部长安藤是这研究会的第一期学生。安藤现在正是飞黄腾达之势，安藤只要还在位，他就肯定会出人头地的。"

"不过反过来说，要是安藤垮台了，大家也会一起倒霉。"近藤笑道。

渡真利又开始介绍刚进来的押木："这家伙是押木。这可是中沼研究会的学习委员。学习很厉害，估计在系里是前三。喂，对吧？而且，一聊天就知道了，他是东北来的，人品非常好。只是日语发音稍微带点东北口音，不过英语非常厉害。目标是成为国际银行家。再过个几年，应该就会拉着行李箱满世界飞了吧。"

押木腼腆地笑了，并没有否定。他是一个温厚且包容的男子。不仅如此，人们还可以感受到他有着很强大的意志力。

接着渡真利指向了半泽，"这位是大平研究会的半泽，经济系的人没有不认识他的。虽然现在他没开口，不过很快你们就会很彻底地了解他了。他是个毒舌评论家，是个很不好惹的家伙。大家一起讨论问题的时候可要当心点。"

"你说什么呢?！"

半泽瞪着渡真利,接过话来,"而这位呢,就是渡真利。实力自不用说,还非常精明,交际广泛,可以说庆应大学一半的学生都是这家伙的朋友。要是有什么不懂的,尽管问这家伙就行了。"

大家一起笑了起来。

其实自昨天早上拿到录取通知后,一直到晚上九点多半泽都待在银行本部的大楼里,不经允许一步都不能离开。据说是担心他们被别的公司抢去了,那就前功尽弃了。他一个人被软禁在一个小房间里,并被告知"如果有事,就从房间里面敲门"。房间外面有监视人员交替监视,甚至去卫生间都会被寸步不离地跟着。估计渡真利和押木也是同样的状况。而今天他终于可以和其他的合格者聚在一起,开始了以小组为单位的"限制"。

当时是一九八八年,所谓的泡沫时代正向着高潮期膨胀,整个社会都在疯狂地突飞猛进。都市银行一共有十三家。银行被称作"护送船队"① 的金融政策保护着,一个人一旦进入银行就可以一生无忧。银行职员就是精英的代名词。

那时候,动画片《龙猫》在电影院公开上映后立刻风靡起来。

---

① 所谓的"护送船队"的金融监管体系,是一个形象的比喻,形容战后日本金融体系犹如一支船队,政府的行政指导和各种金融监管措施都是为了保护这支船队的每一位成员不掉队,顺利到达"胜利的彼岸"。

两个月之后的六月，里库路特事件^①被披露出来。那时尾崎丰还健在，新单曲《太阳的碎片》开始发售。此外，留在人们记忆里的，可能还有那年九月十七日开幕的汉城奥运会吧。不管怎么说——

在泡沫巅峰的狂乱开始之前，五个有志青年怀着各自的梦想，充满希望地叩开了这家银行的大门。

此刻的他们并不知道等待自己的会是什么样的命运。

---

① 1984 年 12 月至 1985 年 4 月，日本房地产公司"里库路特公司"（株式会社リクルート）会长江副浩正向政界要人、政府官员及通信业界要人赠送其子公司"里库路特 Cosmos"（株式会社リクルート・コスモス，今"Cosmos Initia"）未上市股票。1985 年 10 月 30 日，里库路特 Cosmos 股票在 JASDAQ 上市，受赠者卖股总获利约六亿日元。1988 年 7 月，日本各媒体揭发里库路特公司这一行贿事件。

第一章　无责任论

1

"没有发现他们做假账，这才是根本原因啊。"

支行长浅野匡深深地叹息道。半泽直树感觉到了这句话里所包含的微妙含义，但是他没有作声。

这里是大阪市西区，坐落在四桥路和中央大街交汇的十字路口处的东京中央银行大阪西支行行长室。即使在被誉为巨型银行[①]一大支柱的东京中央银行里，大阪西支行也是屈指可数的支

---

① 日本经济业界用语，用来指拥有巨大资产（如存款）与营收的银行集团。此词主要用于日本国内在 20 世纪 90 年代泡沫经济破裂后的银行整并，原有在战后形成的"都银 13 行"（13 家都市银行）与"大手 20 行"（20 家大型银行）为了改善体制、削减成本及增加竞争力，随着日本政府自 1996 年起开始实施金融大改革后进行多次的整并，最终在 2006 年形成四大银行（三菱东京日联银行、瑞穗银行、三井住友银行、里索那银行），以及三大巨型银行（三菱日联金融集团、瑞穗金融集团、三井住友金融集团）的体制。

行之一。宽敞的房间里面摆放着成套的接待专用办公桌和皮沙发。

沙发上并排坐着融资课长半泽和他的部下中西英治。浅野坐在他们对面的扶手椅上，脸上一副苦恼的表情，交叉着双腿。

现在是下午七点半。支行长和副支行长，半泽和中西这四个人聚在一起，是因为融资方西大阪钢铁今天出现了第一次空头支付的情况，他们正在讨论如何回收这笔贷款。

"说说吧，到底该怎么办，半泽？回收的可能性有多少？"

浅野旁边的副支行长江岛浩问道。和曾任人事部代理部长，而且在本部工作了很久的精明的浅野相比，一直在支行奋斗的江岛有着魁梧的身材，烫着小卷发，是个名副其实的"武斗派"。据说他刚调过来第一次去拜访客户的时候，差点被保安当成黑道人物挡在了门外，这个传闻看来也并不是空穴来风，不过跟外表不符的是，他有着一副尖细的高嗓门儿。

"虽说是回收，这五亿日元可基本上都是'裸贷'啊！"

在银行界的专有词汇中，"裸贷"指的是信用贷款。也就是说，没有任何担保措施的贷款———一旦对方破产就会变成坏账，造成严重损失。

半泽接着说道："到目前为止还没能跟东田社长取得联系。今天早上一发现不足额，就一直在联系他了……"

估计现在更不可能找到他了。这里的不足额指的是对应账户中存入金额不足的情况。

"喊！"江岛不耐烦地哼了一声。半泽意识到，江岛那不耐烦的态度不像是针对卷款跑路的东田，反而更像是针对半泽本人的。

"为什么没有及时发现对方财务报表作假？真是太不像话了！你身为融资课长，必须要承担责任才行！"

江岛这么说，跟提供融资时的过程以及发现对方提供假账的情况可是完全不符的。"首先，连假账都没看出来，这么丢人的事情该怎么向总行汇报啊？我要你给我一个解释。我可是信任你才会批准这次融资的啊！"

"因为相信我才批准融资的？"半泽吃惊地反问道。

"这还用说吗！"

江岛的脸腾地涨得通红，狠狠地盯着半泽。

这家叫西大阪钢铁的公司，半泽本来是有所顾忌的，原本并没有融资给他们的打算。要不是迫于浅野决意贷款的强硬态度，无奈之下只好听从，半泽一定会拒绝给他们贷款。

他们最终以紧急融资的方式向总行做了书面请示后，强行获得了总行的批准。

这一切都源于浅野那疯狂的功利心。没能适时制止他那份暴走的功利心，从某种意义上来说，或许半泽也是有责任的。然而，就算这笔贷款无法收回，最终变成呆账，也不能把全部责任都推到半泽一个人的头上，这种说辞实在是令人忍无可忍。这难道不就是"功劳都是自己的，过失都是部下的"的典型案例吗？

"还有呢，债权凭证都齐全吧？"江岛不顾一切地继续追问。

"这些我都确认过了。"

所谓凭证，除了贷款主合同之外，也就只有金钱消费借贷合同和东田社长个人的保证书各一张而已。

江岛恶狠狠地盯着桌上摊开的企业和社长个人资产负债表，那眼神仿佛能在纸上挖出个洞来。他似乎想从中找出能作为担保的不动产之类的资产。结果当然是徒劳无功。

　　"有可冻结的存款吗？"

　　"没有。在我行的存款已经全部和融资相抵销了。但总共也不过二百万日元左右。虽然他们在关西城市银行也有存款，不过估计也已经和那边的贷款相抵了。"

　　"他家的房子也作为担保让关西城市银行查封了吗？他们的损失额度才三亿日元，比我们少啊！难道堂堂的企业法定代表人就这么点资产吗？他就没有别墅之类能作为担保的不动产吗？"

　　"听说没有。"

　　江岛不可置信地挑起眉毛："那他老婆的娘家呢？"

　　半泽不由得叹了口气。破产社长的老婆娘家，跟融资没有任何关系。江岛简直就是一副不管三七二十一就算强抢豪夺也要收回贷款的架势。

　　"如果找到社长本人的话，也许可以试一试，但他个人负债总额也相当高，我估计会很困难。"

　　半泽那冷静的语气，更让江岛怒从心头起。

　　"什么叫'估计'！这都是你认为的？你到底有没有责任感！就是你这种态度，才让人占了便宜的吧！再说，发现假账的时候立即就讨论债权回收对策的话，就不会弄成现在这样了吧！"

　　半泽目不转睛地盯着江岛的脸。

　　这个男人是认真的吗？

别说讨论债权回收的策略，刚刚发现有做假账的情况，半泽就立刻连续数日登门与西大阪钢铁和东田社长交涉。

但是，面对拿着财务分析结果来追究假账问题的半泽，东田社长只是东拉西扯地一味逃避话题。等意识到顾左右而言他是抵赖不过去的时候，东田干脆使出假装不在、闭门不见等手段。结果直到最后，半泽也没有找到机会质问他债务重组的具体方案，这才是事情真正的经过。关于这件事，他明明已经巨细无遗地以备忘录的形式向浅野和江岛都汇报过。

事到如今反而被江岛质问。

"然后呢？这样下去的话，我们银行的四亿九千八百万贷款就收不回来了。"

支行长面沉似水地冷冷盯着半泽总结好的授信拨备 ① 表，转而带着一副愁眉苦脸的样子接着说道。

"看来是要变成这么个情况了。接下来，大概只能等着处置以后的破产财产分配了。"

"还能指望得上什么分配吗？"江岛立刻说道。

破产财产，是指处置破产企业全部资产之后清偿债权人的资金。如果持有十亿负债的企业破产了，资产拍卖之后或许能剩下三亿左右。然后以这部分变现资金按比例向债权人清偿，这就是

---

① 授信是指银行向客户直接提供资金支持，或对客户在有关经济活动中的信用向第三方做出保证的行为。拨备是进行财政预算时，估计投资出现亏损时所预留的准备资金。

破产财产分配。当然，这是不可能全额清偿的。

"太不像话了，半泽课长。"

浅野支行长说罢，深深地吸了一口气，吐出这样一句指责。半泽强忍住没有说话，因为对方的表情里已经充满了对他的冷淡和憎恶。

2

在大阪市中心的西侧和大阪湾之间有一条呈扇形的区域，就是钢铁批发商一条街。东京中央银行大阪西支行，正好位于扇柄部位。

被誉为巨型银行支柱之一的东京中央银行，总行位于东京，在关西有大约五十家支行。其中，大阪西支行与大阪总部、梅田、船场并列为四大支行，也就是说，具有核心经营单位的地位。

浅野是在人事升迁道路上久经历练的精英银行职员，来到支行时恰恰是他入行的第十八年。如果能够在支行长的职位上发挥经验，并且有良好表现的话，离高级管理层的位置就不远了，因此他工作起来格外卖力。当然，众所周知，东京中央银行也是合并而来的银行，所以与职位相比，职员就太多了，正所谓僧多粥少。资历相对较浅的年轻人中，原本出身于一流大学的毕业生早已顺理成章地登上课长的位子，但这同样意味着，对于一帆风顺地度过银行职员生涯的浅野来说，晋升部长的道路比年轻一辈更加狭窄。

机会稀缺，转瞬即逝。如果没有把握住时机的话，运气好也不过就是在支行长的位置上平调，运气不好的话可能就要面临被派遣到关联企业的命运了。

对于浅野这种，在同期入职的平辈中一直是佼佼者、迅速登上高级精英地位的野心勃勃且自尊心极强的人来说，在进一步出人头地的道路上如果出现什么闪失，那绝对是不可忍受的屈辱。

浅野被任命为大阪西支行的行长是在去年六月。半泽接到命令从总行审查部调任此处则是两个月前的事情。但是，浅野去年的业绩并没有一鸣惊人。最后，以"全身心投入为业绩差的前任支行长擦屁股"为由，结束了雷声大雨点小的一个财年。

当时，浅野把系长以上级别的管理层员工召集起来喝酒时，一直挂在嘴边的一句话就是"今年是没戏了，明年再赌一把吧"。

正是浅野，在今年二月的时候，搭上了位于大阪钢铁企业林立的立卖堀地区、年营业额五十亿日元的中坚企业西大阪钢铁公司，并开始与之拓展业务。显然，这家企业是他"来年赌一把"的绝佳目标。

半泽在业务科新客户发展小组担任外勤的时候，在资料上见到过西大阪钢铁公司的名字，所以也知道这家企业。

大家都认为这是一家优秀企业，银行把西大阪钢铁公司作为积极开拓的主要业务对象，但无论怎么努力就是坚攻不破。然而就在大家都一致对这家企业表示放弃的时候，在某天的会议上，浅野突然一语惊人——"昨天，我跟西大阪钢铁的社长见过面了。"不仅半泽，新客户发展小组的人都惊讶得说不出话来。

"您见到他们的社长了？"

"他终于肯见您了吗？"业务课长角田周不可思议地问，"我们曾多次登门拜访，连一面都没见到。"

"是嘛。我看也没那么困难嘛。"浅野得意地说道，"听说他们正好需要一些资金。"在场的人更加震惊了，因为初次见面就能谈到如此深入的地步，可实在不是一件容易的事。

"我说会派业务代表前去洽谈的。半泽课长，你能去跟对方社长把这件事落实一下吗？这次的业务代表嘛……"

他环视了一圈坐在会议桌边的年轻人，说道："也该让中西去锻炼一下了。"

中西是刚刚入行第二个年头的年轻人，迄今为止，他一直按照前辈们的吩咐，做些维护既存客户的跑腿工作。

"我觉得这对他来说还太早吧。"

瞥了一眼脸色发青的中西，半泽委婉地拒绝道。但是，浅野并没有让步的意思，"哪有这回事。要学习当然不能总去什么小企业，就要到那样的大企业去才能得到真正的锻炼。这第一次就请半泽课长带着他一起去拜访洽谈吧。就这么定了，交给你们了哦。"

浅野就是这样一个人，个性相当顽固，一旦做了决定，就不会再轻易改变。半泽没办法，只好接受了。

*   *   *

第二天早上，中西开着公务车载着半泽，一起去了西大阪钢铁公司。

他们在前台出示了银行的名片，然而对方连句"欢迎"或者"请稍候"这样的话都没说，直接就把二人带到了接待室。虽然本来也没指望亮出银行的招牌就会被奉为座上宾，但看起来这家企业对来访客人的态度既不殷勤也不友好。

公司里面完全感受不到什么积极向上的气氛，给人一种缺乏紧张感、散漫的印象。有的人一边抽烟一边聊天，电话响了也没人接，任由电话铃声在耳边聒噪地响个不停。当然，面对来访的半泽二人，别说走过来打招呼了，甚至都没有人抬头多看一眼。

实在看不下去啊，半泽心想。

所谓公司，终归是人的集合，看了员工的状态，就能大致想象出这家公司是什么样子了。

虽然已经提前预约过，但是他们仍然在接待室里等了十分钟左右。

终于，社长东田姗姗来迟。他是一个个子不高但体格魁梧的男人，走进房间就一屁股坐在沙发上，跷起二郎腿，还没开口说话，先往面前的烟灰缸里弹了弹烟灰。然后保持着那副架势，不耐烦地说："今天想怎么着啊，你们银行？"

"听说您有融资需求，所以我们特地前来拜访。"

"融资？有这回事吗？"

"是昨天从敝行浅野支行长那里听说的。在下是此事的负责人。"

半泽一边说着"请多指教"一边把名片递了过去。中西也跟在他后面递出名片。然而，东田仅仅瞥了一眼两张名片，就撕成四片扔进了垃圾桶。

"银行的名片我这儿有一大堆。整天跑到我这里来拉生意，你们烦不烦啊。不过我们只和关西城市银行一家合作。"

他那张堆满肥肉的正方形脸不怀好意地扭曲着，带着一丝嘲讽的笑。

这个浑蛋！坐在半泽旁边的中西气得浑身发抖。

"昨天，我行的浅野支行长曾说起贵公司打算融资的事情。"

听浅野当时的语气，好像借款势在必行，非常紧迫似的。现在这算怎么回事啊。

"啊，我们是需要补充点流动资金。不过我可没说一定要从你们银行借。其他银行都是派客户经理来的，你们银行却是支行长亲自上门，找过我好几次。我们财务科长建议我偶尔也见上一面，所以就见了个面而已。你们那个支行长，是不是理解错了啊？"

一旁气得发抖的中西听了这话哑口无言地抬起头。半泽也有同感——这也落差太大了吧！

东田真是一个难缠的人物。他坚毅的额头下一双眼睛精光四射，强大的气场压迫得人透不过气来。

可是，既然已经来了，总不能空手而归。半泽询问道：

"如果方便的话，能够告诉我贵公司的流动资金需求大概有多少吗？"

"嗯？"

东田一脸的不耐烦，从桌上的雪茄盒里取出一根雪茄点燃。

"哼，这个嘛，估计有个两三亿也差不多了吧。"

"可否容我们回去商量一下？"

如果按支行长的意思的话，他本应该说"可否从我行融资"，但毕竟还没经过授信审批。没有授信审批就做出"提供贷款"的承诺，属于"预定贷款"行为。预定贷款是银行融资的大禁忌。

不出所料，东田大笑起来，说道："商量？什么？"

* * *

"为什么没有谈成？"

半泽一回到支行就被浅野狠狠地斥责了一通。

"不是连资金需求额度都打听到了吗，怎么就这样回来了？"

虽然想说点什么，半泽却无法说出口。突兀地提出交涉谈判，对方立刻给了一个下马威，这倒也没什么，但是从另一角度看，东田这个人却总给人一种难以言表的奇怪感觉。

半泽并不是因为名片被撕毁而耿耿于怀，冷静地分析一下此行的过程，有很多让他感到蹊跷的地方。

首先，就是支行长浅野能够轻而易举地接触到东田这件事。

东田说，是因为财务经理提出让他见银行的人，所以他才见的。可是，从他撕掉融资负责人的名片这一举动来看，跟所谓支行长访问多次终于得到认可的情况并不相符。

其次，东田随口说出融资所需的金额，这一点也让人在意。

通常情况下，在银行发展新客户的时候，如果对方无意交易，即使面谈也不会轻易把期待的金额说出来。半泽只说了句考虑一下，东田却大笑起来，或许他心里预设的回答是"请交给我们吧"，简直是等着银行求他们借款似的。

莫非，东田其实是一心期待着获得融资的吧？

虽然摆出不可一世的态度，却偏偏跟从来没打过交道的东京中央银行的人会面，如果真的不想融资的话，趁早拒绝就好了，又何必要见半泽他们呢？说不定是由于某些原因，从关西城市银行那边融资困难才会如此吧。

为了查明其中的原因，就必须拿到西大阪钢铁公司的财务报表，但是，半泽刚提出"为审批授信，能不能请您给我们一份财务报表的复印件"，东田就爆发了："哪来的那么多啰唆事儿！"

"算了算了，把这项工作交给你就是个错误。明日我亲自去一趟。帮我和社长预约一下会面时间。"

浅野的话里掩饰不住对半泽的厌恶，中西听了慌忙跑去打电话。回去工作的半泽听到中西向浅野汇报说约好了上午十点时，他的疑虑越来越重了。

这里面肯定有问题。东田一边对东京中央银行百般刁难，却又不断给他们继续接触的机会，这其中肯定有什么不可告人的原因。

但是，现在跟浅野说这些毫无用处，他根本听不进去。他已经被眼前这唾手可得的业绩晃花了眼，浅野的脑袋里早就只有经营绩效表彰了。西大阪钢铁这家企业，在浅野的头脑中已经变成了实际业绩。

第二天，浅野带着中西，又一次驱车前往西大阪钢铁公司。

接近中午的时候他们回来了。

"总算把这件事搞定了。"浅野一进门就说道，"金额五个亿，借款期限五年，固定利率，无担保，全额信用贷款。立刻提出贷款审批申请书。"

桌面上，堆满了包括过去三个财年财务报表在内的各种财务资料。

"太棒啦，中西！你可要好好感谢一下支行长啊！"

在一旁的江岛听完浅野的说明后，马上冲着坐在办公区尽头的中西喊道。银行这种地方采取的是类似学徒制的体制，凡事都讲究论资排辈，连座位的顺序都非常官僚。因此中西坐在办公区的最末席，听到这话他赶紧在格子间边上点头致意。

可是，接下来浅野的话让中西的脸紧绷了起来。

"中西，明天早上之前把报告做好交给我。"

半泽也吃惊地抬起头来，"明天？我觉得有点困难啊，因为还要做财务分析。"

中西从椅子上站了起来，看了看这三年的财务报表沉默不语，他的脸上写满了"没信心"。

浅野又对中西说："就是要趁着社长改主意之前紧急提出授信申请呀。你已经不是新员工了。凭自己的能力好好做，明天早上之前做完给半泽课长看看，然后交到我这儿。没问题的话我立刻批准。"

浅野以特有的"独裁"语气说完这些话，就起身去了洗手间。

"你可以吗？"

面对半泽的询问，中西答不上话来。

"财务分析要靠人工了吧。"

"看来只能这样了。"

现在银行的计算机系统很先进了，可以把客户提供的全部财务报表交给专职部门，通过计算机进行统一分析处理。

把各个公司格式各异的报表整理成统一形式，运用预测表、现金流量表以及各项经营指标会自动算出资金来，然后以此作为信用评级的依据。

虽然不是不能做，但这项工作全部通过人工作业完成的话，负担还是相当重的。对自入行以来一直习惯自动化作业流程的中西来说，确实有点勉为其难。

"总之，把下午的预定安排都取消掉，专心写申请书吧。"

中西回到自己的座位上，表情有些抽搐。

* * *

第二天早上，半泽八点刚过就到了公司，打开电脑就看到，西大阪钢铁公司的贷款审批申请书已经录入了贷款审核系统。

"课长，拜托了。"

中西赶紧从椅子上站起来，把打印出来的申请书交到半泽手上。他大概熬了一整个通宵，眼睛布满血丝，一脸疲惫的神情。

"辛苦你了，我马上就看。"

终于赶上了！——中西的脸上浮现出了安心的微笑，然后拖着沉重的步伐转身离开了。

半泽用大概十分钟的时间把各项文件快速浏览了一遍，最后看了看财务分析的结果。

毕竟是新人做出来的，还不成熟，可这也是没办法的事。但是整体分析还是过于理论化和乐观了。半泽正想接着核算一下数字，却听到江岛在叫着"开会了"。半泽只得暂时停下手中的工作，到支行长室围着浅野开联络会。紧接着是支行晨会、融资课的小组会，都结束之后半泽回到自己座位，这才发现又出事了。

浅野已经批准了西大阪钢铁的融资申请书，而且已经通过线上系统发送到总行融资部了。

半泽慌了。

"支行长，这份申请书我还没仔细审核呢。"

浅野不满地瞪着他："我不是说了一早就要的嘛！你太慢了！"

江岛也在旁边帮腔："你呀，到底有没有认真听浅野支行长的话？中西都连夜赶着做出申请书来了，你倒从从容容地这么晚才来上班，现在还好意思说什么没来得及看？"

"我想联系融资部请他们暂时把申请退回来。"半泽解释道。他不想把自己不放心的申请提交给总行。

"这可是紧急申请。没工夫陪你这个不负责任的课长浪费时间。"浅野斩钉截铁地说道。

半泽刚想再反驳，浅野已经摆出一副"不想听"的表情转身走了。

3

正如中西在融资书面申请书中提出来的一样，尽管资历尚浅，西大阪钢铁也算是特殊钢领域里小有名气的制造厂商，作为客户发展一下也不算差。只是不算差而已——

"一上来就是五亿，还是裸贷……"

说的一点都不错，半泽一边心里这样想着，一边还是尽力和面带难色的融资部负责人川原敏夫调查员交涉，以"战略项目"为由，竭力促成额度审批。半泽再怎么不情愿，浅野早有死命令在先，无论如何也要让审批通过。

而令浅野心烦意乱的其实另有原因。

此事不仅关系到支行业绩，而且还涉及东京中央银行的整体业绩，尽管他们能获取对公存款，但中小企业融资贷款总额在持续减少。就在前不久，金融厅向他们发出了业务改善的命令。

从总行开始，全行上下都发起了增加融资额的突击任务，但大阪西支行所面对的客户以钢铁批发类企业为主，从中找出一家有潜力的贷款客户谈何容易。对于那些已经有过业务往来的既存客户，业绩稳定的企业早就已经贷过款了，其他一直未曾合作过的企业，要么是万年赤字，要么就是存在着各种问题的中小型企业。

可是光对这种经济环境长吁短叹也不起任何作用。追加融资额度的目标是否达成，关系到业绩考核中能不能获得表彰。能否完成这笔五亿日元的融资，结果可大不相同。

"怎么样，川原那边怎么说？"

结束了与川原数次的讨论后，半泽叹了口气，刚把电话放下，耳边就响起浅野的声音。

"关于担保，因为是初次合作可以放宽条件，不过他说应该适当减少融资总额。"

"胡说八道！"

浅野哼了一声，坐在椅子上翻着白眼抬头看向半泽说："这个项目要是拿不下来，可是你这融资课长的失职啊。"

他这是在暗示，自己曾经担任过人事部副部长的职务。

实际上，浅野现在在人事部里也还是很有话语权的，自他上任以来已经促成好几个人荣升了，这是他时常拿来炫耀的事。

既然能让人荣升，也就意味着同样能让人降调。和公务员一样，人事升迁是银行职员最重视的事情。

半泽感到一阵无形的压力，默不作声。

卑鄙！

半泽虽然这样想着，却仍然认为有必要说服川原。就这样，西大阪钢铁公司的融资申请在提出三天后获得全额批准。

这是接近银行财年的尾声——二月中旬的事情。

4

看看经济报纸。

一家银行就累积了好几兆日元的不良债权，对于这样的新闻，半泽早已司空见惯，这种新闻也不会给他带来什么新的冲击。

不仅半泽，东京中央银行的职员也好，其他银行的职员也好，哪怕是跟银行毫无关系、完全不了解银行内幕的普通国民，如今都不会对这种事感到震惊，更不会发出感慨了。

"不良债权有几兆日元？那又如何呢？"

不过如此。

诚然，一开始大家都忐忑不安，担心银行倒闭了怎么办。

会不会被迫提前偿还清住宅贷款啊？存款会不会打水漂了？诸如此类的问题的确会让人们忧心忡忡。

不过，现在大家也都知道了，实际上存款基本都有保险。当初政府采取了激进的改革措施实施存款保险制度，其成效也只有这时候才能显现出来。

另外，住房贷款对银行来说是优质资产，即使贷款行破产，也一定会有其他银行接手——大家慢慢理解了这种逻辑。

实际上人们也逐渐意识到，如果大型银行破产的话，当然不能说对国民生活丝毫没有影响，但终究也改变不了什么，于是大家对此事也就慢慢地漠不关心了。

北海道就是一个例子。作为都市银行支柱之一的北海道拓殖银行倒闭时，大家都说地方经济一定会停滞不前，真的是这样吗？实际上当地经济确实停滞了，不过这跟银行破产并没有什么关系，不如说是日本经济整体不景气所导致的。所以，必须动用公共资金来保护银行这一逻辑根本行不通，难怪所有人都会对这一举措表示质疑。

"北拓"破产之后，的确会有一些经营者融资困难。可这不仅仅是北海道一个地方的问题，如今整个日本到处不都有同样的状况发生吗？要说北海道有什么不同的话，那就是没有了银行，信用金库①的生意反而更好做了。

日本债券信用银行破产之后，日本长期信用银行也岌岌可危，可那又怎么样？太阳依然照常一样升起。这些银行本就是该倒闭的，不正是资本主义社会中理所当然的优胜劣汰吗？

---

① 信用金库：日本 1951 年成立的地区性信用合作金融组织。其特点是非营利组织、只为地区经济发展服务，服务对象是中小型企业和个人。

＊　＊　＊

半泽进入东京中央银行的前身——产业中央银行，是 1988 年的事情，彼时正值泡沫经济的顶峰。

那时候，都市银行是学生求职大战中最受欢迎的地方。银行竟然也会倒闭，在那个时代是绝对无法想象的事情。业绩良好的银行相继收购美国银行，大肆推进全球化战略。与此同时，日本国内的地价疯涨，股市欣欣向荣，在这样的背景之下，以信用创造为杠杆，无序融资狂潮的序幕就此拉开，带着不赚钱也要放贷款的冲动，金融机构的放贷竞争在这一时期达到了白热化。

从那之后的十几年间，银行却开始走下坡路，渐渐走向了衰败的窘境。

虽然总行早已是巨额不良债权缠身，可作为一家小小的支行竟然也有五亿日元的不良债权，这绝非小数目。

而且，融资之后不过半年，竟然以摧枯拉朽的速度进入破产阶段，这实在令人侧目。

给西大阪钢铁公司的五亿日元融资是在二月最后一周开始实施的，银行将五亿资金汇入了该公司的账户。

西大阪钢铁将贷款提走的同时，就有同等金额的资金存入刚刚开通的存款账户。

然后没过多久，这笔钱又汇入了只剩一些结算资金的关西城市银行的账户中，东京中央银行的账户中几乎没有了余额。

"课长，您现在方便吗？"

中西站在半泽的办公桌前，拿着西大阪钢铁的财务报表，说他发现了一些蹊跷的地方。那是贷款发放之后四个月——六月下旬的事情。

正值阴霾的梅雨季节，似有若无的牛毛细雨蒙蒙地浸润着位于中央大街的支行大楼的玻璃窗。

通常，企业的年终决算报告都是在纳税期限内，即两个月后完成并发布。所以西大阪钢铁公司的结算月就是六月份了。

中西拿着刚刚取得的最新一期决算报告，被上面记载的赤字吓坏了，立即跑来向课长报告。

"赤字？"

半泽怀疑自己的耳朵。西大阪钢铁提交的资料上明明写着上一期结算有一亿日元左右的盈利。这个落差也太大了吧？！

"原因呢？"

他夺过中西手中的报表迅速浏览起来。

首先映入眼帘的是少得可怜的营业额，他敲着计算器一算，竟然比上一期减少了百分之三十，亏损四千万日元。

半泽顿时气血上头，脱口而出：

"喂，开什么玩笑？！"

那口气像极了在训斥中西，吓得中西赶紧低下了头。

"问过什么原因了吗？"

"他们说，因为经济不景气导致销售额减少。"

"是东田社长这样说的吗？"

"不是，是波野课长。我没见到社长本人。"

半泽猛然想起那个獐头鼠目的瘦弱男人，这也是独裁企业里常有的现象，那个财务课长看上去就一副靠不住的样子。

"有没有试算表①？"

当时为了能够获得融资批准，浅野取得了相应的书面资料。由于融资洽谈时距离上一个财年的决算期已经过去了十个月，除了连续三年的决算报告之外，浅野应该还要求对方提供了试算表——也就是业绩速报。

"果然不对劲。"

半泽盯着从西大阪钢铁的项目资料中抽出来的试算表说。

"从二月的试算表来看，应该会有八千万日元盈利，这样的企业怎么可能在四月份的实际决算中一下子出现四千万日元的亏损？"

"这个……"

中西有点不知所措。

半泽当即给波野课长打电话："感谢您提供的决算报告。不过，有一事不明，还想请教一下。"

"啊，好、好的。只要我知道的话。"

电话那端波野的声音明显狼狈起来，或许他已经预感到了迟早会被半泽找上门来。

"我行收到的财务报表显示，贵公司本期有业绩亏损。请问这是怎么回事啊？按照社长之前的说法，应该有一亿日元左右的盈

---

① 试算表是会计核算中，期末根据各总分类账户余额记录编制，据以进行试算以检查账户记录有无错误的一种计算表。

利才对吧？"

"真的非常抱歉。毕竟我们是材料行业，现在很不景气呀。"

"不景气这事儿大家都知道。但是话说回来，当初是怎么预测出来的盈利的？"

"销售额一直在减少……"

半泽打断了波野的话。

"截至二月的报告，销售额不是已经达到四十五亿日元左右了吗，平均下来每月应该是四亿五千万日元吧。为什么在这次结算中营业额却只有四十七亿日元，也就是说两个月里仅仅增加了两亿日元，这是怎么回事，您能解释一下吗？"

"啊？二月份有四十五亿日元……吗？"

波野也愣住了。

"贵公司提供的试算表里清清楚楚地写着呢。"

"请您稍等。"

电话那端传来了一阵沙沙声，应该是波野在狂翻报告吧。半泽就这样等了足有一分钟，波野却只说了一句"我回头再联系您"，就挂断电话。

"中西，把最开始拿到的近三年的财务报表拿给我看一下。"

一直愣在一旁的中西，听到这话立刻慌忙从项目档案中找出资料。

"这个是你亲自复印的吗？我记得支行长上门的时候你也是一起去的吧？"

半泽用指尖在税务申报复印件上咚咚地敲着。中西一脸茫然地摇了摇头。

"不是的。一直是支行长主导谈判，我们要求他们提供财务报表时，对方早就准备好了这个。"

"你见到原件了吗？"

"啊？"

"我是说，这份复印件的原件你看过吗？"

中西有个习惯，一紧张瞳孔就收缩得像两个点，孤零零地定在眼眶中央。

"没，我没见过原件。"

半泽叹了口气。再问中西也没用了，现阶段要不要向浅野报告呢？半泽考虑了一下——不行，还不能报告，必须等自己掌握了确切的情况之后，才能进一步斡旋。

"算了，这个我借用一下。"

中西递上西大阪钢铁近三年的决算报告，一脸惴惴不安地回到自己的座位上。半泽看着他的背影，表情凝重。

5

"你说做假账？"

第二天，面对半泽提交的财务分析结果，浅野露出一副难以掩饰的厌恶表情，他的心情一看便知——真是最坏的结果。即使"家臣"忠言逆耳再三劝谏，浅野仍然像一个听不进话的专制君主一样，让他大为恼火的对象不是事实本身，而是坏消息的报告者。

半泽指出西大阪钢铁各项财务报表中，大致存在以下这些问题：

首先，对方提交的财务报表中的应收账款和往来票据、应付账款等这些会计科目所记录的数字不符，缺乏合理的解释；其次，有一种可能，就是他们通过存货估值调整虚增利润；与此相关的，税务申报表的副本复印件有可能是伪造的。此外，截至今年二月的试算表上，所谓的销售额显然是仿造的。最后一点已经向该公司的财务课长波野询问过了，但是到目前为止仍然没有得到任何回复。

"今天我也去拜访了他们公司，如果课长还不回答的话，只怕我们的猜测就是事实了。"

"财务报表是什么时候拿到的？"

刹那间，浅野爆发了，手里拿着的铅笔狠狠地戳到半泽提交的报告上。然后他抱起双臂，气呼呼地抬头看向半泽。

"这些问题都应该在授信审批之前发现，现在说这些还有什么用！"

"如果当时对以前的决算报告进行详细审查，或许能够发现，但那时候根本没有时间，这次是拿到新的财务报表后才发现的。"

"这都是借口啊，半泽课长！"在一旁听着的江岛尖锐地插话道，"当时你要是仔细看过的话就应该能发现疑点。"

半泽简直不敢相信自己的耳朵。那时候着急立功，拼命地催，连十分钟时间都等不得，就不管不顾地提交申请书的人，到底是谁啊——半泽差点儿脱口而出。为了一己之私，连授信判断的正常流程都省略了，事后却只会推卸责任，这太荒谬了。

紧接着江岛做出一副严肃的表情转向浅野。

"现在怎么办呢，支行长？"

浅野仍然抱着双臂沉默不语，过了好一会儿终于吐出一句："贷出的五亿日元怎么样了？"

"已经被转走了。"

"什么时候？"

还指望能有什么余额吗？半泽一边想着一边答道："我记得是钱款到账后一周左右吧。"

"你跟我汇报过吗？"

"我应该已经向您汇报过了。"

半泽反驳道。银行里有列出存款余额有变动的公司客户清单的管理表。每天早上，浅野也会在线浏览相关文件。如果清单上有较大的变化却被看漏了，那就是浅野的失误了。当然，存款余额足足减少了五亿日元，即使分批分时提走，也一定会出现在清单的前几位。

"我没印象了，"浅野却这么说，"这么重要的事，要是资金轻易地流出去了，那可真是太糟糕了。"他接着继续推脱责任。

"总之呢，现在你应该赶快去西大阪钢铁公司确认一下你所说的是否属实。如果确实存在做假账的问题，就立刻回收五亿日元贷款。这可不是小事，知道了吗！"

当然不是小事，这还用浅野说！

半泽马上给西大阪钢铁公司致电询问，得到的答复是东田社长出差了，只有波野替他接电话，半泽要求他赶快给出解释，可是波野却以"我现在很忙，等明天吧"这样的理由搪塞。

"不行，此事刻不容缓。这件事对贵公司非常重要，请您务必抽出时间来。无论多晚我们都会去拜访的。"

在半泽的反复追问之下终于约好了时间，他立刻冲下楼梯，朝着公务车所在的地下停车场飞奔而去。

＊　＊　＊

在西大阪钢铁公司的接待室里，能够听到旁边的工厂传来的敲打声。西大阪钢铁公司除了位于大阪西区的工厂以外，在东大阪市区里还拥有总面积三千坪①的第二工厂。根据资料显示，第二工厂是从五年前开始投入使用的。据说是因为重点客户新日本特殊钢的订单增多，所以专门投入十亿日元巨资建设了这家高新工厂。

"请您尽量简短一些，半泽课长。"

尽管房间里空调开得很冷，波野的额头上却不断冒出大颗的汗珠，不停地用手帕擦拭。

"首先，关于我昨天问您的那件事，到底发生了什么？为什么销售额大幅度减少？"

波野的视线飘忽不定，投向半泽背后的墙壁。半晌才收回视线看着半泽，脸上浮现尴尬僵硬的笑容，又一次拿起手帕去擦拭额头。

"真对不起啊！昨天实在太忙了，还没顾上看呢，等我调查一下再告诉您好吧。"

"那我自己来调查好了，请把会计总账给我看看，我要核算一下。"

半泽一边说，一边从公文包里拿出计算器放在带来的资料上。

①　一坪相当于 3.3 平方米。

波野的脸不由得抽搐了几下，笑容不自然地扭曲着。

"不不，怎么好意思劳烦您呢，还是我们自己核算吧。"

"您听好了，波野课长。"半泽向前探了探身子，凝视着波野那张战战兢兢的脸，"您可能没把这当回事儿，但这可是非常严重的问题！"

波野没有回答，只是喉结上下滚动了几下。

"我就直说了吧，贵公司提供给我们的试算表是假账吧？本来就已经有赤字了，为了掩盖实情而动了手脚是不是？如果情况属实，请您立刻明确地告诉我。"

"不不，那是……"波野动摇了，"那事儿我可一点都不知道啊。"

"您怎么能说不清楚呢？填报试算表应该是财务课的责任。连您都不清楚，这不是很奇怪吗！"

"您说的没错，不过融资的事情，都是社长和税务师商量的……"

"那么发票是由谁来管理的？"半泽没等波野说完就继续追问道。

"什么？"

"发票总应该是财务课整理归档的吧？"

"是，这确实是……"

"那么，请把支付企业税的发票和凭证给我看看，我要和之前贵公司给我们的复印件对照一下。"

波野一下子张口结舌："这个，税务相关的发票和凭证都在税务师事务所那边。所以……"

税务申报表的首页上明明白白地记载着西大阪钢铁公司顾问税务师事务所的名称和电话。

"那么，能请您现在就给税务师事务所打个电话吗？"

"稍、稍等一下。"

半泽瞥了一眼慌慌张张的波野，"就不要再装腔作势了吧，课长。这分明就是财务造假。"

波野低着头，没有作声。

"是东田社长不让你说的吧？"

波野额头上的一根青筋跳了一下，但还是继续保持着沉默。再追问下去也没什么意义了，半泽叹了口气，说道："这些已经足以构成证据了，波野课长您说与不说都是一样的。"半泽像得出结论一样说出自己的想法。

过了一阵儿，波野开口了，半泽从他嘴里零零碎碎地挖到了关于西大阪钢铁的经营情况。

"实际上，我们的主要客户新日本特殊钢的订单大幅减少……"

五年前建设起来的高新第二工厂，原本就是最大的错误。当时东田感觉到新日本特殊钢那方面会要求增产，为了一举振兴在亚洲金融危机中元气大伤、面临裁员的企业，投入巨资建设了新工厂，结果由于新日本特殊钢单方面的原因使增产计划付诸东流，美好愿景化为泡影。

只凭一句不切实际的口头承诺就铤而走险，赌上了所有，本身就是大错特错了。公司因此背上了巨额的债务，被沉重的还款负担和利息支出所拖累，公司资金链恶化，资金调拨困难，再加上在经济低迷环境下，常规的订单也在渐渐减少，经营业绩一落千丈。

西大阪钢铁公司本来坚持只跟关西城市银行一家合作。

但也正因为只有一家资金往来的银行，因此一旦还款出现延滞，就没有其他资金来源了。

就是在这种背景下，财务部门按照东田的指示做了两套账目。随着赤字的不断扩大，需要靠假账来掩饰的数字越来越大，早就不能只用调整库存估值等单纯的粉饰手段，还需要捏造虚增销售额、大幅调整人员支出等固定资本等方式。最后，用波野的话说就是硬生生造出一幅"举世无双"企业的幻象。

半泽听了他这一席话，问道："那么，真实的销售额究竟是什么情况？"

波野仿佛瞬间衰老了很多，勉强挺起沉重的腰，离开了座位。过了一会儿，他拿着装有公司财务资料的纸箱了回来了。

"都在这里了。"

半泽翻开资料，越看越不敢相信自己的眼睛。

"竟然……这么糟糕了吗？"

赤字何止四千万日元，已经远远超过了两亿日元。被过于沉重的债务拖垮的销售额，简直就像一个病入膏肓的绝症晚期患者。

"非常抱歉。"

波野深深地低下了头，对半泽说道。

"这已经构成犯罪了，波野课长。再说……"

半泽注意到另一个问题，假账的规模不仅仅是他看到的这些，"这样一来的话，日常的资金周转难道没问题吗？"

波野放在两膝上的拳头微微颤抖着，因为巨额资金造假被发现了，他的心理防线彻底崩溃了，只是用求助的眼神抬头看着半泽不说话。

"如果没有我们银行提供的贷款,不是就无法周转了吗?今后的资金打算怎么办呢?"

"听社长说,很快就能接到一笔大订单了。"

"哪里来的大订单?"

"我只听说是初次合作的公司,具体我也不是很……这件事,您觉得是真的吗?"

你肯定也不相信吧……你也在怀疑东田的话,不是吗?都到了这个地步,东田说的话怎么能当真呢?半泽想着,但没有说出口。果然,波野只是愁眉苦脸地保持着沉默。

果不其然,这家由东田满创立的公司,完全处于社长的支配之下,就连波野这个财务课长也不知道任何关键信息。

"我先回银行了,关于这件事,我们回去后会好好研究的。"

半泽突然以严厉的语气强调,"根据情况,如果银行决定回收贷款,一定会执行到底,还请贵公司做好准备,予以配合。"

"怎么能……"

波野还想说点什么,但是被半泽拦住了:"这是非常严重的问题,请东田社长立刻到我行来说明情况。这句话请波野课长务必转达,可以吧?"

"我知道了。"

波野为难地答应着,像霜打的茄子一样耷拉着脑袋。看着他那副可怜兮兮的样子,半泽没有丝毫同情。实际上半泽早就被他们拙劣的掩饰手法气得够呛,如果可以的话恨不得把他一脚踹飞。

然而终归没必要跟这种末流小角色一般见识，更重要的是东田。想起东田那张不可一世的脸，半泽的内心翻江倒海，气得肺都快炸了。

　　然而，等到下午，东田那边都没有一点儿消息。

　　"他居然不当回事。"

　　还是说他已经逃跑了？

　　西大阪钢铁公司的授信档案里留有社长的手机号，打过去就转到了语音信箱。半泽给他留言后就一直等待回音，然而直到傍晚还是没有任何音信。

　　看来他是故意逃避啊。

　　半泽等得不耐烦了，于是又给波野打了电话。

　　"我一直想和东田社长取得联络，怎么都联系不上。"

　　"啊，是吗？我跟他说过让他联系您的。请稍等，我把电话转过去。"

　　"他已经回公司了吗？"

　　"是、是的。"

　　不等半泽说话，话筒里已经传来了钢琴曲《梦幻曲》的音乐声，半泽的怒火沸腾了。

　　他摔下电话，从座位上站起来。

　　"您去哪儿？"副课长垣内努问他。

　　"西大阪钢铁！"他说罢，就冲了出去。

＊　＊　＊

当他出现在西大阪钢铁公司前台的时候，坐在财务课座位上的波野吃了一惊。

"我要见社长！"

波野走了出来，眼神游移，不敢直视半泽，手摸着稀疏的头发，"哎呀"了一声。

"社长吗……"

波野脸色铁青地瞟了一眼背后的社长室，犹豫了半天，终于说了句"请稍等"，转身走进了社长办公室，但马上又回来了。

"很抱歉，您来得太突然了，社长说他现在不方便见您……"波野一脸苦恼。

"有客人？"

"没有没有。"波野摇了摇头。

"那就不好意思了。"

"啊！等、等等……"

波野说着就想要阻止半泽，半泽没理会他，径直走向社长室，门也没敲直接就推门而入。

"您在啊。"

东田抬起头不由得变了脸色。波野慌忙追了过来，在门口不知所措。

"滚出去！"

东田唾沫飞溅，"谁允许你进来的！你这是非法闯入，我可要报警了！”

"别担心，我很快就走。"半泽和桌子对面的东田对峙着，"请立刻归还之前我行所提供的贷款！"

"什么？"

"我说请您返还那笔贷款。要是需要手续的话，我行可以立刻把还款通知函寄过来。"

"胡说八道！你们银行也太不讲理了，凭什么剥夺我们贷款期限的利益？"

"社长！"

半泽强忍着心中的怒火，说道："给一个弄虚作假的企业赋予期限利益，银行还没傻到那种地步。请您不要把人看扁了！"

两个人互相瞪着对方。

"请给我开一张支票！"半泽说，"金额五亿，备注用于还款，拿到手我立刻离开。"

"哼，想要支票的话我倒可以开给你，有本事你就收款去呀。"东田冷笑一声，"我公司在你们银行的账户上一分钱存款都没有，反正开了也是空头支票。银行收取空头支票拿去还款，到时候你就是个大笑料了。哈哈，真有意思啊，要不咱们试试看？"

"知道逃不过去就理直气壮地耍赖吗？社长，您的做法堪比黑社会流氓了。"

半泽本来就是直言不讳的性格，此时更是一针见血地揭露了东田的无赖嘴脸。

"你说谁要逃跑？"

"如果您不是要逃的话，为什么不能好好地向我们说明情况呢？"

"怎么可能逃跑呢？你净说些没影儿的事，我可不想跟白痴解释什么。"

"没有的事？社长，事到如今就不要再装了吧？您现在该做的事不是逃跑，也不是要无赖，更别想拖拖拉拉。趁早承认做假账的事实，该道歉就道歉，然后跟我们一起商讨公司今后的经营发展方式才是正道。请您拿出点诚意来吧。"

"哈。银行还提供公司的经营咨询啊，这事儿我可从没听过。你们不就是一群放债的吗，也就会干点钻营打探的事，懂什么经营啊。除了会说些裁员啦，削减经费啦，你们还会干什么？跟你们这群混账家伙，我有什么好咨询的！"

"让公司恶化到出现了几亿日元赤字这种地步，又是谁的责任呢？"半泽斩钉截铁地反驳道，"东田社长，您作为一社之长，彻底失职了！"

"哼，你少放屁！我不会还你们钱的，绝对不还！滚回去跟你们那个弱智支行长报告去吧！"

东田社长说罢，就留下半泽，匆忙逃出了社长室。

之后，银行又多次向东田发出要求、要他说明情况并返还钱款，都被东田以各种理由推托了。

一个月之后，半泽又收到了西大阪钢铁在主力银行关西城市银行立卖堀支行发生首次空头支票的报告。

第二章　泡沫经济时代的新人组

1

何谓破产？

现在的世界，十几年来已经产生了一种诡异的免疫力。银行职员也一样，在泡沫经济以前，听说"客户公司倒闭了"，那可是骇人听闻的大事件。而现在呢，就算有那么一两家客户倒闭了，大家的反应也不过就是"那又怎么样呢"。

话虽如此，如果是自己负责的客户破产了，情况就完全不同了。

这个过程中伴随着各种沉重的事务负担。

毕竟，曾亲身经历过破产的人还是很少的，所以大多数人并不知道在这种时候贷款银行会摆出什么态度。对于银行来说要面对破产造成的损失，而银行职员则还要头痛由破产带来的一系列烦琐的事务手续。

首先，当贷款企业出现空头支票的时候，银行就要开始准备大量的文件了。

账户解约通知书、还款请求书、抵偿通知书等。

账户解约通知书的内容如下："对于开出空头支票等信用不佳的企业开设代表信用和名誉的结算存款账户，有损于我行的声誉，特此注销相关账户。"请求书中则会写道："因为贵公司开出空头支票，导致信用情况恶化，须立刻全额偿还我行发放的贷款金额。"最后，抵偿通知书的内容是："抱歉，我行已将贵公司的存款和贷款进行了抵偿。"书面文件的用语大抵如此。

这些文件都会用"附送达证明以及内容证明"的方式邮寄，邮寄方式的名字长得念一遍都会咬到舌头。之所以选择这种不好读又略显夸张的方式，是因为可以证明"首先是证明文件的内容清晰无误，其次证明确实准确无误地送到对方手中了"。

对银行职员来说，为这种已经断绝往来的客户准备这些挖空心思客套虚伪的文件，是一件非常浪费时间和精力的事情。而且，利息还要精确到一分一厘，这也要花费很多的精力。

幸好西大阪钢铁公司的贷款只有五亿日元这一笔，贷款账户也只有一个。对于那些常年合作的客户来说，光贷款账户可能就有五到十个，结算账户更多，一个一个地进行抵扣，要算清楚哪一笔存款用于抵扣哪一笔贷款，连银行职员也会感到非常头疼，操作时简直像解谜一样。

"A结算账户注销后有若干返还金，用于扣抵某笔贷款的本金若干利息若干日元"，这样的抵偿通知书陆陆续续发出，其实收到的人可能也是一头雾水，搞不清状况。不过，不知道是幸运还是不幸，破产者本人面对债权者的步步紧迫，要么潜逃，要么装聋作哑，要么精神崩溃，甚至自杀，反正从来没有人仔细研究或纠结过抵偿通知书的账目内容，还真是省事了呢——这当然只是个玩笑，不过其中还有一个问题。

破产以什么为凭据？实际上，破产的定义并没有单纯清晰的界定。对银行来说，企业的"破产"不是严格的法律概念，所以法学系的学生经常使用的有斐阁出版的《法律学小辞典》中并没有这一词条。

因此，仅凭第一次开出空头支票，很难来判断西大阪钢铁公司是否即将破产。

⊓空头支票是企业开出的支票因为存款账户余额不足而无法正常结算。

而且，结算账户主要是企业为了结算往来款项而开立的账户，开出的支票或汇票的票面金额都从账户余额中扣除。虽然方便，但往来款项一律不计利息，这是它的一大特征。

空头支票指的是，拿着对方公司开出的劳务费支票到银行要求兑现的时候，银行以"账户余额不足无法结算"为由拒绝支付，这时候这张支票就成了空头支票。"结算"这个术语给人一种过于专业的印象，实际上可以简单地理解为"支付"。

经济不景气，一张票据无法结算，"请给我延长结算时间"这样的请求也多了起来。延长之后再延长，最后常常无法结算。因此也产生出各种奇怪的名词，例如支付期间十月零十天的被称为

"妊娠票据"，二百一十天①的被称为"台风票据"，还有一种"飞机票据"，是说那种几乎不支付，偶尔又会支付部分金额的票据。

在此多说一句，为什么特地在空头支票前面要加上"第一次"这种表示次数的字样呢？这是因为空头支票最多只能出现两次。尽管第一次空头支票没有什么制度上的惩罚规定，但如果第二次又出现这种情况的话，就会自动被支票兑换所处以停止交易的惩罚，也就是"由于此人缺乏信用，特此回收并停止一切本票和支票交易"。

有什么呀，只是不能开出票据和支票了嘛——要是这样想可就大错特错了。

一旦发生这种事情，企业在社会上的信誉基本上就全毁了，绝大多数情况下，谁还会再跟"连票据都被回收了"的企业打交道呢？很快这样的企业就会成为众矢之的。同时，还会出现"没结清的货款请立刻用现金付款"的情况。债权者的团体会立刻杀到公司，如果不赶紧拿出钱来，债权人会不管三七二十一用红纸②横七竖八地贴在所有能变卖的东西上。更有甚者，身着劣质西装的黑道大哥也会在此时登场。这样一来，企业根本不可能正常运转——这就是世间所谓的"破产"。

---

① 日本一般每年 9 月 1 日开始进入台风期，一般持续到第二年的立春，大约 210 天。

② 表示要低价出售。

* * *

"虽然只是第一次空头支付，这种情况下应该不可能重整吧，支行长？"

面对副支行长江岛的询问，浅野点头表示肯定。他的判断是，没有必要等到第二次空头支付发生了。对此，半泽也是认同的。采取虚假财报掩盖巨额赤字已经是确凿无疑的事实了，实际上更应该早些时候就开始进行债权回收的。之所以没有这样做，全是因为浅野的口头指示："既然还没破产，假财报也不一定能说明什么问题，再等等吧。"像这种拖延时间、不及时暴露问题的指示是绝不会留在书面上的，浅野很擅长这一手。

但是，事情的发展果然还是超出了浅野的预料。现在西大阪钢铁公司虚假财报的事情已经到了不得不向总行汇报的地步了，怎样逃避责任才是现在浅野脑袋里最苦恼的问题。

"总之，你还是去东田社长家里找找他，中西去做还款请求书。知道了吗？"

中西苍白的脸上浮现出了不安的神色。对于经验尚浅的中西来说，制作债权回收文件也是头一回。

半泽拜托垣内协助中西，然后自己就离开支行，坐地铁从本町站到了梅田。此刻正是下班高峰，半泽在梅田跟下班回家的乘客一起挤上了京都线阪急电车①，他的目的地是位于东淀川区的东

---

① 阪急是关西城市圈的主要私营铁路集团。胭脂红的车体配的怀旧复古的内部装饰，在铁路迷中人气爆棚。

田家。阪急电车徐徐驶出梅田站，开上了横渡淀川的铁道桥。夜空下的淀川，看起来像一潭漆黑的死水。

半泽在离东田家最近的淡路站下车，穿过站前密集的商店街。这一带是准工业区，公寓和工厂混杂成片，肃杀而冷清。附近可能有冶金工厂，空气中弥漫着一股刺鼻的气味。东田所住的东淀川高地大厦是一座高层公寓，突兀地矗立在这片混乱的区域里。

出于银行职员的习惯，半泽首先找到大厦建成时的"奠基石"，确认了建成日期——平成四年（1992 年）五月。

"这下没戏了。"

虽说是泡沫经济崩溃后的一个时期，公寓的售价仍然比现在高得多，这座大厦就是那时候的建筑。当时的售价大概有七八千万日元，现在最多值一半的价钱。不对，建在这种鬼地方，如果拍卖的话可能连三千万都够呛。这么一来，买入公寓时的按揭贷款可能就已经处于抵押不足的状况。本来还寄希望于公寓等固定资产有一定的担保余力①，以为拍卖房产后多少还能回收一些，现在看起来也是行不通了。

走进公寓大楼的玄关，里面有三个男人，他们一起向半泽投来了探寻的目光。

半泽在呼叫系统上输入房间号码，等候回复，无人应答。倒

---

① 指已经接受了融资后再想追加融资时对抵押物进行的价值判断。例如以一个不动产为担保融资了 2000 万日元，如果抵押的价值有 5000 万日元的话，那么还可以追加融资 3000 万日元。

是从背后传来了一个声音："要是找东田的话，他不在家。"正是刚才那三人之一，他们都是债权人。

"公司早就是个空壳子了，所以我们才找到这里来的。他大概连夜逃跑了吧，那个浑蛋！"

说话的人看上去一副工薪阶层的装扮，语气可不善。

"你是银行的吧？他坑了你们多少钱？"

他一看半泽的装扮就猜出半泽是银行职员。他们大概也是同行吧。半泽不方便明确说出债务金额，只打了个哈哈，敷衍过去。

"趁早死心吧。"对方回应道。

如果说出债权金额高达五亿日元，恐怕对方会吓得目瞪口呆，不过半泽仍然只答了一句"说的也是"，便岔开了话题。他的视线停留在已经被邮件塞爆了的邮箱上。

一看就知道，这些邮件已经搁置了好些天了。也能佐证那名男子所说的"连夜逃跑"。

不知道是不是这几个人的杰作，邮箱的门已经坏掉，里面的东西乱糟糟地散落了一地。地上凌乱的广告邮件上还有几个鞋印。他们回收债权的方式有多粗暴可见一斑。

继续在这儿等下去恐怕也是见不到东田的。

"就这么溜了吗？"

半泽转身离开公寓大楼，边走嘴里边嘟囔着，更为东田的态度而感到恼火。真是个可恶的家伙！尽管经营恶化是多种原因导致的，但是为交易合作方带来这么多麻烦，最起码应该谢罪道歉吧，好歹表现出一点责任感才是为人应有的态度啊。

"真对不起，我会尽全力去弥补的。"如果能像这样表现出充分的诚意，说不定对方也会体谅地说一句："都是没办法的事情啊。"但东田这个男人，连直面批判和斥责的勇气都没有，只会嘴上说大话。一想起他那张自恃社长身份、趾高气扬的脸，半泽就有一股沸腾的怒火直冲头顶。

"不行，根本没找到他。"

半泽回到银行后汇报说。要是有担保的话还好一些，眼下却只能先用少得可怜的存款冲账，然后再想办法回收债权了。

"怎么办，课长？"

面对垣内严肃的提问，半泽深深叹了一口气，说道："万事休矣。"

* * *

准备完各种即将发出的债权文件后，早已错过了最后一趟电车。半泽和同样住在公司宿舍的垣内一道，从银行门口打出租车回家。到达位于宝塚、建于三十年前的公司破公寓时，已经过了凌晨一点。垣内住在另一栋楼，半泽跟他道别之后回到自己家，妻子半泽花出来迎接他。

"没事吧？"

因为半泽提前跟妻子交代过，工作上有些麻烦事儿要很晚回家。

"可不是没事啊。"

半泽把挂在手臂上的西装外套递给妻子，解下领带，挂在了衣架上。

"破产了吧？"

半泽瞪圆了眼睛。他刚想说，小花的感觉可真准啊。结果小花却说："是刚才垣内夫人打电话时说的。"

大部分银行都存在类似的情况，就拿东京中央银行来说，七成以上的人都是在本行内找到的结婚对象。如果双方都是银行职员，自然很容易相互理解工作上的痛苦和艰难。不过小花不一样，她是半泽大学时的学妹，两人结婚以来直到现在，她都在广告代理公司工作。由于两人的工作领域截然不同，小花对经济方面的事毫不关心，对财务、融资等更是一窍不通，是个彻底的门外汉。

"损失了多少？"

"别告诉别人哦，五亿日元。"

这是机密，其实不应该告诉她的。不过她迟早也会从垣内夫人那里打听到，所以说不说都一样。

"那是谁的责任呢？"

"嗯，所有人吧。"

回想起浅野那烦躁的表情，以及江岛说"都是你的错"时的语气，半泽不由得皱起眉头。

"所有人？"

"支行长、副支行长，还有我。不过业务负责人还很年轻，估计会被免责。"

"既然按应有的手续经过了审查，结果还要你来负责任，不是很奇怪吗？"小花真是一句话切中要害。

"嗯，你说的没错。可是这次很难说。"

听半泽说了当时浅野急匆匆不顾一切提交申请书的情况后，小花生气地说道：

"凭什么连你也要承担连带责任啊？你不是阻止他们，让他们不要着急再等等的吗？明明是支行长的错儿好不好。你为什么不直接说呢？"

本来就有合理主义至上的观念、说话从不拐弯抹角的小花，经常对半泽工作上那种拖泥带水的感觉表示难以理解。

"现在说是谁的责任有什么用呢？这种事儿总有一天会真相大白的。"

"真的会这样吗？"

小花皱起了眉头，"银行不是常有那种事吗？把自己的过失一股脑推到部下头上。这些我可早就听说了，你怎么知道你不会被推出去当替罪羊啊？"

半泽无言以对。他知道妻子说的都有道理，但是在银行，不，应该是在所有传统型企业，所谓的道理也并不适用。在外面也是，对方如果说"您夫人可真能干啊"，听到这话时他也会不由得盯着人家的脸认真地看看，总怀疑对方的话里带着讽刺。

"真是的。我们可是放弃了以前所有的人脉关系跟你一起搬到大阪来，你不好好出人头地我们可怎么办啊？"

"我们"指的是半泽小花和长子隆博。半泽心想，小学二年级的学生能有什么人脉关系啊，可是这个话题一旦开了口就会没完没了。大学时候的小花倒还是挺善解人意的，可不知从什么时候起变得越来越强势了，现在她把孩子当借口，比起半泽的处境，她更以"自己人"的利益为优先。只要半泽工作上出人头地，能维持优渥的收入，就会有人夸她"您先生可真了不起"，这就是她满足感的源泉。这种一目了然的浅薄虚荣的想法更让半泽感到恼火。

"如果我真那样做了，会把我置于最坏的境地。你明白吗？"

半泽随口反驳道。在银行里成天谨小慎微、武装到牙齿的半泽，面对小花总忍不住要宣泄一下。

"我知道的，这种事。"

小花立即回应道："真那样的话我们也会很不好过的啊。你也好为我们好好考虑下哦。你不是说过，最低也要当上部长的吗？"

这是什么时候的话呢？刚结婚时候说的吗？

半泽放弃了，只是撇撇嘴，满肚子反驳的话也都不知道跑哪去了。

2

"一单就损失五亿日元，真是够惨的。"

渡真利说着，视线透过举起的烧酒杯窥探着半泽的表情，"总行现在已经传得沸沸扬扬了。"

渡真利现在已经是融资部企划组的调查员了。

"我能有什么办法。这可是支行长强行通过的案子啊！"

"那也得有人相信你才行。听说你们那个支行长，最近可经常往关西总行跑哦。"

距离西大阪钢铁公司开出第一次空头支票的日子刚好过去一周了。

此刻围坐在梅田居酒屋桌旁的，有来大阪出差的渡真利、半泽，还有苅田和近藤共四个人。苅田是去年从东京调过来的，现在在关西法务室担任调查员。而近藤则在大阪办事处系统部分部担任调查员。

"具体我也不是很清楚，不过他好像在疏通关节吧。"

"疏通关节？"

渡真利不说的话，半泽还不知道浅野和关西总行有来往这件事，于是他跟着嘟囔了一句。

"你应该知道他这么做是为什么吧？"渡真利问道。

"到底是为什么？"

一直默不作声、专心吃着花鲫鱼的苅田，突然问了一句。苅田没什么变化，还是一副学者样，看上去有点不食人间烟火的感觉。

"大概是在想办法逃避责任吧。"近藤漫不经心地说道。

他最近可能身体欠佳，脸色看起来不是很好。

＊　＊　＊

见到这群人，半泽就想到了刚拿到录取内定时，被银行变着法儿"软禁"的那个夏天。不是去迪士尼乐园，就是去箱根泡温泉，要么就是去游泳或者海滨浴场。每个组不花完银行给的预算决不罢休。每天都在肆意悠闲游乐中度过。解禁都在晚上十一点以后。每天都重复地做着相似的事。

当时几个人在一起海阔天空，聊过很多很多，半泽到现在还记忆犹新。当时渡真利经常热情洋溢地述说的梦想是大型融资项目。"我将来要投身于数百亿、千亿计的大型开发事业"——每次一杯酒下肚，渡真利就开始滔滔不绝地讲起来。

后来，渡真利在实习后受命分配到新宿支行，之后又去了赤坂支行，然后到了现在的融资部，始终与他所期望的那种融资项目无缘。就这样入行已经十六年了，至今仍然围着中小企业融资项目打转儿。

虽然半泽并没追问过渡真利的想法，不过估计他投身大型融资项目的梦想早就破灭大半了吧。

说起来，在泡沫经济时期，有志进入银行的人，大多数是以从事项目融资为由应聘的。那时候的融资花钱似流水，甚至为了融资而四处找寻投资项目，在那样一个把本末倒置当作理所当然的时代，能够参与巨额融资的大型项目，是很多银行家的梦想。

然而，当时启动的项目多半都因为后来的不景气而入不敷出，最终，不出意外地都变成了巨额损失的根源。这对虽然没能实现自己的梦想，但也因此没有被卷入其中陷入困境的渡真利来说，可能反而是幸运的事。

另外一位，关西法务室调查员苅田，进了银行之后也还是以通过司法考试为目标。当时银行本着行内持有各种资格证书的人越多越好的观点，提供了种种研修培训制度。而苅田被选中参加其中最难的"司法考试专业训练"课程。

培训为期两年。在那两年期间，苅田得以从银行实务中解放出来，在银行的特许之下，以司法考试为目标专心学习。同期进入银行的其他人都还是支行新人，每日勤勤恳恳、战战兢兢地打杂，苅田却可以优雅地抱着六法全书，日夜勤学苦读。

当时同期的人都非常羡慕他，也对他抱有极大的期望和瞩目。"苅田肯定行。没准第一年就能闯过司法考试大关呢。"就在人人盛传这些话的时候，在研修课程第一年参加司法考试的苅田却在考场上败北。接下来第二年也是不合格，从此形势就发生了变化。

随后，苅田被分配在法务室打下手。"以后再想参加司法考试就请自己去考吧。不过，把行里好不容易给你争取来的机会白白浪费了，可是要付赔偿金的。"——就这样，当同期的其他人基本上都当上副课长的时候，他还是科室最末席的小职员。

如果那时候，苅田通过了司法考试，整个人生轨迹肯定会大不相同吧？可是，直到现在苅田的简历里都没有"司法考试合格"的字样。偶尔也听说他还没放弃、仍在不断挑战，但并没人向他本人确认过此事。

结果，苅田终于从小职员升到带职称的岗位时，比同期最快的人足足晚了三年。职务上虽说跟渡真利一样都是调查员，但渡真利和半泽一样都是六级职级，苅田才升入五级，差了一大截。虽然不能一概而论，但他们的年收入少说也差了两百万以上。

另一个人，目前隶属于系统部的近藤同样也是调查员，但职级也跟苅田一样，止步于五级。

苅田虽然也算是个例，不过他的晋升迟缓毕竟还是有一定原因的。近藤则是另一种情况——他生病了。这么个体格健壮的男人竟被病痛折磨，真是莫大的讽刺。

五年前，近藤在新开设的秋叶原东口支行工作，职务是副课长。

泡沫经济破灭已经将近十年，银行的业绩被巨额的不良债权所累，从巅峰状态直线下滑。在这种时候新开设的秋叶原东口支行，正是处在业绩不振的最低谷，是由董事长直接下命令"快速提升业绩"作为典型的战略型支行。

这并不是什么让人兴奋的好事，随之而来的是巨大的压力。当然，能够被选出来到战略型分支机构工作这件事本身，说明银行对近藤的业绩评价还是很高的。事实上，他是第一批升任副课长的人，此次调任正是对他工作上富有才干的评价。如果能如预期一样提高业绩，想必他会在同期中以最快的速度早早高升。但是——

近藤并没有像预期一样快速提高业绩，他为此苦恼不已。本来，他的任务是挖掘新客户，这是分支行里最困难的工作。此外，有小道消息传说，近藤跟那里的上司气场不合。特别是当时的支行长木村直高，是一个严厉得出了名的、完全无视人情世故的专制独裁型的领导。近藤却是个知性敏感的人，在大大小小的会议上总是被木村当靶子猛批。

近藤身心疲惫。结果他患上了神经官能症 [①]，离职休养一年。

在银行这样的职场上，因病长期脱离战线必然会影响晋升。而且，神经官能症这样的病症在人事考核上也是会被扣分的，现在的近藤既没有部下也没有名片，不过是部门里供着养老耗日子的。名义上是调查员，年收入却只有区区七百万。两个小孩，妻子是专职主妇，一家子在大阪这块人生地不熟的土地上生活，住的还是公司公寓。

---

① 神经官能症，又称神经症或精神神经症，是一组精神障碍的总称。

看着提不起精神、沉默吃东西的近藤，半泽想起了某次近藤突然跟他说起的事，"喂，人事部在做新实验呢，你知道这事吗？"那是近藤重返职场不久的时候，他说自己已经没事了想去喝两杯，邀请半泽去了新桥的烧烤店。

"人事部的实验？那是什么？"

半泽不由得放下筷子，因为他听到近藤突然丢出了一句"电磁波"。

"你知道吗，半泽。我说的话可能连你都不信，但这是真的。"

近藤以这句话做开场白开始讲述，他说人类的大脑在思考的时候会发出微弱的电磁波。

"捕捉到这种电磁波并加以分析，就可以知道那个人的所思所想。现在世界上最先进的技术已经能做到了这个程度了呢。"

半泽对他的话不明所以，默默无语。近藤在离职休息期间确实读了很多书，听说除了政治、经济等相关读物以外，还有历史、物理等，他沉浸在丰富多样的书山文海中，涉猎极其广泛。

"你知道我为什么读那些书吗？"

"……不知道。"

半泽偏着头看他。那时候他还没有怀疑到近藤的精神有问题。实际上，半泽是后来才知道近藤是因为神经官能症而休养的，当时只听说近藤身体状况很糟糕。

"为什么？"半泽问。

"就是跟刚才说的电磁波有关。"

接下来近藤所叙述的事情，让半泽不知做何反应才好。

近藤说，有一天，他听到部长跟自己说话的声音。

那时他已经忙得非常疲惫，而部长说了句"明天之前弄完它"，又把一大摞指派的工作堆到他桌子上。

"你啊，就不能精神点嘛。"

不满的声音从背后突然袭来，近藤颤抖着转过身——没有任何人。他花了很长时间才明白，那个声音是直接从自己脑海中浮现的。

"但是，这种情况也会让接收方一点一点地察觉到。"

近藤一脸认真地继续说，"比如说，我会听到有个声音悄悄地说起某本从来没听说过的书，还说你快去读——难以置信吧？但是，真的去书店一找，果然找到了那本书。读完之后，接着读这个、再读这个……就这样，他们总是不停地指定一些我不知道的书让我读。我就是在读那些书的时候，慢慢发现电磁波和大脑的关系的。"

"他们……是谁啊？"因为近藤语焉不详，还神秘兮兮地四下观察。到底是怎么回事啊？半泽摸不着头脑，只能从他模模糊糊的话题里勉强找个线索问下去。

"当然是人事部啊。"近藤说，"这就是他们的实验。"

人事部正在秘密研究通过电磁波管理银行职员的方法——这就是近藤的观点。开发预算无限高，使用最先进的 IT 技术捕捉员工大脑里散发的电波加以分析，并将命令直接下达到大脑里。这就是人事部期望实现的管理方法——

听人提起近藤的病症，是这以后的事情了。此后跟近藤不知见过多少次，还一起喝过酒，但半泽再也没提起过"电磁波"的事。结果，直到现在，他也不知道近藤的精神状态到底是什么样的。一切都交给时间吧，时间是治愈一切的良药。

"在支行也不容易啊，要被客户呼来喝去的。"

近藤面带怜悯地说道。

"我觉得我呀，与其说是被客户呼来喝去，倒不如说是被支行长支使得团团转啊。"

听到半泽这句半带调侃的话，近藤苍白的脸上浮现今晚的第一个笑容："不容易啊，真挺不容易的。比起来，我倒是轻松多了。"

因为不知如何应答，三个人都沉默了——应该不会轻松吧？

"唉，难得如意啊！"近藤又说，"工作大概就是这么一回事吧，又有谁是真的实现了梦想呢？"

"没有。"

渡真利率先直言，他的眼里带着几分认真。

"押木算吧。"苅田突然说道。

半泽一下子愣住了——仿佛后脑被人打了一闷棍似的。是啊，还有押木。押木的梦想是成为国际银行家，全世界飞来飞去。在众多精英中产阶级出身的银行职员中，押木是少见的青森农家的长子。

走上工作岗位之前，他从来没出过国，毕业旅行的时候大部分学生都会飞往海外，押木却因为囊中羞涩又不愿给父母增添烦恼，一边在补习班代课打工，一边在英语学校努力学习。

他是个非常朴实敦厚的人，不世故，却又非常成熟老练，每当憧憬未来的时候，他那素日亲和的表情和眼神都会变化，绽放出灿烂的光芒，那开心的表情就像是看到了自己意气风发地提着行李箱登上公务舱的场景。

半泽非常喜欢那样的押木。

可惜，那样的押木已经不在了。

"9·11"事件，在美国同时发生的多起恐怖袭击中，世贸中心倒塌了，押木也行踪不明，最后连遗体也没能找到。

"他是真的非常想去美国啊。"渡真利说，"他做到了自己想做的事情，从这个角度来讲，他还是很幸福的吧。"

"真是那样就好了。"苅田略显落寞地说道。

"押木家里怎么样了？"近藤问道，"他还有家人吧？"

"有太太和两个小孩，应该上小学和幼儿园吧，好像都还在美国。"

"为什么？"近藤问。

渡真利默默地叹了口气，半晌才答："我听说——他们还没有彻底死心。"

"是吗？这样啊。"

半泽说着，默默地倒满了酒。

"总之，每个人都有自己的想法吧。"渡真利像是说服自己似的，补了一句。

几个人沉浸在略带忧伤沉默的气氛中。

"我说，半泽那件事儿，"苅田把话题拉了回来，"现在去疏通关节，是不是太晚了？已经可以肯定要变成坏账了吧？还有什么回收贷款的办法吗？"

"目前来说，还没有。"半泽答道。

"通过审批之前的过程就不太好啊。不过要说你也是的，半泽，那样的融资怎么也能审批通过呢？"渡真利说道。

"我也不想！"半泽不由得提高了声音，"都是支行长擅自做主绕过我硬往前冲的。难道我说因为我个人不同意就能阻止得了他吗？"

"唉，这倒也是。"

渡真利说道，然后又沉默了，把热好的烧酒端到嘴边。

"所谓'组织'就是这么回事儿。"苅田说。

"你倒会说。那是因为你根本没在支行工作过嘛。"近藤说。

"不管在哪，组织就是组织嘛。"苅田反驳道，"不会要受处分吧？"他皱着眉头问渡真利。虽然半泽是当事人，但身处融资部的渡真利比身在支行的半泽消息要灵通得多。

渡真利的脸色阴沉下来，小心翼翼地瞥了一眼半泽："可能会的。"

"已经到这种地步了吗？"半泽不快地说，"这才一个星期。"

"既然回收贷款无望，一周两周又能怎么样呢？更糟糕的是，贷款发放之后才过了五个月。而且，听说你没有发现对方的财务造假，这是最糟糕的。"

虽然不甘心，但财务造假一事正如渡真利所说，当时不管浅野怎么催促，半泽都应该认真审查到起码能让自己信服的程度。这一起破产案件，已经让支行业绩考核获得表彰的梦想化为泡影。

"一失足成千古恨。浅野本来是铆足了劲往上爬，这下可就有点困难了。"

渡真利听了近藤的话似乎想说点什么，结果又咽了下去。不过，你以前不也是这样的吗——半泽听了他的话差点想说。

"算了，事已至此，也没办法嘛。"渡真利为了缓和气氛似的说道。"不说这个啦，真的没有什么办法回收资金吗？"他又问了一遍。

"根本没有什么担保余力啊。公司也好，他自己的住宅也好，还不够填补关西城市银行的损失呢。"

"是叫什么东田吧，那个社长？他会不会在其他银行还有隐藏的存款啊？中小企业的经营者里偶尔会有这样的人，为了以防万一，会暗地里藏点私房资产什么的。"

"要是真有就不用我费劲了。"

"你找了吗？认真仔细地找了吗？"

半泽不由得抬起头来，他从渡真利的话里感觉到了一种从未有过的迫切感。他突然意识到自己在总行那边的处境已然非常不利。于是，又是一场沉默。

"我在问你，你到底认真找了没有，半泽？"

"根本无从下手啊。"

"雇侦探也行啊，不管什么办法，赶紧去查，半泽！"

"怎么回事，渡真利你倒是一副拼命的架势。"苅田听了两人的对话，插嘴说，"到底发生什么事儿了？"

被三个人盯着，渡真利愣了一会儿。接下来，"这话可只能在这儿说。"他盯着半泽，"你们那位支行长，坚持说那次融资完全是你的失误。"

"什么？"

半泽目瞪口呆，说不出话来。近藤脱口而出，"这算怎么回事儿啊？"

"就是说啊。"渡真利向前探了探身子，压低了声音说道："西大阪钢铁的信贷事故，是因为身为融资课长的半泽能力不足，没能发现正常情况下都能够发现的财务造假而导致的。支行长是因为信任了半泽的财务分析才做出的授信决策，决策本身并不是他的错——他到处宣扬的是这一套说辞啊。"

半泽气得全身发抖。一派胡言！

刹那间半泽眼前出现了浅野那张眉头紧皱的脸，那是西大阪钢铁出现第一次空头支付之后几个人连夜开会讨论时挂在他脸上的困惑表情。

"真的吗，你说的那些？"半泽问。

"当然是真的了！"

半泽一拳砸在桌子上，"你这家伙，怎么不早点告诉我！这么大的事还瞒着我！"

"我哪里是想瞒着你啊。我要告诉你了，你明天早上到支行见到浅野时，会用什么表情面对他？想到这点我也不知道怎么说出口啊。"

"还有工夫担心什么表情不表情！"苅田替半泽抱怨了一句，然后饶有兴趣地问，"然后呢？结果怎么样了，他那些游说活动？"

"目前来看嘛，还不是所有人全盘相信浅野主张的那一套说辞。但是，也有让人担心的问题，毕竟那个老头跟浜田老大的关系可是很密切啊。"

浜田顺三是原人事部长，现在已经是专务董事了。此次的信贷事故肯定也传到了他的耳朵里，如果真的下处分，必定要经过浜田的裁决。

"本来，把浅野推上支行长位置的就是浜田专务，这样的话对浅野可能就很有利了。人事部在做任何决定的时候也会有所顾虑的。如果说浅野这个支行长失职，那岂不是在变相说推荐他的专务没有识人之明吗？"

"但是，毕竟是五亿日元的损失，一定要有人负起责任来，对吧。"近藤说，气得脸颊鼓鼓的，"也就是说他们要拿半泽当替罪羊了？"

"别开玩笑了。"半泽狠狠地说，"我可不想给浅野当出人头地路上的垫脚石。"

"所以啊，尽全力去收贷吧，半泽。"渡真利的意见很明确，"只有回收债权这一条路了，拼了命也要找到那个什么东田社长。把他找出来，拼了命也要他拿出钱来！"

3

只有回收债权这一条路了——话虽这么说，可做起来没那么容易。

本来半泽根本不相信东田还有那么多资产，就算真的有，在现在这种信息不足的情况下，想调查也无从入手。然而就在这个闭塞窘困、一筹莫展的时候，突然有个信用调查公司的男人来到了支行，那是破产事件发生后十天左右的事情。

一般来说，这种民间调查机构并不需要身为课长的半泽出面接待。然而这名男子进来就说他是要对西大阪钢铁公司进行信用调查的，而碰巧负责人中西又外出了，半泽只好亲自出面。

来人名叫来生卓治，年纪与半泽相仿，就职于一家名叫"大阪商工调查"的公司，职位是信用课副课长。此人习惯一边盯着调查笔记本，一边低着头说话。但是，偶尔也会抬眼一扫，流露出精明犀利的目光，仿佛要确认谈话的真实性。

"在下前来，是为了调查西大阪钢铁公司破产的相关情况的。"

"谁委托的？"

"这个，请恕我不便相告。"

这是调查员的惯用说辞，半泽其实也并不是非知道不可。

"关键信息都隐瞒着不说，光想从我们这儿获得消息？哪有那么便宜的事儿。"

面对半泽的不悦，对方那张阴沉的脸上微微露出一点笑意，"对不起啊——"他挠着头说道，"毕竟这是我的工作嘛。能不能麻烦您告诉我，东京中央银行对西大阪钢铁到底拥有多少债权金额呢？"

"如果对我们有利的话倒也不是不能提供信息，不过嘛……"

在融资课，时常有类似的调查员找上门，大部分都是敷衍一番推托掉。正因为是信用调查公司，才绝不能轻易把客户信息泄露出去。

半泽话音刚落，没想到来生说出一番大大出乎意料的话：

"这样吧，我先把我们掌握的情况给您说说看，您看看我们掌握的数字是否正确。"

说着他翻开手边的资料，念了几个数字。

半泽吃惊地盯着对方。融资金额和利息、用于抵扣贷款的存款余额等几个数字几乎分毫不差，都是正确的。

"怎么样？"

"这些数字，你是从哪儿得到的？"

半泽问道。

"这个嘛，我还是有些渠道的。"

"渠道？"

半泽疑惑地看着对方，"既然如此，能告诉我是什么渠道吗？不管怎么说，我行的交易内容以这种形式泄露到外部，我们也不能坐视不管。这本来是商业机密。"

"这么说，我说的金额没有错吧？"

"你从谁那里打听到的？"

来生的视线又落到调查本上，似乎犹豫着是否应该回答，"唉，好吧。那我就说吧，是波野先生。"这个回答实在太出乎意料。

"那个课长？"

"我去问过他，他很热情地告诉了我很多事，真是个好人啊。"

那个男人……半泽脑海里浮现出波野那副獐头鼠目的样子，不由得呆住。

确定发生空头支票的那天，半泽又去了趟西大阪钢铁公司，可那里早已大门紧闭，人去楼空，一个员工都没有。后来听人说，所有员工只接到一句"公司完蛋了"的话，当天上午就直接被遣散回家。

最后一次见到波野是在那之前两天，因为财务报表作假的问题，半泽前来要求他们立刻归还贷款。那时，波野来来回回只用一句话来推托，"我不是社长，什么都不知道"，半泽让他说明现在的情况，他也没有认真回答过。

东田已经行踪不明，从那以后西大阪钢铁的员工状况如何，半泽也不得而知。

"波野先生现在怎么样了？"

"他在花区有套房子，我曾去拜访过，他们家啊，本来就在那附近有一家公司，现在波野好像回到自家公司上班了。"

看来一旦跟西大阪钢铁脱离关系，他就打开了话匣子什么实话都肯说了。

半泽气得够呛。

来生问道："这里的数字有什么问题吗？"

"既然波野都这么说了，那还能有错吗？"他不礼貌地回答说。

"那么，那家公司的负债总额到底有多少？"

"目前还不知道是不是准确数字，不过综合各方调查结果看来，大概十亿日元吧。"

"只有这么少？"

半泽吃了一惊。这十亿日元里面有一半是欠东京中央银行的，欠关西城市银行的是三亿日元左右，还有两亿不知道是哪里的，但负债总额远比预想的少。

"赊欠供应商的应付账款怎么样了？"

"虽然多少还欠一些，不过大部分都干干净净地结清了。从这个方面来说，还真是位高尚的社长呀，东田先生。"

高尚个屁！半泽怒火中烧。开什么玩笑！这岂不是说，东田把行业内相关的债务都还清了，却单单给银行留下了一笔巨额烂账吗？

来生没有关注半泽心中所想，继续滔滔不绝地说道：

"如果做成清算资产负债表，负债可能还会增加一些吧。"

"等等。这么说，你拿到了西大阪钢铁公司真正的决算报告？"

所谓的清算资产负债表，是指从公司的资产中，扣除无法回收的应收账款，清算真正家底时所需要的资料。但是，制作这份对账单的前提是，必须以公司真正的资产负债表为基础。

顺便说一下，资产负债表可谓是公司的剖面图。可以把它理解成列出了手头的资金、借款总额以及其他可调用资金等全部资产的一览表，这样说大家可能容易理解一些。

东京中央银行直到现在也只有一份伪造的决算报告，因为直到最后，东田始终拒绝交出真正的决算报告报表，之后就销声匿迹了。说不定来生反而拿到手了——果真如此的话，出处毫无疑问就是波野。

"是啊，我带来了。"来生坦率地一口承认。

"能让我看看那份资料吗？"

听到半泽这句话，来生犹豫道："这个嘛，这是我们公司获得的资料，不方便外传……"

"我不是已经协助你们调查了吗？你们公司来我们这儿调查，只怕也不会只有这一次吧。我觉得我们彼此有必要保持友好的关系啊——我不会透露给其他人的，只在我们银行内部使用，用完就粉碎。"

来生盯着半泽的脸犹豫了一会儿，终于说了句，"唉，那好吧。"从提包中取出一个文件袋。半泽惊诧地看到，那份资料厚度相当可观。

"这些是三年的决算报告和财务资料。"

半泽叫来部下复印资料，在等待期间，两人的话题转移到西大阪钢铁公司破产带来的影响上。

"这么说来，西大阪钢铁公司的合作伙伴大部分都安然无恙了？"

"当然不是，也有因为连锁反应受到影响的呢，毕竟还是有债务没清嘛。"

"哦，是什么公司？"

"一家叫竹下金属的公司，您没听说过吗？"

半泽摇摇头。

"听说是一家营业额五亿日元左右的小公司，西大阪钢铁是他们的主力买家，他们已经合作很多年了。决算报告里有交易明细，您看了就明白了。如果有兴趣，我这里还有他们的资料呢。"

来生拿出一份不知道从哪里搞到的决算报告复印件——正是竹下金属最新的决算报告。虽然没多大兴趣，但半泽还是先复印了再说。对银行来说，信用调查公司之类的是最会给他们添麻烦的，为了获得信息他们经常不择手段，但对方竟然收集了这么多资料，确实出乎半泽的意料。

"我们还是没找到东田社长的踪迹，这方面贵公司有什么消息吗？"

"没有，其实我也正在追查这件事，但目前还没什么消息。负债总额虽然比预想的少，但毕竟不是没有啊。估计是不是惹上了别的什么大麻烦了，所以跑到什么地方躲起来了吧。"

"难道他还借了高利贷？"

"那还不至于吧。如果真惹上了那些人的话，就没那么容易脱身了吧。这方面我倒没听说过。"

很快，文件已经复印完，来生就协助调查一事致谢后便也离开了。半泽回到自己的座位上，迫不及待地读起西大阪钢铁的决算报告。

4

　公司为什么会发生空头支付的情况？不知道诸君是否深入思考过这个问题？

　公司为什么会倒闭？就没有人有疑问吗？

　归根结底，票据空头支付当然是因为资金不足，但说到"空头支付"，只有在能够签发票据的公司才可能发生，如果只使用现金买卖，就不可能出现这种情况。

　而且，很多人可能以为，无论什么样的公司都能签发票据，实际上并不是这样的。

　比如说，土木建筑业界就有"现金为王"的座右铭，宁可赊销也不接受票据付款——当然凡事总有例外。银行对他们不予理睬的时候，往往会让坚持现金结算的公司出现周转不灵的状况，甚至穷途末路。所以，业绩恶化的中坚建筑承包商破产之时，基本上就是所有银行都对其落井下石造成的。银行甚至会说出"让这家公司倒闭吧""谁会给这种破公司提供资金支持"之类的绝情话。

大家都说，金钱就像公司的血液一样。这句话似是而非，感觉上好像可以理解，又不太容易理解。如果问一下实际上这股血液到底是怎样流动的呢？因为难以具体说明，所以一般人都不太能理解。

比如，公司在银行申请融资时常见的理由之一是"纳税资金不足，特申请借款"——所谓的"纳税资金"，就是用于支付公司所得税的资金。

这话很奇怪。明明是经营赚钱后才要缴所得税，为什么还要专门向银行借钱来缴税呢？实在是莫名其妙。

说穿了，是因为企业把赚到的钱立刻转手投入到下一次生产运营之中了，一旦到了需要缴税的时候，手头几乎没有可用的现金，于是就会发生不贷款就缴不上税的情况。

通过这样一个机制，是不是能解释清楚"金钱"这样的血液到底是怎样循环的呢？

实际上，金钱在企业中的流动过程，别说门外汉觉得难懂，有时就连银行职员这些专业人士看来，也不是那么容易解释清楚的。

有时盯着账目上的数字要看几个小时才能弄清楚——那还是灵感来了、运气好的时候——有时候甚至不知道看了多久，也还是找不到头绪。

所以此刻，半泽聚精会神盯着西大阪钢铁的决算报告，以及来生不知道通过什么手段弄到手的关西城市银行的资料，就是为了搞清楚其中的资金流向。

这家公司的资金——或者说"血液"——是怎样流动的，流到哪里消失的呢？

不过，显然这次他遇上的不是那种轻易就能搞清楚的类型。

研究了没多久半泽就发现一处疑点，而且这个疑点始终没能解开，让半泽很是郁闷。

"您这是怎么啦？"

已经晚上八点多了，副课长垣内注意到了盯着文件、一脸疑问的半泽。他关切地问道："怎么，有什么不对劲的地方吗？"

"要说不对劲嘛……我总觉得这应收账款的数字有点奇怪。"

发现这个问题纯属巧合。如果只看西大阪钢铁的决算报告的话，可能一辈子都发现不了这个矛盾的地方。

"应收账款啊。"

垣内也凑上来细看。

曾经在证券总部工作过的垣内对数字非常敏感。一直以来，他都习惯于面对做财务报表十分严谨的大企业，所以对中小企业多少有点过于严苛。正所谓人无完人，不过瑕不掩瑜，他识别财务情况的能力还是一流的。

垣内扔下句"让我看看吧"，就把财务资料搬到自己桌上，噼噼啪啪地敲打起计算器来。过了一会儿，垣内抬起头说："好像没有什么不对的地方啊。"

"其实我一开始也这么觉得。"

"我根据最近三期的资产负债表，试着做了一个简单的资金运用表，不过没看出有什么不合理的数字。您觉得什么地方奇怪呢？"

"你看看这个。"

半泽给垣内看的是竹下金属的决算报告。

"这是西大阪钢铁的供应商，因为连锁反应也破产了，我看了他家的明细账，九成以上的销售额都来自西大阪钢铁。"

"原来如此，看来他们的关系非常密切呀。"

垣内翻着明细说。半泽知道，凭他犀利的眼光一定能看出问题。果然，垣内用了比预想中更短的时间就指出了西大阪钢铁财报的症结所在。

"西大阪钢铁记录的支付给竹下金属的总金额，和竹下金属收到的金额不一致啊。"

"您说的没错。"

半泽说着，视线落在手边计算出来的金额上。根据西大阪钢铁的详细财务资料，每年向竹下金属支付的金额——基本上应该等同于竹下金属销售所得的总金额——已经超过了七亿日元。但是，竹下金属这一方所记录的销售额却只有五亿左右。而且两家公司的决算期都是四月份，很难解释成记账周期差异导致的误差。

打个比方来说——有 A 和 B 两个人。A 说，我向 B 支付了七亿日元。B 却说，我只收到五亿日元。

"中间的差额竟然消失了。"

"这些资料的来源没问题吧？"

眼光犀利的垣内首先怀疑决算报告的真伪。他们吃够了虚假财报的苦头，眼下有此一问也是理所当然的。

"真想亲自问问西大阪钢铁的税务顾问，不过应该没用吧。"

半泽点点头。税务顾问有保密义务，如果没有得到东田的首肯，哪怕是企业破产，也不能把相关资料出示给第三方。

"怎么办？"

"我想去见见竹下金属这家公司的人。"

垣内睁大眼睛看看手表："现在？"

"就在附近。"

竹下金属的决算报告上印着公司地址，就在西区新町，从支行徒步走过去也不过十分钟左右。半泽把西装外套搭在手臂上，离开了支行。

*　*　*

半泽走在这个有很多钢铁企业的城区里。

虽然大阪有很多的船场商人，也有很多纤维批发企业，但半泽所就职的大阪西支行地区以钢铁批发为主。

同样都是市中心，东京和大阪最大的不同之处就是，这一带的公司大部分都有自己购买的土地和房子，具有较高的担保能力，所以处在比较容易融资的环境。但这一点在泡沫经济时期反而起了负面作用。

由于地价飞涨，导致很多公司因为资金富裕，所以以土地为担保，插手各式各样的和超出业务范围的投资。仅仅是设备投资还算好的，更有很多人单纯为了投资而投资，为了加入到与本行毫无关联的股票、黄金、投资信托资产的追捧狂潮中，纷纷以土地为抵押担保，借钱用于再投资。

当然，根据"坊间传说"，大多数情况下，力劝这些人购买投资产品的正是银行。当时银行具有现在这个时代难以想象的威望和信用，只要说一句"这可是银行的人说的，肯定没错"，任谁都会相信。

然而，随后股价开始暴跌，投资损失惨重的人到头来只剩下满身的负债。不仅如此，雪上加霜的是土地价值也随之大幅下跌，最终陷入了真正想借营运资金的时候反而没有了有效抵押物的窘境。

"用于购买投资产品的贷款和用于运营资金的贷款所占用的额度指标是不同的。"——以这样不负责任的话营销产品的银行职员不在少数，后来因为担保不足而拒绝贷款时，当然会有客户提出"这跟原来说的可不一样"，类似争议接连不断，逐渐成为银行信誉受损的原因之一。

及至平成三年（1991年），泡沫经济的末期，由于对银行的不信任感不断膨胀激化而引发的恶性事件频繁发生。其中最具冲击性的是住友银行惹上的伊藤万事件①。在这起巨额资金流向黑社

---

① 伊藤万事件，伊藤万是始创于1883年的家族企业，主营纤维制品，曾经在东京证券交易所和大阪证券交易所两处挂牌上市。1990年，日本媒体报道，伊藤万为了投资不动产开发业务，从银行先后获得了总额高达1兆2000亿日元的贷款。这些资金辗转多次，通过复杂的洗钱手法，流入了原大淀建设社长许永中的手中。许永中是在日韩裔人，曾任"二战"后日本最大的黑社会老大的保镖和司机，后来成为大淀建设的社长，与山口组等暴力团伙多有往来。据说许永中从伊藤万账面上拿走了360亿日元，又借助后者从住友银行获得了3000亿日元以上的资金。

会的案件中，奇怪的人物在暗中活动，黑社会和银行的接触点成为备受关注的焦点。时至今日，涉案的数千亿日元的资金依然去向不明。同一年，堂堂日本兴业银行，被小餐馆老板娘以极其拙劣的欺诈手段骗走巨额资金的案件也被曝光出来。"兴银原来这么容易上钩。"这家银行转眼变成世人的笑料。[①] 不久之后，平成六年（1994 年）又发生了住友银行名古屋支行长被人射杀的事情，案子查来查去始终找不到突破口，最终糊里糊涂地成了悬案。"住友银行明明知道内情，就是故意隐瞒对自己不利的真相"——这是盛行一时的传说。[②] 虽然众说纷纭，案件依然深陷迷雾，至今没有查明。到了平成九年（1997 年），又发生了集上述案件之大成的第一劝业银行丑闻。丑闻的起因是为了弥补证券公司的亏损，

---

① 尾上缝事件，尾上缝生于 1930 年，是小餐馆的老板娘，先后从银行等金融机构贷款发生额总额高达 2 兆 7736 亿日元（个人贷款 2 兆 7000 亿日元），被逮捕清缴后负债总额约 4300 亿日元，成为日本历史上负债总额最高的个人，因此被誉为"天才欺诈师"。但此人的骗术不过是自称灵媒，通过一只有神力的蟾蜍预测股票涨势，在泡沫经济股市普遍上涨的时候以"优异的预测能力"，在证券公司和银行的高级职员中拥有大批拥趸。鼎盛时期每天有大量豪车停在她的日料店门口，很多行长级高级职员以能进入内室参拜神蛤蟆为荣。后经法庭判决，实际服刑有期徒刑 12 年。

② 自伊藤万事件曝光后，1993 年春天起，住友集团很多高管的住宅连续发生枪击案，多达 10 余起，甚至横滨站前支行也遭到冷枪。1994 年 9 月 14 日，住友银行董事、名古屋支行长在其高级公寓内被射杀（后脑中枪，黑帮处决方式）。由于上述伊藤万事件中的资金掮客多与名古屋支行往来，据传支行长被杀就是因此而起，但最终成了悬案。

结果接二连三地牵扯出旧大藏省的色情接待、官民勾结的大案^①，拔出萝卜带出泥，最终因德行败坏而被逮捕的政府官僚和银行职员多达四十五人，此时银行信誉的招牌已经土崩瓦解，世人对银行的不信任程度升至历史最高点。

泡沫经济破灭后的不景气让大阪市西区的钢铁批发街遭受了重创。钢铁这个行业，受经济不振的影响格外严重，泡沫破灭后的十几年里，不少由零售店发展起来的公司，像被梳子齿篦过一般，一轮一轮地遭到淘汰。

虽然已经是晚上八点多了，八月的大阪仍然十分闷热。这要是大白天的话，脸上肯定会被晒出一层油来，尤其半泽这种爱出汗的体质拿两块手帕擦都擦不过来。

竹下金属的办公场所是一座又窄又高的三层小楼，坐落在一条遍布小企业的背街小路上。

门口挂着长明灯，在灯光的映照之下，陈旧污浊的水泥墙面仿佛与还没有完全黑透的天空背景融为了一体，单薄的建筑正符合一般小型企业的形象。

一楼是车库，再往里就是对外营业的事务所。现在那里贴着一张以"敬告各位客户……"为开头的道歉信。

---

① "总会屋"丑闻事件，总会屋是日本特有的一种以持有上市公司少量股份获得股东地位，以专门在股东大会上捣乱、妨碍其他股东行使权利为手法，从事敲诈勒索的黑帮团伙。据报道，第一劝业银行的高管与总会屋头目相勾结，向其提供融资，用于收购上市公司达到勒索的目的，相当于向黑社会直接提供运营资本金。事件暴露后第一劝业银行的董事长自杀。

难道没人？半泽刚这么想着，转眼一看，发现三楼的窗户里微微透出灯光。邮箱的铭牌上写着"竹下青彦"。看样子公司楼上就是老板自己家了，那灯光正是从那里散发出来的。

半泽摁下了对讲机，里面传来嘶哑的声音。他刚说明自己为西大阪钢铁公司的事而来的，"现在忙着呢！"对方马上变成恼怒的语气。

"能让我们跟您讲几句话吗？我们实在是万般无奈才来找您的。"

对讲机那头一时间沉默了，对方似乎在考虑，过了一会儿他说了一句："就五分钟啊！"然后挂断了对讲机。

很快三楼的门打开了，一个六十岁左右的男人从里面走了出来。他穿着朴素的便裤和白衬衫，头发花白，一张经常在太阳下劳作的红脸庞，与其说是公司经营者，更像是现场劳作施工的工人。

"真对不起，这么晚了冒昧来打扰您。"半泽首先致歉。

"到底什么事？"竹下社长问道。

"您有西大阪钢铁东田社长的消息吗？"

"消息？我要知道他在哪儿早找他算账去了！"竹下说话带着浓重的烟味儿。

"这么说，东田社长他……"

"根本没见着人。那天我也是一直在等他们打钱过来，结果一直没有。我觉得奇怪，打电话过去问才知道，那家公司早成空壳了！这可真是莫名其妙！他害得我家也完蛋了，给客户添了多少麻烦啊！"

虽然脾气不怎么样，但这个男人绝不逃跑，老老实实待在自己家里承担外来的压力，这份诚意足以让人心生敬意。

"欠钱之后他也没联系过您？"

"没有。还有，你们为什么来找我？"

"请您看看这个。"半泽一边说一边拿出西大阪钢铁的资料，"西大阪钢铁的记录表明，向贵公司支付了七亿日元的货款，但是我查到的情况是，您公司的销售额一共只有五亿日元左右。"

"这是什么呀？不对啊！这是真的吗？"竹下细细地看着文件，摇了摇头又递还给半泽，"我们的决算肯定没错。要错也是他们有错！肯定是那个男人搞的猫腻！"

"猫腻？"

竹下不再高声叫嚷："好比说……逃税，什么的。"

"逃税？"

"对呀。他们公司虽然这次彻底栽了，以前可是赚了不少钱。比方说往我们这种进货商的成本里掺水，瞒报盈利，等等，这些事他都干得出来！"

"可是，他最后有好几亿的亏损呢。"

有赤字就不太可能有逃税的情况吧——半泽想了想说出了自己的疑问。

"谁信他那套鬼话！"竹下说道，"东田那小子，跟我们家也算老相识了，从来就看不透他葫芦里卖的什么药，净用些下三烂手段做生意。我们可是没少吃他的亏，要不是经济这么不景气，我早就想找别的客户了。这次的事也是，该给重要客户的钱他都给了，像我们这种小门小户的，门儿都没有。"

"这样啊。"

半泽听了也是一肚子火气。只对大额债权人有情有义，反过来欺负小本经营的人，这才是东田的真面目。

"贵公司跟西大阪钢铁的生意往来情况怎么样？"

"往来也有些个年头了。我们家前些年生意做得也很大，大客户也不少，经济一不行，那些大客户就把我们抛弃了，结果就只剩下西大阪钢铁这么一家了。这世道，早知道落到这份儿上，我还不如早点把公司关了呢。"

竹下一脸苦涩的表情，"还没有破产管理人来联系过我，不过你知道他到底欠了多少钱吗？"

半泽说出从来生那里打听到的金额，竹下一听就瞪圆了眼睛，立刻又重新燃起了怒火：

"那还能轮到我们吗？"

"这我不太清楚。不过，房产之类的大宗财产全都被扣押了，我觉得还是不要抱太多的希望。"

就半泽自己而言，别说"太多的希望"，根本就是一点指望都没有，只是顾虑竹下的心情而没有说出口。

"没戏了……那往后我该怎么办呢？"

这个饱经风霜的经营者突然无力地低下了头，喃喃自语着。半泽也无言以对，只有默默地陪着他。

5

　　次日，竹下收到了破产管理人发来的西大阪钢铁进入法律整顿阶段的通知。与破产申请已经被法院受理的报告一同寄来的，还有密封的债权申报书。

　　同一天，半泽也收到融资部发来的一纸通知，银行内部要就西大阪钢铁坏账事宜举行听证会，半泽和负责人中西一起前往东京总部参加听证会——事前一点风声都没有，简直就是晴天霹雳。

　　惊呆了的半泽赶紧向副支行长江岛报告，结果江岛只瞥了一眼文书就扔了回来。

　　这小子早就知道了吧！

　　半泽从他的态度上察觉到这一点。江岛脸色冰冷地看了看日历，口气生硬地说：

　　"趁早腾出时间安排行程去吧，你这是自作自受。"

半泽沉默着。

江岛坐在椅子上，抬眼瞪着半泽，那意思是你还有事吗？

"听证只有我们两人出席吗？"

"总之，总部希望先听业务负责人说明一下情况。"

"是吗？"

半泽心下怀疑但没说什么，转过身来刚要走，江岛在背后追加了一句："你最好不要胡乱找借口，知道吗？"

"借口？"

"就是说，"江岛差点就脱口而出，你怎么连一点机灵劲儿都没有呢——他朝空着的支行长座位上瞥了一眼，压低了声音说，"你多嘴多舌，可也别忘了'这个'和'这个'——还有'下次'……"

说到第一个"这个"的时候，他竖起大拇指。第二个"这个"，又竖起两手食指竖指着脑袋。"下次"指的是下一个职位。融资课长半泽的绩效评价全都掌握在支行长浅野手里，惹恼了他一定会影响到评价，江岛正是以此要挟。

"你跟中西也说清楚，别给我们支行丢脸。"

这是打算丢车保将了。

半泽向中西传达了听证会的事情，中西只是"啊"了一声，完全被吓傻了，呆站在半泽桌前，脸上瞬间失去了血色。

"事情变成这样我也很遗憾，但应该还不至于追究你的责任，别太担心了。"

毕竟，这件事对刚入行第二年的中西来说，实在责任太重了。不只是银行，社会上普遍对新人的失误还是能网开一面的。

"喂，收到信了吗？"

融资部的渡真利打电话过来询问他时，已经是当天晚上九点多了。

"收到了。你那边听到什么风声？"

"说什么的都有，我真不想说给你听。不过，你的处境可不太妙。反正一说到几个亿的财务造假没能被及时发现，就都说是你这个融资课长的失职。"

"喂，你知不知道融资前后的过程，那种情况下谁能……"

"关键是会有人相信你说的吗？"

渡真利一句话给顶了回来，"最重要的是，都说是你们为了审批而审批，我听说的都是这种说法。总之造成五亿日元损失可是无法改变的事实啊。"

"为了审批而审批？"

"为了拿到审批四处奔走游说，最重要的授信判断却敷衍了事。"渡真利说。

"这些都算在我头上吗？"

半泽几乎开始怀疑自己的耳朵，电话那头传来一声重重的叹息：

"这次听证会不只是融资部，人事部的次长大概也会出席。不管形式如何，可以说实质相当于审查委员会，你要有心理准备。"

"怎么能这样？！"半泽怒不可遏。

"我不是说过了嘛，回收贷款，一定要回收啊！"

渡真利急得喊起来了，"不管怎么说，在一家公司身上就损失了五亿日元，这可太惨重了。已经到了这步田地，再说融资过程的情况也没用了，只论结果！"

"你说得倒容易。"

"听好了，半泽。"渡真利继续说道，"造成这么大的损失，不处分几个人是不可能的，就看谁来背这个黑锅了。浅野早就为了保住自己四处游说打点好了，如果他的那套说辞被认可了，把这个责任一股脑都推给你就是水到渠成的事了。这样下去的话，浅野、江岛两人最多就是写份检讨书就算完事了，而你的未来可就彻底毁了。话说回来，虽然五亿日元是笔巨款，可放到银行整体环境来看，现在可是动不动就放弃数百亿日元债权的时代，老实说，五亿日元也没什么了不起的。我可不想眼看着你为了这点事就被整垮了。回收债权不是为了银行，是为了你自己啊！"

"谢谢你这么担心我！"半泽的语气带着讽刺。

"快想办法吧半泽，情况不妙！"

挂掉渡真利的电话，半泽抱着脑袋发愁。

虽说要努力想办法，可是具体该怎么做毫无头绪。毕竟，这本来就不是那么单纯的问题，不是光凭一腔干劲就能解决的事情。

太可恨了。为了贪功夺利，强行推进不合理的项目，转过眼就把失败的责任一股脑推到部下身上，浅野的为人实在太卑鄙。但是，就像渡真利说的，想要与之对抗只有回收债权这一个办法。可目前毫无进展，根本没什么办法。

再怎么苦思冥想，也想不出什么能改变现状的妙招。

＊　＊　＊

听证会当天早上六点钟，半泽和中西二人坐上了开往东京的"希望号"。

面谈十点钟开始。中西先进去，四十分钟左右才出来。在那期间，半泽一个人在融资部专用的接待室里等着。

终于，有开门的声音，中西一脸疲惫地回来了。看样子就知道一定是被反复追问，心理上受了不少折磨。

"课长，请您过去吧。"

面谈地点就在同一层的会议室。

隔着桌子坐着三个人。随着一声"请坐"，半泽在三人对面坐下了。

"大阪西支行的半泽直树课长，是吧。"

装腔作势的开场白。半泽答应了一声"是"，但对方并没有自我介绍。

"今天特地把你从大阪请来不为别的事，是关于你负责交易的西大阪钢铁公司——"

说话的男人面前放着一本橙色封皮的文件夹，那人单手在文件夹上敲了敲——那应该是西大阪钢铁公司的授信资料文件。

"今年二月发放了五亿日元的贷款，上个月发生首次空头支付。融资额基本可以确定为全额实损，关于这次事件的过程，希望你能说明一下。我提前说明一下，之所以给你这次机会，是因为总部对此次授信判断的过程中是否存在重大过失持有怀疑。所以，希望你慎重回答。"

说完这番像是在征求意见似的话，对方看了看半泽，见他保持沉默，继续说道：

"根据你所写的报告书，该公司的决算报告存在财务造假的情况，但在我们看来，最大的问题是二月份实施授信的时候忽视了这一点。为什么会发生这样的事呢？关于这一点希望你充分说明。"

"因为是紧急申请，我没有充分的审查时间。"半泽答道。

"但是，你后来不是强烈要求总行融资部的川原调查员快点通过审批吗？既然没有充分的审查时间，你这样做合适吗？"

最好别说那些找借口、推卸责任的话——半泽想起江岛的话，但是一看到对面那个男人的脸，他决心无视江岛的警告。要他包庇浅野，那简直是做梦。浅野正是希望把全部责任都推到半泽头上。

"那并不是出于我自己的意愿，我只是奉命行事。"

提问的是并排而坐的三人中居中的那一位。左侧是个二十来岁的年轻人，负责记录。右边的大概就是那位人事部次长，一脸恼火地瞪着半泽，听到半泽的话脸色更加难看——这家伙就是浅野的靠山。

那位次长发话了：

"你不是融资课长吗，不是自己的意愿？这种借口亏你也说得出口。"

"借口？"

半泽的火瞬间上来了，他也怒目盯着对方说："这不是借口，是事实。这是支行长一手促成的，请问——"

半泽想看看对方的名牌，但是被他的手挡住了只能看到一半，"阁下是？"

"这位是小木曾次长。"

融资部的那个人说道，他姓定冈。刚才在等待室的时候渡真利过来和他聊了一会儿，半泽向他打听过。据说定冈跟他们同期入行，现在是前途有望的红人。东大出身，"俗不可耐的浑蛋"，这是渡真利对他的评价。的确，说话口气就透露着总行精英常见的装腔作势。

"浅野支行长亲自造访西大阪钢铁，带回了决算报告和财务资料，指示我们第二天早上就要整理完毕并提出授信申请书。我都是按他的吩咐一一照办的。"

"在这个过程中，你就没有发现财务造假吗？听证之后我们还会再讨论，但是，以你的职业经验来说，发现其中的问题应该不是很困难的事吧？"

"我根本没有那个时间。在我着手审阅之前，卷宗就从我手上被拿走了。因为浅野支行长看起来很有自信的样子。"

"这不能说是支行长的错吧。你对这五亿日元的损失就没什么想法吗？"

小木曾故意刁难地说道："我可看不出你有一丝一毫反省的意思。"

"难道要我在这捶胸顿足，痛哭流涕吗？"半泽冷笑，"如果那样就能追回那五亿贷款，让我那么做也没问题。但现在根本不是说这个的场合吧？再说，我没发现财务造假是事实没错，但在这个问题上你们融资部不是也没发现吗，定冈先生？同样的资料你们也拿到了，融资部批准可足足用了三天时间，你们不是也没有看出财务造假的问题吗？光是指责支行也不公平吧？"

定冈的脸一下子涨得通红。

大概在定冈眼里，区区支行的人被叫到总行来接受询问，必然会老老实实地回答，不敢反驳。但是半泽本来就不是那种逆来顺受的性格。再说，他作为大阪西支行的融资课长到支行就任的时候，已经是入行的第十五个年头了。本来，半泽也是总行里擅长做大企业业务的高手，根本没把以中小企业为交易对象的融资部放在眼里。无论最后会受到什么样的处分，也非要揭揭这群傲慢家伙的老底，彻底指出他们的错误。

"那不是因为你强、强人所难的结果吗？"

定冈好不容易反驳了一句。他这种少爷公子出身的精英人士，在面对面的吵架斗嘴中根本没有招架之力。

"强人所难？只要强人所难融资部就会通过审批吗？难道不是因为觉得没有风险才批准的吗？"

半泽毫不让步，"支行可是有营业指标的，营业指标必须达成这可是客观事实。哪个支行不是挤破了头想要贷款，有哪家支行不是尽全力推进贷款审批的呢？"

定冈被气得满脸通红，拼命反驳：

"我行授信是现场主义，授信判断的时候最重视现场负责人的意见。所以，最终责任要由现场负责人承担，这是理所当然的事！这次的事情也一样，我部负责的调查员明明提出了否定意见。

但是，最终考虑到支行强烈的要求才不得不勉强通过。申请批准也是有前提条件的——'本项目之后的新贷款审批应严加控制'，这句话不是写得清清楚楚吗？难道你不记得了吗？还是说，融资一旦能够推进就不在乎审批条件了吗？"

"写上条件就能免责吗？没这个道理吧。如果融资部不必对审批通过的项目负责，那还不如回家待着，总部审查还有什么意义？您说是不是啊，小木曾次长？"

小木曾气得连话都说不出来。定冈哑口无言，拿着笔记本的书记员一动不动地僵住了。

"书记员！"

半泽尖锐地大喝一声，吓得书记员一哆嗦，"你可别光记那些顺耳的话啊——定冈调查员。"

半泽眼中冒火，死死地盯着满脸通红的定冈，"这个项目的融资部负责人不是川原调查员吗？既然事关授信判断，应该也请他来参加听证吧？不是吗？"

定冈咬着嘴唇不说话。半泽突然"砰"地一拍桌子：

"我问你们对他进行听证了没有！"

"听证……没有。"

"别开玩笑了！"

半泽怒吼道。这次的所谓听证会毫无疑问，根本就是因浅野的上下活动而发起的。在一家公司上损失了五亿日元，这个责任一定要有人来背，这次不过是为了早就盖棺定论的事情做铺垫，简直就是闹剧。对这样的事情逆来顺受、默默等待被踩蹋，那可不是半泽的为人。

在所有人的沉默之中，半泽突然语气一转，平静地说道：

"话题好像扯远了。我既然专程从大阪赶来了，还有什么问题请只管问。请吧，小木曾次长。"

小木曾现在还是一副扭曲的表情，鼻子里哼了一声，没说话。定冈在愤怒和紧张之下，颤抖着声音胡乱问了几个不相干的问题，赶紧草草地结束了听证会。半泽和中西立刻离开总行返回大阪。

傍晚时分他们回到支行。"你来一下！"浅野指着支行长室说。

"你到底想怎么着？"

一坐下来，浅野立刻一脸不满地发问。

"您想问什么？"

"你是不是觉得自己一点责任都没有？"

显然他已经从小木曾那里知道了听证会的情况。

"我并没有这个意思。只不过是如实陈述而已。融资部也好，人事部也好，他们的意图很明显，就是想把这次西大阪钢铁的坏账事件的责任都强推到支行头上。这样下去，形势就往'支行过失'的方向一边倒了。"

"一点都不知道反省，光会抱怨。你到底怎么回事啊！你这样真是太让我为难了。小木曾次长也对你的态度非常不满！"

小木曾描述听证会情况的时候，想必不可能表扬半泽，这点他早就心知肚明，因此也能预测到浅野会有什么样的态度。

"对这次的事情，总部肯定不会善罢甘休的。虽然还不知道会下什么处分，不过你有点心理准备吧。"

"我当然早有心理准备。只不过还有一事——"

半泽直视浅野，说道："我是不会坐以待毙让总行把责任都推到支行头上的，这一点请您放心。"

浅野哑口无言。按他的打算，全部责任可不是由支行来承担，而是由半泽一个人承担。结果半泽将计就计反过来将了他一军，浅野一脸不悦至极的表情，就此结束了谈话。

* * *

"您辛苦了。"

回到座位上，副课长垣内小声致意，紧接着说："占用您一点时间。"然后从座位上站起来。

半泽还以为是他要交代自己不在行内期间的工作，没想到，垣内拿出来的是一张汇款单。

"其实，这是上午山村副课长发现之后拿给我的。"

山村是营业课的副课长，负责的业务是外汇兑换结算。也就是说，汇入汇出业务组的负责人。

那是一张"汇出申请单"的复印件。

申请人是东田满。汇款收款方是亚细亚度假开发公司。

"您看这金额。"

"五千万日元？"而且汇款日期是今年四月。

"您不知道吗？"

"不，我一点都不知道。"

垣内叹了口气，"果然是这样啊。这是上午因为调查别的事整理发票的时候，山村课长碰巧发现的。"

"这钱是干吗用的？"

一贯目光犀利的垣内已经调查了这家亚细亚度假开发公司。

"这家好像是帮人代理投资海外不动产的开发咨询公司。"

"这是投资资金啊，也就是说，东田在海外某个地方买了房产？"

"账面上有数亿日元赤字的公司经营者，竟然有这样的大手笔啊。"

半泽察觉到垣内的言下之意，抬起头来看着他。

"看来他应该是私下把钱藏起来了吧？"

垣内压低了声音说道。

* * *

"你回来啦。总部听证会的事儿，怎么样啦？"

半泽还没脱下鞋子，小花就劈头问了一句。

"就那样吧。"

"责任不在你——这个你都解释清楚了吧？"

这要怎么解释才好呢？半泽脱下西装扔在一边，只穿着衬衫坐在餐桌边的椅子上。

"解释倒是解释了。"

小花进了厨房准备给半泽做饭，听到这话又转过身来问道：

"这话什么意思？"

半泽给她讲述了上午听证会的情况。

"怎么能这样？肯定是你们支行长在背后捣鬼了吧。"小花愤愤不平地说道。

"十有八九。"

"你明明都知道，为什么不跟他对着干啊，老公！"

小花干脆连饭也不做了，拉开餐桌对面的椅子坐下，"你不也在总行待了那么久嘛，你也可以像他一样找人通融一下啊。在这种听证会上跟人事部的人当面吵架，最后倒霉的可是你自己啊。你就不能好好扮演一下受害者吗？"

半泽气不打一处来，但他这一天实在累得连与小花吵架的力气都没有了。

"也没到吵架的地步啦。我也没理由承认都是我的错误，可是对方不由分说就都推到我头上。"

"你不是有个姓渡真利什么的朋友吗，在融资部吧？"

小花语气尖酸。

"都说了，不是那么回事了！"

半泽干脆自己站起来从冰箱里拿了瓶啤酒打开盖子，连杯子也不用，索性对瓶喝了起来。小花的脸色非常难看，一直瞪着他。

"然后呢，到底要怎么办？"

"毕竟有五亿日元的损失啊。"

"那又怎么样？那不是支行长犯的错误嘛！"

小花探出身子，手里还拿着个青椒，继续说道："可是，支行长不就是四处找关系疏通想要转嫁责任吗，明明知道要变成这样，你可不能一个人当受害者啊！"

"这我当然知道。但是，银行有银行的做法。又不能光凭各自搞疏通活动来对抗。我的意思你不懂吗？"

半泽越来越不耐烦了，干脆扔下这句话就不作声了。

果不其然，小花没法接受这说法，语气尖刻地反驳道：

"是吗？这么说来，你们银行的做事方式跟社会普遍的做事方式还真是不一样！"

第三章　煤炭广场和总务行员

1

　　一直延伸到大阪港的土地一片荒凉。半泽开车飞驰在简单铺装过的路面上，沙尘飞起，留下清晰的车辙轨迹。进入这一区域的不是运输公司的卡车就是洽谈生意的商务车，绝不会有人跑到这里来游玩。当然，半泽驾驶的轻型轿车也不例外。

　　道路两边都是焦炭矿场。盛夏直射的阳光暴晒着白色的引擎盖，空调已经开到几乎能耗光汽油的最大挡，却也只能吹出温热的风。潮湿的汗渗了出来。透过前挡风玻璃，能看到一座座绵延不绝、黑漆漆的焦炭堆成的小山包，再往里才有几座缩在一角的低矮建筑物，看不清是工厂还是仓库。除此以外，还有几台远远看去小得像玩具一样的黄色涂装重型机械。

　　半泽视线中终于出现了一座竖起的火柴盒似的二层小楼。

　　这里是西大阪钢铁公司财务课长波野吉弘自家经营的公司。

这一片焦炭矿场，还有这家公司，应该都是波野公司拥有的资产。公司名称和地址，都是从大阪商工调查的来生那里打听到的。

半泽经过一晚上的思考，决定造访波野。要想查明东田的秘密，只能从与东田交往密切的财务课长波野身上入手。

高挂空中的太阳火辣辣地烤着大地，空气中尘土飞扬。半泽继续往前开，办公楼渐渐显出清晰的轮廓。半泽踩下刹车，降低车速，以趴在方向盘上的姿势，透过前挡风玻璃观察那座楼的情况。

这座办公小楼至少建成三十年以上了，给人以深深植根于这片荒凉土地的感觉。钢筋打底的四壁布满尘土，跟大部分旧公寓一样，外部有楼梯可以直通二层。

根本没什么停车场。半泽看见有四辆国产车车头冲着建筑物并排停放着，也并排着停了车，拉上手刹。

这是一次没有预约的突然造访。

也不知到底能不能见到波野。

如果事先打了电话的话，十有八九会被拒绝，所以只能硬闯。但波野到底在不在这里也不能确定。虽说他在这里工作，但也不一定是经常出勤的职工。当然，就算能找到波野，也不能保证从他那里获得什么有价值的消息。

半泽走上吱嘎作响的楼梯，站在玻璃门前往里看。从门外就能看到，封闭的办公室里有好几名员工。大概因为听到了汽车的声音知道有客人来访，一名女职员正好抬头往外看，与半泽视线相对。那个女子看上去年过五十，身着浅蓝色的制服。半泽推开门。

波野果然在。

他的桌子在办公室一角，抬头看见贸然闯入的半泽，一脸愕然。还没等半泽说什么，波野已经站了起来，獐头鼠目的脸上眉头深锁，刻出纵横皱纹。

"喂，你干什么？已经跟我没关系了！"

波野歇斯底里地大嚷大叫，跑到隔开访客区和办公区的柜台边，把手里的文件一股脑扔在上面。

办公室更深处坐着一个男人，似乎是波野的哥哥、公司的社长，长相跟波野多少有些相似之处。他保持手握圆珠笔的姿势，投出疑惑的目光关注着这边事态的发展。跟身穿印着公司名称的灰色制服的波野不一样，这位社长是短袖衬衫加领带的打扮。

"打扰贵公司的工作了，十分抱歉。"

半泽决定先礼后兵，心想也不知是哪个家伙把西大阪钢铁的决算报告出卖给商工调查的调查员来生的，只是他现在还不想亮出底牌。"我有些事情想问问您，请给我一点时间。"

"快滚！"

波野唾沫横飞，脸颊都在发抖。半泽冷眼观察他的态度，眼见对方像过敏似的反应激烈，于是决定稍稍拿出一点气势来震慑他。

"那是不可能的。我又不是来责备和追究您的责任的，只是有些关于东田社长的事情想问问。"

"你怎么能突然跑过来问这问那！你听谁说我在这里的？"

"自然是从了解波野先生的人那里听到的，我这不是已经来了吗？"

半泽跟来生有约在先，不会说出来生的名字。波野一脸不耐烦，但并没有继续追问。

"你这样我很为难。我已经不是西大阪钢铁公司的职员了。他们还欠我工资呢，我也是受害者呀！你就不能放过我吗？！"

那位社长模样的男人从里面走了出来，一脸凶恶的表情：

"你不要再纠缠了。快滚出去！我们跟银行没关系。"

"我没打算纠缠你。"

半泽冷静地答道，波野的哥哥绕过柜台，想抓住半泽的手腕把他推出去。这也是预料之中的情况，半泽知道，再这样继续下去的话真要变成争吵了。

"你再不走我就叫警察了！"

跟性格软弱的弟弟相比，大哥似乎气场强大得多。

"你听好了，波野先生。"

波野自己躲在柜台里面偷瞄着，半泽冲着他发话了，"如果你不肯协助我，那就只好等着警察来找你质询取证了。你看着办吧。"

"你有完没完？"

哥哥一挺腰板，一副要打架的样子。

"想叫警察就只管叫吧。"半泽压低声音说，目光灼灼地盯着柜台里的波野，"西大阪钢铁一案，东京中央银行已经打算报案了。对我们来说，你也是东田社长的共犯。如果不在这里把话说清楚，将来指不定要惹出多大的麻烦呢。怎么样，你真的想明白了吗？"

"共犯"这个词，刺激到了波野。

"什么报案！别胡说八道！"

"等、等一下，大哥。"

哥哥那边恨不得就要出手了，波野却在背后制止了他。哥哥愤愤地转过头去瞪着他：

"搞什么，臭小子！你是不是有事瞒着我！"

"不，不是啦。如、如果有什么误会，找警察来不是添麻烦吗？如果说说情况就能解释清楚的话，不是更好吗？唉，毕竟我怎么说，也算是那家公司的财务吧。"

看到弟弟的态度转变，哥哥还是一脸不忿的表情，但是抓在半泽胸襟上的手还是松开了。当然，他并不服气，攥着拳头随手一挥。于是，半泽跟在波野身后，走进门口一侧的接待室。

"你想问什么？"

在沙发上落座后，波野隔着茶几与半泽对视着，但他的态度显得惊慌失措。

"我无法跟东田社长取得联系，您知道他在哪里吗？"

"社长啊，发生空头支付的那天早上，我跟他打了个照面，后来就……那天上午他打电话来过，说已经逾期不能还款了，让所有员工先回自己家等候指示，就这样。"

半泽知道西大阪钢铁的员工差不多就是那个时候被遣散的，波野的话与实情相符。

"你就想问这个吗？那，问完了就……"

"不，还有一件事。"

半泽打开笔记本，取出夹在里面的一张对折的复印件，打开给波野看。那正是以亚细亚度假开发公司为收款人的五千万日元汇款单的复印件。

"落款日期是四月二十日。对一个靠财务作假来隐瞒赤字情况的公司经营者来说，这可是大手笔的开销。"

波野凝视着那张复印件，一句话都说不出来。

"您知道这件事吧？"

半泽的声音透露着他的怒火，但他还是用了委婉的说法，没有直接逼问他"你肯定知道吧"。毕竟，对方是个胆小懦弱的男人，如果波野真的知情，用这种方式询问更能让他心理动摇而吐露实情。

"不，我不知道。"

——结果，波野只是摇了摇头。

"那不可能吧。"

半泽死死地盯着波野的眼睛，看得出来他内心的挣扎和慌乱，但其实半泽也无从判断这是真话还是假话。

"虽然汇款人写的是东田社长，但处理这些事务的，应该是您本人吧？"

"不，不是的啊，不是我。"

半泽继续逼视着他。波野目光闪烁，似乎在实话实说和撒谎抵赖的边缘纠结徘徊。

"这件事我，我真的没碰过。您说的那些，我头一次听说……"

"波野先生。"半泽的语气有些不耐烦了，"请说实话吧。您是财务课长，即使是社长个人的事情，让我相信这么大金额的交易您毫不知情，这实在说不过去吧。"

"真的！不知道就是不知道啊，我真的不知道！"

半泽不耐烦地哼了一声："您在警察面前也能这么说吗，波野先生？在法庭上宣誓也能坚持说不知情吗？如果您的谎言暴露了，可要追究您做伪证的罪名啊。"

"都说了，我不知道就是不知道！"波野面红耳赤地辩解着。

"不过，财务造假的事情您是知道的吧？"

"那个，那个是……"

波野说漏了嘴，目光回避着半泽。最后，他的目光从桌沿往下落，盯着地板游移不定。

"那些财务造假，是你们早有预谋、一贯使用的手段吧。"

半泽指的是对支付给竹下金属的货款造假的事情。被指出这件事后，波野的脸色青白，口不择言。

"那是社长干的，跟我没关系。"

"您作为财务课长，一味说没关系可解释不通啊，波野先生。我又不是小孩子。"半泽话带嘲讽。

"这怎么……"波野一副快要哭出来的样子。

这个男人真是没出息透顶，丢人现眼。半泽看着他的样子皱起了眉头，自己竟然为了这么个男人，特地开车跑到大阪市的郊外，真是气死人了。即使指出财务作假的情况，他也坚持不合作到底，翻来覆去地就想要小聪明、靠谎言遮掩过去。半泽回想这个过程，一股不可遏止的怒火在心中里熊熊燃起。

接下来半泽要说出的话，仿佛是一把用"怨念"打磨过的、闪烁着黑色光泽、孕育着刻薄和狠毒的利刃。自然，他的遣词用字也变了。

"东田把钱都藏起来了吧？在哪儿？哪家银行、哪家支行？知道的话就赶紧说出来，波野。你还想平平安安地说话，也就趁这会儿了。要不要老实交代就看你自己，弄不好就送你到监狱里去坐牢。别敬酒不吃吃罚酒！"

波野颤抖着抬起头，感觉瞬间从盛夏来到了严冬。他像一条被看不见的怪力拧成一团的毛巾，上半身哆嗦不已、扭来扭去，头发也倒竖起来。

"不，我不知道——"

半泽不说话，又瞪他一眼。

波野已经带着哭腔了："真的。我说的是真的！"

"你撒谎！"

又被呵斥了一声，波野脸色铁青，惊恐地瞪圆了眼睛。

"请你相信我吧，半泽课长！求求你了！真的。你放过我吧。"

说着，波野便从沙发上滑下来，"咕咚"一下，跪倒在快被磨平了的地毯上。

"你这是干什么呢，吉弘！"

看样子，那位哥哥一直在门外偷窥事态的发展，这时候终于忍不住冲了进来，恶狠狠地瞪着半泽——

"你快滚！"

半泽瞥了一眼波野正对着自己的头顶和那层稀薄的头发，看着他默默地站了起来。

"你要是想起了什么，请立刻联系我。这是你减轻罪责的唯一办法了。"

呜咽声更大了。

刚刚上升到巅峰的愤怒渐渐平复了下来。此刻，焦炭矿场那一片墨黑的"风景"在半泽心中铺陈开来。半泽回到停在办公楼前的车上。被强烈的阳光照了一下午，车里的热气像就快爆炸了般蒸腾着，扑面而来，他脱下外套扔在副驾驶座位上，转身坐在烟味浓厚的驾驶座位上发动了引擎。车子"砰"的一声发动了，半泽突然觉得，自己跟那些肮脏的高利贷放债人也没多少差别。

"不，我就是肮脏的放债人。"

带着这样的自我认知，他又一次驶过那片焦炭矿场。

2

　　"您是在考虑投资海外别墅吗？"

　　半泽随手取了一张房屋介绍手册，立刻有店员凑上来搭话。对方是个四十岁左右、气质高雅的女子。

　　"您有特别中意的地区或者国家吗？"

　　半泽装作在思考的样子，"这个嘛……澳大利亚的凯恩斯好像不错吧。如果只考虑气候的话，马来西亚也还可以，毕竟那里气候宜人嘛。"

　　"您选的都是好地方啊，经常去那边旅游吗？"

　　女性店员露出富有魅力的笑容，微微歪着头侧耳倾听。

　　"马来西亚？前几年我倒是常往那边跑。不过因为工作关系，去中国的时候更多些，但去的都是南方。那边实在太热了，我可受不了。"

"是因公出差呀。"

半泽敷衍地应答着，又随手抽出一本小册子，是泰国的高级住宅，价格换算成日元的话差不多一千八百万日元。

这里是位于御堂街的亚细亚度假开发公司的直营店铺。从波野那边离开后半泽回了趟支行，简单收拾了一下堆积的未处理文件，立刻又出来了。他昨天晚上通过网络搜索到这家公司的所在地，决定如果在波野那里找不到什么线索的话，就到这边来查探一下。

"到那边坐下来喝杯咖啡慢慢聊怎么样？我帮您多拿些介绍手册来，您可以慢慢挑选。"

店面并不宽敞，但有一个角落专门放置了接待客人用的桌椅。大概因为是工作日的下午，店里只有半泽一个访客。

半泽接受了她的邀请，摆出悠然的姿态坐到椅子上。很快，女店员端来了用塑料杯盛着的咖啡，还抱来了一大摞手册。

"不好意思，方便的话能请您帮忙填一下这份表格吗？如果您有意了解我们公司产品以外的其他房产，我也可以帮您查找。在下姓河口。"

她递出的名片上写着"首席置业顾问"的头衔。调查问卷上，也清晰地印着公司名和董事长名字。

"请问您是从什么地方知道我们公司的呢？"

这个问题倒把半泽问住了。

"这个啊，其实是一位跟我关系很好的客户公司的社长向我推荐的，我就想来了解一下。"

"是这样啊。"河口的笑容亲切温柔。

"您知道西大阪钢铁的东田社长吧？"

河口的脸上笑意更深，"是啊，我认识东田社长。"

"我听说东田社长也通过你们置买了房产。那什么来着，好像就是凯恩斯吧？"

河口微微一笑，"不，是夏威夷的茂伊岛。"

"啊，是吗？他选的地方可真不错啊。"与其说是装出来的演技，半泽倒有一半是真心的感叹，"那可是个好地方啊。置身于大自然的怀抱之中，真是太幸福了。是贵公司开发的度假公寓吗？"

"正是我们公司开发的。不过不是公寓，东田社长投资的是独栋别墅哦。"

位于海外、价值高达五千万的不动产，只怕就是这个了。如果是澳大利亚，就算带游泳池的别墅估计也只要这一半的价钱就能买到手。从价格估计，只有夏威夷才有这样高价的房产。

"嗯，他的确说过价格五千万左右。还有其他类似的房产吗？我也有兴趣，有地图吗？"半泽又微笑着补了一句，"不过，可不要在东田社长的隔壁哟。"

河口爽朗地笑了，说了声"请稍候"离开了座位，很快又回来。她手上拿了几份茂伊岛的展示图。

河口一手拿着带有图片的手册，详细介绍房产的情况，同时在地图上标出每处房产的所在地。半泽强撑着听了足足五所别墅的介绍，终于觉得时机差不多了，假装不经意地随口问道："那么东田社长的别墅在什么位置啊？"

"就在这一带呢。"河口指着沿海的高地区域说，"东田社长说过，要是有了别墅，他就住在那儿不回来了呢。"

"当然，那里的确是值得作为永久住所来考虑的高级房产呢。"

——可惜让那么个浑蛋住上了。半泽深深点头，心想非把那个浑蛋的高级别墅给没收拿去拍卖了不可。

* * *

"是夏威夷的别墅，还是茂伊岛上的独栋呢。"

垣内嘟起嘴，做了个吹口哨的动作。

"已经溜到那里藏起来了吗？"

"听说内部装修还没完工。所以，至少这所房子现在他还没住进去。"

半泽把手册的复印件拿给垣内看。面朝大海的乳白色度假别墅，真是越看越来气。

"不管怎么说，那个浑蛋偷偷把钱藏起来已经是确凿无疑的事了。即使不能把五千万全收回来，至少也能回收大部分吧。"

垣内的脸上没有一丝喜悦："光别墅就花了这么多钱，东田很可能还秘密藏有其他更多的资产。"

"没错。虽然还要进一步调查才能找到确切的证据，但这毕竟是有所进展了。漫无目的地去找一些不知道是否存在的东西，是件很痛苦的事情啊。"

"怎么办，课长？要向上面报告吗？"

垣内话里有话。

现在还没有摸清这里面的真实情况。如果在这个阶段向浅野报告的话，说不定会引来额外的麻烦。何况这个突破对打算把全部责任都推给半泽的浅野来说，就是意料之外的事情。如果这次真有希望回收坏账的话，一定要尽最大可能地通过自己来完成，绝对不能把重要的信息泄露给浅野那个王八蛋！

"我们先自己行动，观察一下情况再说吧。暂时对上面保密。让他们知道了，指不定又会说出什么来。"

"我有同感。"垣内说。

"真正的敌人可能就在背后。"他又加上了一句注脚。

3

"这是我们的证件，支行长在吗？"

第二天早上。

十来个身着土气西装的男人现身在支行二楼融资课的办公区，他们绕过柜台径直往里走，一边走一边向垣内出示身份证件。

带头的男人四十来岁，是个一脸不屑、神情傲慢的小个子男人。跟在他身后的那群人亦步亦趋，虽然年纪、体型各有不同，但脸上的表情都一模一样，一副公事公办的扑克脸，给人感觉像是来银行投诉的消费者抗议集团。

垣内回头看了看支行长的工位，趴在半泽耳边悄悄耳语几句。

是国税局的人。这不禁让人咂舌，看来又少不得一场麻烦了。

"欢迎欢迎。"

浅野好像正在支行长室打电话，看到这阵势连忙从屋里跑出来迎接。

"现场检查。拜托了啊，支行长。"

说完，那个装模作样的男人就已经摆起了架势。这男人的身份很可能是统括官。税务部门的现场检查，有时能一口气投入几十甚至上百的人力。这些人分成几个小组，奔赴各自负责的搜查点。与此同时，除了银行以外，被搜查的客户公司和职员等个人住宅应该也分别有好几个小组到场。每个小组中率队的就是所谓的统括官，也就是团队的中层管理者。

"好，好的。请请。喂，半泽，你带几位到三楼的会议室去。"

半泽刚打开前面的门，对方根本没瞧他一眼，只管一个一个跟着往里走。半泽带他们到会议室后，小个子的统括官叫道："哎，你，别走。"那人的年纪跟半泽差不多，最多也就是大个一两岁。

"我们要调取文件资料，你记着点儿。"

那男人说话的口气毫不客气。

"您要的是存款相关的资料吗？"

"对。"

半泽从电话旁边拿起便条纸做记录，那个男人一口气不停歇地报出各式各样的档案名称：

"普通存款的图章发票，账户开头从45—49的全要。去年一整年的汇款申请书。平成十二年（2000年）五月到七月的定期存款的支付发票……"

资料之多，转眼间半泽已经记满了好几张便条纸。虽然让银行提交那么多资料，他们实际想调查的却只是其中某一家公司或某一个人。绝对不让人发现他们调查的到底是哪家公司或哪个人，这就是国税部门的风格。

"还有……"那人还在继续，"弄个复印机来。"

"啊？要复印吗？"半泽下意识地反问。

"听不见吗？你耳朵还真不灵光呢。我说，我要复印机、复印机。银行员工应该知道什么是复印机吧？"

无聊的调侃在一群调查员中引起一阵哄笑声。

银行总是要接待各种各样的人，但要比态度恶劣程度的话，连市井流氓都比不上国税局。市井流氓大不了也就是在柜台前头嚷嚷几声，胡搅蛮缠一会儿，而这些家伙却可以堂而皇之地登堂入室，利用手中的权力作威作福。接待的人哪怕表现出一丝不满，对方就甩出一句惯用的威胁话语——"怎么着，想关门吗？"这就是所谓的"精英意识"和扭曲的"选民思想"作用下，无耻无能的家伙掌权得势之后的典型表现。电视剧里的那种"窗际太郎"①，现实生活里是不存在的。

"快去拿。我们可忙着呢。"那人傲慢地说，话音刚落就转过身去背对着半泽。

半泽找了几个年轻人帮忙一起搬运复印机，又把便条纸交给营业课长，让他协助准备文件资料。这时候副支行长江岛姗姗来

---

① 于 1998 年播出的 TBS 电视剧《税务调查官·窗际太郎事件簿》，以一名世田谷南税务署的精英税务官窗际太郎为主角，塑造了一名刚正不阿、秉公执法、与黑恶势力斗争的高大公务员形象。

迟，谄媚地问："请问各位中午想吃点儿什么？"

一般情况下，国税的人宣布撤离之前，他们都会在银行驻守，吃饭当然也在银行吃。他们只要不说什么时候回去，银行方面就要毕恭毕敬地奉上高级膳食，承担全部费用，不然他们回到国税局一定会添油加醋地打小报告。他们就是看准了银行的人有再多怨气也不敢说什么。

一群浑蛋——半泽无声地骂道，心中鄙视着他们。这时候四个年轻人吃力地从楼下搬来了复印机。

"喂，放在这边。"这次说话的不是统括官，而是另外一个男人，"这边这边，小心点儿啊，你们银行职员怎么都这么没劲儿。"

又是一片笑声。

一个正在搬复印机的年轻人不干了："你们这话是什么意思？！"

是融资课的横沟雅也。

"横沟——"半泽慌忙制止。

横沟狠狠地瞪着那个检查员。他曾经是私立大学橄榄球部的队员，身材高大的横沟气哼哼地俯视着那个说风凉话的检查员。

"怎么着！你一个银行职员还有什么敢抱怨的吗？想关门吗？"

果不其然，那个检查员马上抛出了那句标准恐吓语。

"住口，横沟。抱歉抱歉，我会好好批评他的。"

不仅那些检查员，连江岛也狠狠地瞪着半泽。半泽赶紧道歉，一边说着"过来过来"，一边拉着部下的胳膊勉强把他拽出会议室。

"什么玩意儿啊，那些浑蛋。以为自己是谁啊。"

"别跟那些家伙一般见识。"

"可是，课长。那些浑蛋不是公务员吗？靠我们的税金吃饭，怎么还是那种态度？"

"国税局不就是这样嘛！好了好了，再生气也绝对不能跟他们发生冲突，知道吗？"

"是。"横沟老大不情愿地点点头。

然而，银行职员和国税局的检查员还是摩擦不断。

先是图章发票，然后是营业课的业务专用会议室也被霸占了，副课长与对方交涉无果。接下来，也不知道他们哪根筋不对，为了找资料，跑到一楼的营业窗口，对女职员大声呵斥，迫使她们中断接待客户去找什么发票，态度蛮横至极。这导致了国税局的人被客户当成了银行员工，惹得客户生气，被训斥了一顿。目睹这一过程的银行员工心里头觉得解气了不少。

接下来，那些检查员不断说着"那个给我拿过来，还有缺这个那个的"，各种给人添麻烦的无理要求接二连三，一直闹到中午，弄得大家根本无法安心工作。

江岛回到自己座位后，半泽无意中听到他打电话点了十人份的高级鳗鱼饭——当然，钱是银行出的。不过，这次听到江岛打电话的似乎不止半泽一个人。

"喂，横沟、中西，饭要是送到了，你们俩就送到会议室去。"

江岛下了命令，两人只好默默站起来。这时候刚好十二点。

"真是的，好大的架子。"垣内手里一边转着圆珠笔一边愤愤地说，"课长，您先去吃饭吧，待会儿还不知要碰到什么麻烦事呢。"

"你说的是。"

半泽把"就餐中"的告示牌摆在桌上，准备去吃饭。他刚走到三楼楼梯的中间，就听到强忍着的笑声，是从总务行员室传来的。这里白天一般都没人，现在却有几个人影躲在那里。

"干吗呢，你们几个家伙？"

听到半泽的声音，凑在一起的三个人吓了一跳，赶紧转过身来——是横沟、中西，以及业务课的课员柏田和人。这几个人所在的空间里充斥着一股馊臭的气味——气味的来源就是柏田。三十多岁还是独身的柏田，以从不洗澡而闻名。不知道多久没洗过的衬衫皱巴巴的，前襟上一片黄色，同样皱巴巴的西装上散落着好多头皮屑。头发乱蓬蓬地泛着油腻，还冒着一脸痘痘。这位仁兄，可是曾经被客户投诉"太脏了！强烈要求换人"的主儿。他经常被江岛警告，但依旧我行我素，丝毫不改。

半泽一看，桌子上摆着十份鳗鱼饭。

不过，鳗鱼都被取出来放在单独的盘子里。

柏田挠着乱糟糟的头发，转过脸看着半泽。

"啊，那个，我们就是想帮他们把保鲜膜揭掉。"横沟一边把饭菜藏起来，一边说。

这些臭小子打的什么主意半泽心知肚明。这真是让人笑也不是，怒也不是。

"你们啊，可别给人家鳗鱼店惹事儿啊！"

半泽与横沟、中西对视一眼，偷笑了一下，便转身走上三楼食堂。午饭是担担面，但是刚才的一幕总是浮现在眼前，弄得半泽食欲全无。

下午，国税局的人照旧稳坐泰山。他们从检查现场跑来叫半泽的时候，已经是晚上九点多了。

"把融资的资料拿来。今年一月到六月，除了贴现票据以外，所有实际放款的融资客户，无论法人还是个人全都要。"

"这数量可相当多啊。"

"那又怎么着，用不着你操心，快去拿。"

融资课全员分工一起动手，把全部将近八十册的融资档案翻出来，用小车推着送进去了。

"他们到底是想调查什么呀？"垣内从三层的楼梯上一边往下走一边问。

"谁知道。在他们眼里，我们铁定是一知道消息就会毁灭证据的人哪！"

"越来越没下限，得寸进尺！"

"谁说不是呢。"

国税局的现场检查可不是应付一天就能完事儿的。调查开始之日的大张旗鼓，名义上只是保全证据资料，接下来还有以几个人为单位的搜查组，能一口气查上好几天，甚至好几个月，是一场持久战。跟平常的税务调查相比，他们下的功夫相当大，一般都是为了查证大额偷漏税案件才用这种搜查方式，堪比警察搜查犯罪嫌疑人。

好不容易，江岛的内线电话响起来，已经是晚上十一点多了。

"好了好了，他们查完了。全员到楼上会议室去收拾资料。"

所有还在加班的男性员工都挪着沉重的步子爬上三楼。而国税局的人排成整齐的队列像一群黑鸭子般慢慢悠悠地晃出来——可能是心理原因吧，每个人的表情都是无精打采的。

"这也太过分了吧！"

会议室里文件资料散乱得到处都是，一片狼藉，郁闷的残局收尾工作一直持续到深夜零点。

西大阪钢铁相关的文件，恰恰也在提交的资料之中。

五亿日元的新融资是在二月份放款的，正好符合统括官提出的条件。半泽没有把收回来的资料交给业务负责人中西，而是放在了自己桌上。现在这家公司的债权回收工作已经是由半泽负责了，是课长亲自负责的要事。

但是，半泽随手翻开文件扫了一眼——坏了！他不禁意识到一个严重问题——

那份夏威夷房产的资料本来也夹在档案里……

那上面有半泽亲笔记下来的详细地址，现在回到手的文件却变成了复印件。

半泽叫来垣内。

"总不会是不小心把原件当复印件拿走了吧？难道说，那帮人是……"

"国税局调查的对象就是西大阪钢铁和东田。"半泽断定。

"头皮屑饭好吃吗？不知好歹的混账。"横沟恶声恶气地咒骂起来。

4

　次日，半泽联系了大阪商工调查的来生。

　下午，来生出现在支行二层柜台，半泽带他去了上次接待他的隔间，单刀直入地说："我想知道西大阪钢铁和新日本特殊钢之间的关系。"

　"说到关系……到底指哪方面呢？"

　来生直勾勾地盯着半泽。对这个人来说，信息就是商品。要不要就这样全盘奉上？他脸上明显流露出犹豫的神情。

　"我是听波野课长说的，因为预计新日本特殊钢有增加订单的需求，东田才会在五年前设立新工厂，只是最终期待落空了，才导致业绩恶化。这是真的假的？"

　"以前西大阪钢铁跟新日本特殊钢关系密切，这的确不假。我认为五年前开设新工厂是有这一层原因在里面的。至于后来的经过和发展嘛，我觉得波野先生说的没错。"

"那么五年前到现在这期间，西大阪钢铁和新日本特殊钢之间的订单往来又是个什么情况呢？一开始为什么会错误判断形势呢？我想知道原因。"

"因为那时新日本特殊钢本身也不是个很景气的公司啊。"

看样子，来生终于决定说出他所掌握的情况，"五年前，正是那家公司的社长交接的时期嘛。我这也是从西大阪钢铁的同行那里打听来的，听说，东田社长和新日本特殊钢的前任社长是发小，业务上的往来也是以个人关系为背景的。实际上，直到五年前前任社长还在任时，西大阪钢铁的销售额一直保持高速增长。不过，在那期间新日本特殊钢自身的业绩反倒一落千丈，前任社长背上了业绩恶化的责任，被换掉了，那家公司也开始彻底重整。"

"简单来说，作为重整的环节之一，就是清理了原有的交易对象，是吧？"

"正是如此。"来生点点头。

"东田难道不知道前任社长要被更换的消息吗？"

"因为那边闹'政变'了呀。"

"哦！"半泽惊讶地叹道。

"突然提出解聘提案，然后就把前社长革职了。"

"对东田来说，也是意料之外的突然打击吧？"

"没错。前任社长被赶出了新日本特殊钢创始人的行列，从那以后那家公司股东的控制力量就越来越弱了。"

"所以说在接下来的五年期间，他们就减少了与西大阪钢铁的交易量。如此一来就没办法挽回了吧？"

"那边公司认为，西大阪钢铁只是拿了个接单的好差事然后进行分销，还各种讨价还价，所以导致了公司经营恶化。虽说这是新社长的经营方针，不过据说真正的意思嘛，就是要把跟前任社长往来密切的关系户西大阪钢铁作为障碍给扫除了。"

如果来生说的情况属实，那么早在五年前，西大阪钢铁的业绩恶化就已经是不可避免的了。

不景气的风暴早已席卷钢铁业界，寻找替代新日本特殊钢的交易对象绝非容易的事。就算知道自己不久就要穷途末路了，那些通常所谓的不成规模的日本中小企业和公司，也会由于借贷过多最后只剩下债务缠身。而这时候，东田打的是什么算盘呢？

* * *

"也就是说，东田五年前就预计到公司早晚要倒闭的前景了？"

这天晚上，半泽把从来生那里打听到的情况悄悄告诉了垣内。

"估计这五年来，东田一直以虚假财报的手法欺瞒银行诈取资金。另一方面，应该是通过经营成本注水的方式转移资金。还有，为了迎接人生第二春，连夏威夷的房产都安排好了。"

"这么说，这可是……"

半泽迎着垣内意味深长的目光，点了点头："没错，是'蓄意破产'。"

5

"做得够绝的啊，简直太过分了。"

渡真利叹了口气，一副受够了的样子。

"那么混账的面谈难道还要让我忍了吗？"

半泽咬牙切齿，一口气灌下一大口啤酒。两人此刻对坐在梅田站地下街的居酒屋里。

关于西大阪钢铁的信用事故，融资部举行了听证质询会。据渡真利说当时的情景已经成了融资部里的热门话题。

倒也是意料中的事。

"定冈那小子气得半死。他这回可是把你恨到骨子里。虽然你成了他的眼中钉，只是怎么拔掉你，他暂时还无从下手。更糟糕的是人事部的小木曾次长，他可是很有来头的啊。"

"那又怎么样？"半泽愤怒地说道，"明明川原也是当事人，却对他不闻不问，偏偏对我揪着不放，这已经无礼至极了。而且，这次听证会显然是要把过错推到支行头上，根本是以谢罪为前提的！"

"你别那么大火气。融资部也不过那么回事，没什么大不了。这你又不是不知道。不过，小木曾次长那个人，看样子是一定要跟你过不去了。听说他向融资部提议，要对大阪西支行开展紧急的临店检查呢。"

"什么？"

＊　　＊　　＊

所谓临店检查，是指融资部亲临支行，对贷款情况进行全面检查，为期三天，目的是检查是否实施了正确恰当的授信判断，每天检查完毕都要在现场行员之间开展研讨会。

检查小组一般是五个人左右。带队的人职务级别相当于支行中的副行长，其他四人相当于课长的级别，不过按照银行的老规矩，一般被指派当检查员的，向来都是在支行待不下去了，马上就要被派遣出去的银行职员。

都是些被人抓着把柄，心里有鬼的家伙。副行长级别的带头人，说白了就是在竞争中落马，没能爬上支行长位子的家伙。另外四个检查员，等于是连融资课长的位置都坐不住的庸才。他们应该不乏实务经验，但充其量只是一帮够不上一流员工的巡回马戏班子罢了。

关于支行的授信判断，有心挑刺的话怎么样都能找出毛病来。身为融资课长，半泽自负生平所为没什么见不得人的，想找碴儿也只管放马过来。但是，真正的麻烦在于事前准备。银行的内部检查涉及方方面面，最劳心费力的是检查之前的全方位准备工作，迎接临店检查当然也不例外。

半泽知道，检查前的每一天至少要加班到深夜了，这一点他早有觉悟，但是只怕被查资料里有不能给外人看的东西，这可得事先做好隐蔽工作。诸如此类的问题文件，都会塞到纸箱里，一股脑儿藏在融资课长自家——这就是所谓的"疏散通道"。

银行这种地方是要做好面子工程的。不管怎么说，拼了命也要检查中取得良好的分数，而要做到这一点，就得把日常融资内容中有问题的部分藏好了。但是，如果检查到的项目都毫无问题，那么这个检查也就没有任何意义了，于是检查和被检查的双方就只能永远原地打转做着毫无进展的事了。

* * *

"为什么人事部会指使融资部临店检查啊？"

渡真利故作一本正经地说："根据面谈结果，我们认为大阪西支行的融资工作技能有问题，因此认为贵部有临店调查的必要——这样一封冠冕堂皇的信函从人事部长手里发到融资部长面前。你还不明白怎么回事吗？"

虽是戏谑的语气，但渡真利以别有深意的认真表情对半泽说：

"简单来说就是鸡蛋里挑骨头。依我看，那个小木曾在上次面谈时被你伤了面子，跟你结下梁子了。"

"跟我有仇就直接找我来啊。没出息的浑蛋。"半泽狠狠地吐出一口气，但毕竟也无可奈何。

"这就是那些浑蛋的手段了，他们会有计划地落井下石。我可告诉你了，他们都是些真小人，为达目的不择手段啊。"

"渡真利，你能不能帮我多少留意一下啊？"

"说什么傻话。"渡真利眼睛瞪圆，"什么多少，我可是一直全心全意帮你注意那边的动向啊。这还用你说嘛。不过，最关键的还是债权回收，你那边怎么样？小木曾也好定冈也好，那些小角色随他们折腾去吧，但是，如果真发生五亿日元的实际损失，不管怎么说你的立足之地就不牢靠了。这你明白吧？"

两人意犹未尽，又到第二家店继续喝酒。渡真利和半泽的酒量都不差。渡真利甚至还在"本人特长"一栏中写上了"饮酒"这一项。

这时候两人的话题从不良债权转到了同期入行者的近况。

上一次跟渡真利一块喝酒的时候，还有苅田和近藤。但是今天特意没有邀请他们，因为渡真利说有那两人在有些话就不方便说了。

"在晋升次长的竞争里拔得头筹啊，事务部的门胁那家伙。"

"是去读 MBA 吧。"

"东京大学，UCLA（加州大学洛杉矶分校）。"

渡真利脸上显出了一些厌弃的表情。不光是东京中央银行，任何一家大型银行都有海外留学制度。在竞争激烈的行内选拔中获胜，经过两三年的留学 MBA 课程，是出人头地的最佳道路。在美国或英国取得管理学硕士学位，如果在美国留学还可以在美洲总部"锻炼"个三到五年之后再回国——这是这种精英人士的固定模式。

渡真利在这一场鱼跃龙门的争夺战中落败了。有志于从事项目融资的行员多半都有 MBA 背景，而渡真利进入银行多年却始终不能实现他的目标，不得不说是那次选拔考试失利的结果。

"门胁啊，他老爹不是白水银行的董事嘛，只要他想去，没有去不了的吧。"

在银行里如果想爬上董事的位置，这也是必备条件之一。

一流大学毕业、出身世家，有 MBA 学位，这些条件门胁都具备了。

另外，如果想在董事级别的竞赛中胜出而最终当上董事长，这一阶段最重要的是领导能力，能够统辖行内错综复杂的人脉关系，各种条件当然也更难达到。不过对东京中央银行的前身产业中央银行来说，"颜值"也是非常重要的因素之一。

董事长的外表必须与"产业中央绅士"相仿，都是花白头发、富有魅力的中年型男。在历代的董事长候选人中，只是比较简历的话每个人都不分伯仲，看不出个所以然，但以外形为标准反而容易选出合适的人选。不过，在东京第一银行和产业中央银行合并时颠覆这一先例的，正是当时的董事长高桥太介。高桥这个人，怎么看也就是一个普通中年大叔，要不是东京第一银行的关系，他在产业中央银行里是绝对坐不上董事长宝座的。

后来才有传闻，说是当时产业中央银行内部最希望就任下任董事长的人是岸本真治。但这个岸本戴着黑框眼镜，镜片比啤酒瓶底儿还厚，而且还秃顶，脸长得跟大海龟似的。就这副尊容如果不去整容的话，当董事长完全没希望。产业中央银行为此纠结了很久，最后在合并后的初代董事长人选上做出让步，让丑男高桥成为"外表不怎么样也能当董事长"的先例，这样下一次让岸本当董事长就显得没那么突兀了。在岸本之后，现任东京中央银行董事长是五木孝光，出身产业中央银行，长得是仪表堂堂，又担任过全日本银行协会的会长，历经多次不良债权处置的大风大浪。这些听起来像无稽之谈，却是真事儿。

"门胁那小子的阴险性格完全摆在脸上了，简直是最糟糕的外表。不过既然已经有了先例，登上董事长的位置也不是痴人说梦啊。"

渡真利的话很损，半泽一边笑一边点头同意。

"不过另一方面，马上又要出外派名单了。"

在三十多岁时对外派遣，仍然是银行的在籍员工，回归的可能性极高。但如果四十多岁还被派出去，那就是一去不回的单程车票，相当于被银行除名，再也回不来了。

说到这个，渡真利的表情也忧郁起来，"近藤那小子，怕是危险了。"他说。

"喂喂。"半泽拦住了话头，但他心里也有同感。这一点渡真利也明白。

"唉，差不多也都到了人生道路的转折点了。近藤也好，苅田也好，还有你我也是如此。"

渡真利说的没错。

"你那个不良债权就像赌硬币一样。背面是通向外调的单程车票，出现正面才有可能留在一线继续斗争。"

渡真利的话听着让人不快，但的确是不可否认的事实。

＊　＊　＊

"渡真利说的？为什么？"

这天晚上，小花一直没睡，等着迟迟不归的半泽。因为半泽提前告诉小花说要和渡真利一起喝酒的。而小花依旧对这次的事情气愤不已、耿耿于怀。

"人事部那个叫小木曾的浑蛋，对上次听证会的事怀恨在心，所以弄出临店检查这么一出戏。如果我回收债权失败，只怕要被外调了。"

一听到外调，小花神情立刻变了，气得脸色铁青。

"难道渡真利就不肯帮你的忙吗？"

"人家帮了呀。给我提供了那么多信息，已经是帮大忙了。"

被小花瞪着，半泽心浮气躁，随口说了句"给我泡杯茶吧"，小花一动不动——半泽是 A 型血，小花是典型 B 型血。

"调出去的话，还能回银行吗？"

"这个嘛，应该不可能了吧。"

"可是，以前那个柿泽不就回来了？"

柿泽是过去和半泽共事过的一个优秀的同事，本来在证券业务总部工作，后来被派去新设的证券子公司，工作两年后高升，荣归旧部。

"他调出去的时候本来就是有条件的，跟这次可不是一码事。"

"薪水会变吗？外调出去是不是就不能涨工资了？家里可不是只有房贷，以后隆博的教育也要花不少钱呢。还有老人，不知道什么时候病倒了，那可就更麻烦了。这些该怎么办呢？"

"那你说我能怎么办啊！"半泽烦躁起来，"我就知道你只会说要花多少钱什么的。就算被派遣，工资可能减少还可能增加呢。再说了，现在是操心这些事的时候吗？现在对我来说最重要的是回收债权，等这事不成功你再唠叨也不迟吧。"

"你说得倒轻巧。可是，你那些事情的结果可是要影响到我们的生活啊，难道还是我想多了？没有吧。这可是大事。"

"废话，本来就是大事。"半泽心里窝火，狠狠地扔下几句，"所以啊，你还不如早点祈祷我工作顺利才更有用呢。要不然，你自己事业有成也行啊。"

"我可是为了你才搬家换工作到这里的。当初找工作，也是费了老大的力气，现在你怎么说这话？泡什么茶，自己泡去。"

小花说完，转身去了隆博的卧室。

6

"事出突然，听说下周三就要到支行临店检查了，还是早做准备的好。"

与渡真利会面后又过了一周，江岛把这个消息传达给半泽。他的表情格外严肃，自然是因为临店检查的结果，也会直接关系到上级对他这个管理岗位人员的考核评价。

"你知道吧，即使没有检查，我们支行因为西大阪钢铁那件事已经在总行那边很受关注了。如果临店检查的结果再不好，可没什么好果子吃。这样对你来说也很为难啊。这次，绝对要获得良好的评价。从现在开始还剩五天了，拼命吧。"

临店的目标到底还是半泽。对深知底细的半泽来说，看到江岛这个局外人张皇失措的样子，反而觉得很滑稽。

江岛瞪起三角眼装腔作势：

"你身为融资课长，这个节骨眼儿上不努力可不行。看你的了，要是给支行长和我丢脸的话，这责任可要你来承担。"

也不看看眼下是推卸责任的时候吗，半泽心想。不过，在江岛这种头脑空空的武斗派面前，说什么也是无用，还不如闭嘴。

* * *

大部分银行的情况都是相似的，对东京中央银行来说，从中小企业融资情况着眼，能揪出来的问题也就那些。

正确地判断业绩，提供适度的融资，还有取得与融资规模相适应的担保，不过如此而已。

为了把这些顺理成章的东西固定下来，金融厅对银行业界下达了各种各样的指南，另外还有银行自身的规则，所以制作相关文件都是必需的义务。

临店检查的目的就在于确认是否准确地完成了上述动作。虽然半泽自信没有问题，但在有近千家交易对象的大阪西支行，从现在开始把每一家的资料都逐一确认一遍是不可能的。

* * *

五天的准备期间转眼就过去了，东京融资部临店检查小组的五名成员，在检查日当天的上午九点来到大阪西支行。

由副支行长和融资课老员工组成的临店小组成员，平均年龄五十上下。除了这五个人，还有另外一个曾有一面之交的人，让半泽不由得皱起眉头——

人事部次长小木曾。

"呀，连次长您都亲自来了。"

浅野看到他连忙打招呼，小木曾像政治家一样举起右手，嘴里说着"多多关照"，视线却直直地落在半泽身上。除了带队的一个人以外，临店小组的其他人都被请到了会议室。浅野热情洋溢，引着带队的加纳真治和小木曾去了支行长办公室，随手关上了门。

半泽不知道他们会说些什么。不过他心里清楚，一个结局不利于他的故事已经拉开了序幕。

很快，临店小组列出一张当日检查对象的清单，交给半泽。

由于人员和时间有限，当然不可能全部检查，只能抽样。按说抽样应该是随机、不受干预的，但半泽一看清单就发现，单子上基本都是以业绩不好的企业为主。对方的用意显而易见。

第一天的检查对象共一百家。一个一个报出名称，负责的行员就按照清单取出资料，放在纸箱里用小车推到会议室。这是上午九点左右的事情，接下来直到下午四点，临店小组投入检查工作，最后召开当天的研讨会，流程基本都是如此。

这种研讨会上时常出现激烈冲突的场面，毕竟从各方的立场来说，临店的检查员一般都怀有对支行后辈们指手画脚的欲望。而支行职员最近几年，从事融资业务的职员更年轻、人数也更少了，相比之下也比较容易出错。这在大阪西支行也不例外，而身为融资课长的半泽，最终要为手下所有业务经办人员背负责任，他的立场最艰难。此次检查的始作俑者小木曾到场的目的，只怕就是想在研讨会上，亲眼见到以半泽为首的融资课遭受集中炮火袭击。除此以外，不知他还有什么目的。或许这家伙的复仇心理足够强。

"你到底有多大本事，马上就见分晓。"小木曾在支行长室待了三十分钟左右，出来之后直奔向半泽，"西大阪钢铁那件事，我已经领教过你的伶牙俐齿了。不过，对你的其他评价可就不是这么简单的事儿了，半泽课长。"

小木曾一边说着，在三七分的稀疏头发遮掩之下，头皮都兴奋得发红了。

"我听说，好像是人事部促成融资部来现场临店检查的，您对敝行还真是煞费苦心啊。"

"你这小子还真是，口头上从不吃亏啊。"

小木曾哼了一声，就朝临店小组所在的三层会议室方向去了。

* * *

这天下午四点三十分，开始了第一场研讨会。

会议室的长桌恰好摆成缺边口字形状，临店小组的五个人占据一边，对面则是半泽和融资课的员工。浅野、江岛还有小木曾三人像裁判员一样，坐在顶头的中央位置。

临店检查的各位检查员按顺序一个一个发表检查意见，以一问一答的形式与经办人逐个进行探讨询问。

抽到的赤字企业比较多，这多少让半泽有点儿担心，但一开始进行得还算顺利。但是，当姓灰田的检查员开口说话时，气氛就往不祥的方向转变了。

这个人年过五十，看上去就是个相当固执的人。

"林本工业的业务负责人是谁？"

从第一个问话的检查员开始，直到灰田一张嘴，尖锐的语气立刻造成现场气氛发生了微妙的变化。这与检查员的性格有关，与此同时应对质疑的方式也要随机应变。半泽在融资课混了这么多年，临店检查也经历多次，而他每次最留心的就是与检查员本人的脾气是否相投。

当然，他见过不少脾性不容的家伙。

灰田显然也是其中之一。

"是我。"

经验尚浅的中西举手应答了。从中西惴惴不安的举止上就能看出接下来谈话的走向，半泽不由得皱起了眉头。

"你说说，这家企业是怎样一家企业？"

"怎样的企业"这种问题让人无从回答。半泽大概能猜测灰田想问的是什么，但问题本身太含糊了。不出意料，被点名的中西只会战战兢兢地解释："那个，这家公司在支行附近，是一家经营历史很久的钢铁批发商……"

"谁问你这些！"灰田大喝一声拦住话头。一双狡猾的眼睛，用像要喷出火似的目光怒瞪着中西。明明是他语焉不详提问模糊，得到的答案稍有偏差就摆出生气的姿态。这男人要么是别有所图，要么就是纯粹白痴。不管怎么说，以半泽的地位并不能反驳他——"还不是你的问题不清楚"。

"这家企业首先应当关注的是赤字企业吧。"

"啊……"

"啊什么啊，你到底清楚不清楚？真是的。"

灰田的脸颊颤抖，视线紧接着转向半泽："对这家企业，课长有什么指示吗？"

资料里明明写清楚了，还故意问出来。就像成心向当选知事的候选人提问公约内容的找碴儿议员一样。

"维持现状。"半泽说。

"这说得过去吗？"灰田惨白的脸"唰"的一下变得通红。

他的架势好像在责骂融资课全员，在沉默的气氛中，灰田加大了火力："还有，这家企业的业绩预测情况怎么样，经办人？"

"啊，这个嘛就是……"中西头脑中一片空白。

半泽代他回答："一直在削减人员，前期由于大量支付累计的退职金资金导致出现了赤字，不过当期经营情况正在好转。"

"那是什么时候的事情？证据呢？"灰田问。

资料里不是有试算表吗？中西抬起头似乎想说点儿什么，又闭上了嘴。做得对，什么都不用说就好了。跟这种人解释得越多，根本是引火烧身。

"试算表应该就在资料文件夹里。"半泽替中西接下去。

"没有！"

简单粗暴的论断。果然没有啊，只能赶紧说对不起了——半泽想不出还有什么可说的。

"不过，我们经常与这家公司的社长会面，每次都现场确认当期业绩情况。"

半泽的话又引起灰田的反击："那为什么没有会谈记录？"

"这个嘛，确实没做成会谈记录，不过……"

半泽认为，林本工业的赤字并不是什么了不得的风险，所以才交给中西经办。如果真是必须注意的高风险客户，他当然也会提高警惕多加留意。但是，只有手下这几个人，还要顾全所有业务，不可能把每项记录都做得完美无缺。有魄力判断并把主要精力投入在关键的业务上，才是融资课的责任所在。

但是，这些道理跟死心眼的检查员说不清楚。

"你身为课长就只有这种水平吗？"灰田斥责道。

半泽虽想说话，最终还是没有反驳。小木曾嘴角浮现出笑容，满足地旁观这一场闹剧。想必，他心里一定在幸灾乐祸。

以灰田开头的这一场争议为契机，接下来都成了检查员的单方面指责。都是由一些琐碎的形式主义问题引起的指摘，却很难反驳说自身毫无错漏。指摘理想和现实的差距，斥责一线业务经办，责任都推在半泽和垣内培养员工失当方面，甚至到后来说出"水平这么差的支行简直前所未见"的话，就这样，研讨会足足开了两小时才凄惨收尾。

* * *

临店检查的第一天结束了。把融资课全员从上到下狠狠收拾了一通之后，临店小组的五个人意气风发地撤出了支行。

半泽刚出来便立刻被浅野叫住大骂："你到底是怎么准备的？"

浅野身后，支行长室的房门并没有关上，小木曾在里面心满意足地抽着烟，一副作壁上观看好戏的样子。

"我是希望能够充分准备的，但今天指出的这些事项还无暇顾及。"

"顾不上就不做了吗？"

浅野暴怒，接下来的三十分钟里当着融资课和其他业务课的员工的面，口水飞溅地把半泽骂了个狗血淋头，根本连插嘴解释的机会也不给，半泽只能忍受着训斥。

"课长，有件事我觉得不对劲。"

浅野和小木曾一起离开支行以后，垣内小声对半泽说。那两个人想必是到什么地方举杯庆祝去了吧。刚才的研讨会上，受到检查员攻击的不仅是半泽，还有垣内。内心不忿的垣内继续说，"我是说林本工业的试算表。"

"不是没有吗？"

"有的，那份试算表。确实是有的。"

垣内的话出乎意料。

"你什么意思？"

"这个，中西拿到了试算表，应该已经放进文件夹了。是这样，那天课长您不在，是我代行盖了章，我记得确实见过试算表——
喂，中西。"

　　垣内叫了一声，坐在末席的中西站起来。

　　"林本的试算表，你确实拿来了吧。"

　　垣内一说，中西点点头。

　　"真的？"

　　"是啊。明明已经拿到的材料，他们却说资料里没有，难道是
掉在什么地方了？"

　　说到这儿垣内又起一念：

　　"不光是林本，刚才他们说的那些，还有一些也是应该有却找
不到的资料呢。"

　　垣内小声说的话，引来全体课员站起来，围住半泽的桌子：

　　"你们不觉得奇怪吗？"

　　垣内的话引来大家心中疑惑。

7

次日，临店检查小组上午八点四十分左右到达支行。跟昨天一样，小木曾一露脸，浅野立刻满脸堆笑，口里打着招呼"今天也要请各位多多关照了"，然后把他们迎进支行长办公室。

紧接着，临店检查小组拿出了检查对象清单。全体课员赶紧行动起来，把清单上列出的贷款客户相关的信用报告和档案堆到纸箱里，像昨天一样运到会议室。今天总务课的行员小室喜好送来一辆小推车，也帮忙搬运。

总务课行员的主要工作就是专门负责支行内的各项杂务。到银行的 ATM 机附近看看，常常会见到戴着袖章指导操作的银行员工，他们通常都是总务课员。大阪西支行共有四名总务课员，小室是其中之一。平常总是干劲十足，昵称"阿喜"。

"阿喜，麻烦你了。"

身着制服的小室，像往常一样沉默寡言，只是笑了笑。少说话多干活，这是阿喜的座右铭。大部分银行职员则恰恰相反。

"请多关照了。"半泽向带队的加纳打着招呼。

"再怎么关照也别指望我们会放水啊"——对方回了一句充满敌意的话，他的脸只朝着打开的报纸，连看都没看半泽一眼。其他的检查员也都各自磨磨蹭蹭地消磨着正式开始检查前的时间，阿喜来来回回搬了多少次箱子，根本没人将目光停留在他身上。对高高在上的检查官来说，总务行员的存在比空气还稀薄，完全没有关注的必要。

"昨天折腾到很晚嘛。"这时一个检查员向半泽说道。

"嗯，是啊。"半泽不卑不亢地应着。

实际上，他们完成全部工作都已经深夜两点了。所有人都是打车回家的。

"你可别以为装可怜、装辛苦就能蒙混过关啊。"

灰田一副没事找事的样子斜眼瞄着半泽，他的意图不言而喻。半泽随口说着"是啊是啊"简单地应付了一句，就以要开晨会为由下楼回融资课去了。就这样，临店检查的第二天开始了。

临店检查的评价结果分为从 A 到 E 的五个档次。昨天的检查结果已经听江岛说了，是 D。至少要 C 才合格，D 是不合格。如果三天里都是这样，就要再次接受检查，问题就更大了。

那正是小木曾一心期待的。明摆着就是想通过这场检查闹剧将西大阪钢铁发生坏账的这盆脏水，一股脑儿全都泼在半泽的身上。

＊　＊　＊

这天，研讨会从下午四点开始，还在昨天那个会议室中举行。

以昨天的研讨会为基础，关于大阪西支行存在着巨大问题这一点上检查员已经达成一致意见，因此今天的会议一开始就剑拔弩张，针锋相对。

负责业务的支行员工太年轻。而那些检查员虽然要么是因为性格上的问题，或者缺乏统筹领导能力，最终在出人头地的道路上都摔个跟头，但不管怎么说他们都是在融资的工作岗位上工作多年的人。要说经验，入行五年左右的融资课员们完全不是这些老油条的对手。

充满恶意的场面一再出现。

例如"对业绩判断太幼稚了"，对方如此断言的场面反复出现。但要说到底怎么判断才对，这一问题却总被暧昧含混地忽视过去。

半泽看不下去了，多次说明数据都是从交易对手提供的试算表和业绩预测中模拟测算出来的，对方却说根本没有验证的记录。如果有记录，就会说"你们的观察太幼稚"，左一句右一句。总而言之，不管怎么解释，对方就是要得出"这家支行不合格"这一结论，意图十分明显。

今天轮到三个人中的灰田提问了：

"高石铁钢的负责人是谁？"

横沟举起手。

灰田瞪着眼睛横了他一眼，"根本就不行啊你！"——上来就是训斥。

"这家企业去年是赤字吧。根据前几天你提出的报告，今年会扭亏为盈。真的能盈利吗？"

"当然。"横沟答道。他是个血气方刚的男人，一脸倔强的表情。灰田显然很不满意他的反应，鼻子里哼了一声——非制服你小子不可，他脸上的表情摆明了心机。果不其然，针对横沟的集中轰炸开火了。

"哪里写了会盈利？你一个人说是就是吗？"

灰田出手了。

"不，我们听取了对方的业绩预测，并且对重整情况举行了听证讨论。"

"啥？"

对方竟然敢反驳，灰田眯起眼睛，"在哪儿呢，你说的记录？"——他把手里的档案拍在桌子上，"根本没有！"

横沟的脸色变了。

"不可能。因为那家公司的融资金额很大，我已经按课长的吩咐取得了全面的资料。"

"你撒谎！"灰田气焰嚣张，"昨天开始你们支行的负责人就来这一套。根本没好好确认，什么没关系没问题，全是独断专行。"

几个检查员都点头同意，视线从横沟身上转移到半泽那边。

"到底怎么回事，融资课长？"

"针对高石铁钢的资料，包括重整情况在内，业绩情况都进行了内部听证讨论，确实应该有相关记录在案。"半泽答道。

"支行长，你见过吗？"灰田问。

"我一点儿印象都没有啊。"浅野立刻回道，说完也瞪着半泽。

"不可能。"半泽说。

"那怎么回事，课长？"江岛生气地问。

但是被揣着明白装糊涂的灰田的一句"别胡闹了"给盖住了。

"你们支行啊，融资方面从以前开始就存在诸多问题，现在竟然无中生有。"

"因为半泽课长对授信判断很有信心嘛。"一直在等着好时机的小木曾终于开口了。

几个检查员都失声笑起来。

"然后呢？"带队的加纳说道。

"自信倒没什么，但你这分明是过度自信。"灰田一副看傻瓜的样子，抬起下巴趾高气扬地说。

"不，那份记录确实应该在档案里。"半泽冷静地回答。

"你说在哪啊？"灰田被激怒了，把卷宗一把扔过来，划过半泽身边，砸到了他旁边的垣内胸口上。

"课长，请看。"

垣内目光炯炯，露出成败在此一举的气势。半泽接过档案，从容地一页一页翻看。根本不可能有——灰田一直瞪着他。小木曾则是一副料定你已经走投无路了的表情。屏着呼吸期待半泽脸上出现焦急的神色。他们的小算盘一目了然。

半泽一直翻到最后一页，抬起头来说："档案里确实没有呢。"

"太不像话了！"灰田跳起来，正要一拳砸在桌子上。但是，他的动作被半泽接下来的话阻止了。

"今天早上还在呢。"

"什么？"

"我是说我这里的材料清单里有记载的。"半泽一边说，一边把手边的材料清单拿给灰田看。每份档案中都有什么资料，都在这份他们昨晚加班加点制作的登记清单里。虽然忙到深夜两点，但总算派上了用场。

"别胡闹了，半泽课长。"笨拙的副行长心虚地打着岔。

半泽无视他继续说："看样子从昨天到今天就丢了不少资料呢，我看你们几位才应该检讨一下如何管理档案吧。"他的语气严厉起来。

火上浇油。

"你的意思是，难道是我们弄丢的吗！"灰田头发倒竖，狂叫着，"这根本就没有啊！"

"支行长，你这融资课长问题很严重啊！"带队的加纳终于忍不住插嘴了。

小木曾无声地笑了，一副会心的笑容。

"难道你竟敢指责我们弄丢了关键资料？"加纳一副忍无可忍的样子，"太过分了！我还是头一次遭到这种侮辱，小木曾次长！"

"我有同感。"小木曾一脸阴险，"还是老老实实承认自己的错误吧，半泽。"

"如果是我们弄丢或者疏漏了，当然会坦白承认错误。我早有这个思想准备。但是，这次的事可不是这样。"

"别胡搅蛮缠了，半泽。老实交代吧。"小木曾还是颇为从容的样子，威胁似的说道。

"你说的话，我原样奉回，小木曾次长。"

"什么！"

小木曾的脸色变了。

"横沟。"半泽叫着部下，"麻烦请阿喜来一下。"

"好。"

横沟跑到会议室一角的电话旁边，用内线给二层的总务行员室打了电话。很快，阿喜大大方方地走进会议室。

"我是总务课行员小室。"

他自我介绍完，半泽问："午饭期间，有人进入会议室吗？"

"是的，就是那位。"他抬手指的正是小木曾。

"其实你亲眼见过他们的行动吧，阿喜。你在哪看到的？"

"窗户那边。"小室指着会议室的窗户，"按您的吩咐，我一边擦窗户一边盯着他们。"

"实际上，我们的档案里有资料丢失了。阿喜，你知道那些资料在哪吗？"

"我不知道那位先生是想找什么，不过他从档案里拿了些东西放进自己的公文包里了呢。"

"谢谢。你回去吧。"

会议室的空气冻结了。

灰田恼火至极，眼光犹豫不决地投向小木曾。现在小木曾已经脸色发青，嘴唇颤抖了。

"让我看看您的公文包吧。"

小木曾下意识地伸手去拿自己脚边的包。

"失礼了。"

垣内站起来，劈手夺过公文包，把里面的东西一件一件取出来。报纸、文库小说——看来这家伙喜欢推理小说呢，手机、香烟，还有——垣内抓住一沓文件，高高举起，狠狠地摔在已经呆若木鸡的小木曾面前。

8

"终于躲过了一劫啊。"

针对小木曾的不当行为，人事部专门送来了由人事部长亲笔署名的道歉函。由于小木曾私藏重要文件、恶意妨害临店检查中的正当评价等行为，现场检查只进行到第二天就中止了，第一天的评价结论也被取消了。

"小木曾这家伙已经完蛋了，目前在闭门反省中。现在还在讨论对他的处理，不过人事部长杉田可不是一星半点的生气，少说也是外派，弄不好就得把他劝退了。"电话那边的渡真利窃笑着说。

"那是理所当然。"半泽说，"关于这件事，那边的调查怎么样了？"

临店检查本身就是依据小木曾的指示进行的，这马上也成了问题所在。即使是东京中央银行，多少也还是保留着那么一点点正义感。已经有人开始怀疑此次检查是出于对半泽的个人恩怨。

"灰田那家伙够烦的吧。他已经承认这次只是部内调查。其他的人也赶紧做证，说是小木曾在检查前就多方暗示你行为不正。不管怎么说，这事可以不用再烦心了，但对你来说那一件才是要紧事。"

——他说的当然是对西大阪钢铁的不良债权一事。

"跟那事没关系吧。这次部内调查他们也知道自己有错，还不打算放过我吗？"

"才没有呢。你要知道，这件事情可是双刃剑啊，半泽。"

渡真利突然压低了声音，"董事会那边已经开始关注西大阪钢铁的不良债权了。虽然小木曾的行为过分了，但也有董事会成员提出疑问，质疑到底是怎么回事。你要认识到，这样一来包围网就更严密了。债权回收的情况有进展没有啊？"

"怎么可能有进展！"半泽狠狠地说，"别说回收债权了，都是临店检查害的，根本没法干正事儿！"

"你以为这理由会有人听吗？"

"银行这种地方，真是蛮不讲理！"半泽一声叹息。

"你现在才知道啊。那我再教你一件，银行这种地方，就是一个不讲情面没血没泪的冷酷地方啊。你可要好好记住了啊。"

"就你话多，挂了吧。"

半泽挂了电话。

这小子。半泽抱着手臂哼了一声，这时中西前来报告有客人来访。

临店检查这件事告一段落，融资课所有人都松了一口气。虽然不可能因此受什么表彰，但不知为何竟然所有人都打起精神来了，整个部门显得干劲十足，还真是不可思议的事儿。

＊　＊　＊

一名六十岁左右的男子站在柜台前，僵硬地低着头。哎呀，这是谁来着？半泽歪了一下头，转瞬想起来了。这头花白的头发和赤红的脸庞——是竹下金属的社长。

"前几天麻烦您了，这边请。"

半泽把竹下带到接待室，对方立刻直入主题："上次您说的事情我一直很在意。"——显然说的是西大阪钢铁。

"后来，我特意重新算了一下我们公司对西大阪钢铁的销售总额。"

竹下把一个大纸袋放在沙发旁边，一边说一边从里面取出一大摞文件，都是公司的会计资料，然后又取出一张手写的清单给半泽看。

"我把跟西大阪钢铁之间的买卖会计凭证都带来了。我想知道到底是谁弄错了。能请您帮忙核对一下吗？"

有意思了。半泽手头有从来生那里得到的三年的财务资料。每个决算期间西大阪钢铁和竹下金属双方记录的买卖金额到底有多大的差异，这只要简单比较就能核对出来。

"三年前差了一亿日元左右，两年前也是。不过到了去年就达到两亿了。"

这么一算，这些金额都被西大阪钢铁夸大计入了支付成本。实际上，这些钱并没有支付给竹下的公司，而是消失不见了——至于钱去哪儿了，十有八九就是东田个人腰包里。

"单纯以这几个决算期对照计算，就有四个亿，这个金额就足以回收竹下先生您的债权了。而且，这样的财务造假操作肯定不只对您一家做过，很可能还有别家公司。"

"那小子一定是把这些钱都藏起来了。你说，藏到哪去了呢？"

竹下一边说，一边点了根烟，低沉的声音带着些凶狠。等他再抬起头来直视半泽，目光里充满了怒火："我饶不了他！"

半泽对着他这句跟烟圈一起吐出来的话点了点头。按这套在进货价上注水做假账的方式推算，西大阪钢铁的往来款项上根本就不缺钱。更何况另一方面，东田又通过虚增利润套取了银行贷款。

钱本身是无罪的。但是，获取钱的方式就不一定是无罪的了。比如这种通过调高进货价格的方式从银行骗取运营资金贷款。

也就是说，半泽收不回来的这五亿坏账，成了东田隐形的私有财产。

"我见过帮他理财的律师，说是不知道有什么隐形财产。你说他是不是转移到外国的什么地方去了？"

"至少其中有一部分是这样的。"

半泽把夏威夷房产一事告诉了他。

"可恶的浑蛋！"竹下咒骂着，"还是说，我活该上当受骗啊？"

"不，是骗人的人不对，社长。这还用说吗？"

"看来你小子倒跟我挺对路。"竹下嘴上还叼着烟头，认真打量着半泽，"我决定了。一定要把他的财产找出来，拿回我的钱。要不咱们一起干吧？"

半泽笑了："当然，我也正有此意呢，社长老大。"

竹下用力地握住半泽从桌子那边伸过来的手，一边掐灭烟头一边说："就这么定了！不过有个事拜托您啦——别再说一口蹩脚的关西话啦！"

第四章　非护送船队

1

"我找到了一家！"

竹下扯着大嗓门喊着，声音仿佛能穿透话筒，震得人耳朵疼。

那是他们见面三天后的事。半泽提议，要调查清楚东田到底有多少秘密资产。

因此，首先要调查到底还有多少家转包企业像竹下金属一样，被西大阪钢铁在账面上做了手脚。

两人展开了完美的配合——半泽根据财务报表列出所有供应商的名单，并通过银行内部信息系统调出它们的地址；竹下则负责逐个与他们取得联系。

"有一家位于江坂的名为淡路钢铁的公司，也是受西大阪钢铁破产的牵连倒闭了。这家公司的社长是一个叫板桥的男人，我问了他在法人会的朋友，听说他好像要搬到奈良去了。"

"能联系上他吗？"

"我有他的手机号，要是还没停机的话，应该能联系上吧。我打过去试试，你要一起去吗？"

"当然。"

过了半天左右，竹下打电话来说与板桥约好了第二天晚上七点见面。

两人在支行门口会合，先坐地铁，再换乘近铁奈良线，最后从菖蒲池站下车步行十分钟左右就到了住宅区，社长板桥平吾家就在这里。这是一户木质结构的二层小楼，就像无计可施的淡路钢铁的经营业绩似的，又小又旧。

看上去，板桥是独自一人居住在这里。

"我提到了板桥社长朋友的名字，他才听我说了几句，这个大叔，在电话里真是太不配合了。这趟我们可不见得是什么受欢迎的客人啊。"

竹下摁下了玄关侧面的门铃。

门马上就打开了，屋里的男人果然一脸不高兴的样子。

"我是跟您通过电话的竹下，这位是银行的半泽先生。"

"现在说西大阪钢铁的事情还有什么用？我可没兴趣。"

"未必没用。"竹下说，"我们调查过，西大阪钢铁的东田私藏了不少财产。"

板桥瞬间瞪大了眼睛。

"他一直在做假账，从我家进货的数量也被虚报了。他就是这样骗取利润，一步步有计划地制造破产的。这位半泽先生查出了问题，并一直在调查。大家都是债权人，请您也协助我们一起调查吧，说不定能追回一些钱呢。"

"唉，我在电话里不是说过了，我对这事没兴趣。"板桥的眼神躲躲闪闪的。

"没兴趣？为什么呢？抱歉我直说了，对您来说即使得不到什么，但是至少也没有任何损失不是吗？"

"能不能不要再纠缠我了！"板桥说，"即使现在能拿回钱了，我的公司也不可能起死回生了。别再烦我了！"

"话虽如此，可是哪怕再晚，也总能给其他受到牵连的企业弥补一下损失吧。"竹下说。

但是板桥丝毫不为所动。

"总之，你们不要烦我了。我不想再跟西大阪钢铁的事情有任何牵扯。烦死了。"

大门"砰"的一声在两人面前关上。竹下有点儿茫然，转身看向半泽："什么情况这是？"

"我们先撤吧，反正也谈不下去了。"

这几分钟的交谈让人无法释然。

"虽然要花点儿时间，但总能追回一些钱吧，这难道不是好事吗？又不需要他承担调查费用什么的。"

的确，正如竹下所说，半泽也觉得不可理解。

＊　＊　＊

第二天，他们从大阪商工调查的来生那里得到了有关淡路钢铁破产情况的信息。

据说淡路钢铁是一家年销售额十亿日元的中小企业，业绩从几年前起一直赤字。由于债务负担过重，这家企业陆续从四家有业务往来的银行那里获得了 12 亿左右的融资，融资总额远远超过年销售额。

负债还不止这些，如果算上未支付的货款和拖欠的工资，淡路钢铁的负债总额早已超过 20 亿日元了。然而，在西大阪钢铁公司那边的未收回资金却只有一亿日元左右。

即使从西大阪钢铁那里追回这一亿日元，也只不过是杯水车薪。公司重组是不可能的了，板桥自身的破产也在所难免。

难道板桥是因为自暴自弃才摆出那副态度的吗？但是，这天晚上，竹下又带来了一个新消息，让半泽的想法产生了微妙的变化。

"有家公司的社长说最近在高尔夫球场上见过那个叫板桥的男人。"

"高尔夫球场？"

"对，我还想这种时候还有这份闲情逸致啊？结果那位社长又说了一个有意思的事情。听说，在东田独立开公司之前，板桥和他曾同在中之岛上班，是前后辈的关系。那位板桥社长，说不定跟东田是穿同一条裤子的呢。"

2

"昨天，竹下金属的社长跟银行的人一起来找我了。"

"哦。"

东田眯起眼睛，紧紧地盯着因担心而战战兢兢的板桥。在这样的视线之下，板桥浑身不自在地换了个坐姿，并把手里的小酒杯放在桌上。

这是一座可以俯瞰神户夜景的高级公寓。公寓名义上的所有者是东田妻子的叔父，他在神户市内经营着公司。现在那位叔父上了年纪，整天卧病在床，所以大部分资产都在东田的掌控之下。那些讨厌的债权人是不会找到这里的。

"他们可能已经发现了。"

板桥倒是不笨。但是，从过去在同一家公司共事的时候起东田就知道，这家伙一直就是个没什么胆量的男人。

"那又怎么样？"东田嗤笑道。

他身边的女人给他添满了酒。她是他从新地①的店里带过来的情人。

时间已经过了晚上十一点。这天，板桥一直把车停在公寓门口等东田回来。也不知道有没有被别人看见，板桥这家伙虽然很小心谨慎，但是慌张起来就无法做出判断。

"可、可是，听说国税局也要来检查了，那……"

东田把酒杯丢向板桥，把他胸前弄湿了一大片。板桥"啊"地惊叫了一声后就不敢作声了。

"你当是谁帮你逃避了那么多债务的，啊？"东田怒喝道，"哭着来找我的不是你自己吗？说什么从银行借钱已经借得走投无路了，求我帮忙的又是谁？你是不是还想回到债务缠身的日子？你是不是想一辈子都给银行打工……"

板桥一直默默地听着，紧闭双唇，像石头一样一动不动。要是被这小子反咬一口，说不定会全盘皆输。

"总之，能借多少钱就借多少，然后破产呗。"东田说，"再然后就老老实实等着风声过去。以后的事情有我罩着，天塌了有我顶着。"

当然，这一切都是有条件的。那就是板桥要完全配合东田的计划。

对于已经断了退路，走上人生悬崖边缘的板桥来说，根本就

———————

① 飞田新地，日本红灯区。

说不出一个"不"字。

"等上三年就好了。"

板桥惊讶地抬起头。

"到那时候,我的新事业也该步入正轨了。"

东田口中的新事业是指在中国生产特殊钢。为此,东田甚至很快就要出发去考察生产地。在当地注册成立公司之后,东田本人就打算长期移居中国。东田描绘的未来理想蓝图是往返于中国和夏威夷两地之间的生活,为此,他一定要确保手头有充足的资金。

"东田先生,你可得小心呀。"板桥的声音很微弱,"被国税局和银行的人发现的话,可就本利全无、得不偿失了。"

"你闭嘴!"东田又生气了,大吼了一声。

这时电话门禁突然响起,门外有一位新的来访者。

过了几分钟进来一个西装革履的男人,大概是已经喝了不少酒,在昏黄的灯光下他的脸仍然是红彤彤的。

"怎么了,一脸不高兴的样子。"来人用与此情此景并不相符的轻快的语气说道。

东田的下巴朝着板桥一扬:"这家伙害怕了。听说有个受牵连破产的公司社长和银行的人跑去找他问话,他害怕被人家抓到什么把柄。"

"哦。"

那个男人从东田的情人手里接过酒杯,把满满的一杯酒送到嘴边。他紧紧盯着板桥,虽然看上去面无表情,可是脑袋里在紧张地思考着。

"他们说我有秘密资产，让他帮忙调查呢。"

"是吗，那他是怎么回答的？"

"他说他没兴趣，让他们别再纠缠了。"

"什么嘛。"那男人一副失望的样子，"都找上门来了，至少也应该装作要帮忙的样子，不是更方便从中作梗吗？"

"谁说不是呢，果然还是你小子灵光。"东田称赞道。

那男人不当回事似的笑笑，"找上门的人你认识吗？"

"竹下金属的社长。你知道这家公司吧？用来做账的那家公司。另外，还有一个银行的人。"

"哪家银行？"

"银行的名字我不知道，我只知道那个人的名字，好像叫半泽。"

来访者和东田对视一眼——"哦？"

那个男人陷入了沉思，刚进房间时的那副爽快的表情渐渐消失了，手中的酒半天都没有喝完。

3

资料库里只有暗黄的微光，半泽埋首于文件中，不停地用手帕擦着汗。为了一伸手就能拿到，他把手帕放在了旁边的纸箱上。

已经晚上八点了。为了节约经费，东京中央银行一过工作时间就会关掉冷气——虽然难以置信，然而这是真的。冬天也会按时关掉暖气。现在有很多银行都这么做。

天生就容易出汗的半泽，早就浑身湿透了。

手帕也已经用到了第二块，另外一块挂在他背后的书架上晾着。刚才部下横沟过来找他盖章的时候看见了，还忍不住嘟囔了一句："好恶心哎。"

"要你多嘴。"半泽说。

接着，横沟弯下腰手撑在膝盖上问："干什么呢？"

"你不是看见了，在调查呢。"

"我来帮忙吧。"

半泽顺手拿过面前的一册装订好的凭证——里面都是汇款申请书。

"帮我把东田满的汇款申请都找出来。"

"西大阪钢铁啊。"

"是啊。"半泽低声回应道。这是一场全体战，到底谁是负责人已经不重要了。只要西大阪钢铁的债权能回收，支行的业绩就会实现一百八十度的逆转。

"好嘞！"

横沟干劲十足，一屁股坐在纸箱上，开始查找。

之后的一段时间里，只能听到翻纸的沙沙声。半泽的肚子开始叫了，他忙得连午饭都没吃上。在营业支行工作的银行员工，一般从午饭后直到回家之前都没时间吃东西。虽然现在也习惯了，但是刚入行的时候经常一到晚上就会饿得要命。半泽今晚突然想起了那时的情形。

看完一册放回原位，半泽站起来又伸手去拿下一册。

半泽就这样找了一册又一册。

他要找的是东田的资金流向。

他已经掌握了东田在夏威夷买别墅的情况。可以说，发现这件事纯属巧合，但应该不只如此。

他和竹下已经找到的东田秘密资产保守估计也有数亿日元。说不定，甚至有十亿日元以上。

为了找到揭露东田秘密资产的线索，半泽首先就要查清楚行里保管的过往汇款申请记录。

有脚步声往资料库方向靠近，副课长垣内走过来了。

"课长，存款负责人打电话过来说五年内的收支明细都调出来了。这边的工作我来弄，你去看看吧。"

"拜托了。"

"资料都放在你桌子上了。"

这里交接给垣内以后，半泽走上二楼。支行里热得像桑拿房一样，现在还在加班的只剩下融资课的员工了。支行长浅野下午六点前就离开了，副行长江岛看到行长走了以后，也匆匆忙忙地消失了。

垣内整理的资料是东田在东京中央银行开立的普通存款账户中的收支明细。

银行跟西大阪钢铁的交易开始于今年二月下旬。

但是，东田从五年前就在东京中央银行大阪西支行开通了个人普通存款账户——这是业务员中西刚刚发现的，他立刻向半泽做了汇报。查阅普通存款的动向说不定能发现更多线索。

即使大家对此不抱什么期待，至少也能了解到东田那些资金的情况，或者找到些跟东田本人相关的信息，无论如何都要得到这些线索。

长久以来，西大阪钢铁的主要支付银行都是关西城市银行。虽然社长在东京中央银行开了个人账户，但估计不会有大量的交易业务。说不定都已经变成休眠存款①了。然而，半泽只扫了一眼账户就发现这种判断错了。

这个账户里有电费支出。不仅如此，还有水费、煤气费、话

---

① 休眠存款是指长期没有交易记录的个人存款。

费、保险金——原来这竟是个人的生活账户。

什么情况？

东田是把东京中央银行作为个人的主要支付银行吗？

半泽停下动作思考了一会儿——很有可能。

这是因为有一些企业经营者，他们并不想让公司的主要合作银行过多了解到个人的私生活。

在企业和银行的业务往来中，存在着多种多样的商战策略，特别是涉及担保问题。经营者不想被银行虎视眈眈地盯着个人的资金使用情况，所以把私人账户和公司融资的账户分别开立在两家银行。

但是，这个账户里并没有发现东田数亿日元的秘密资产流动的痕迹。半泽特意看了购买夏威夷别墅那段时期的记录，并没有发现任何大额的提款和存款。

半泽仔仔细细地逐个检查了每一条明细记录，东田的私生活渐渐显露出来。

这个账户每月二十五日都会有一笔六十万日元的现金汇入。这六十万日元并不是"工资"，因为即使是一个亏损企业，东田作为社长，区区六十万日元的工资也太少了。估计这六十万日元只是在其他账户收到工资后转入的，主要用于东田个人的生活开销。半泽推测，实际使用这个账户的应该是东田的老婆。

大概每周一次会有五万日元到十万日元的现金提取。账户上的汇款支出除了基本生活费用外，还有报纸和健身俱乐部的会员费、几笔还信用卡的费用、几千日元的在线支付费用、两笔人寿保险、一笔财产保险支出，大概也就这些了。

还有一些定期支付的汇款。

花艺教室、文化中心、学校的学费。学费支出有两笔，都支付给了神户的私立高中——一所贵族学校；还有几笔给个人的定期汇款，大概是钢琴、游泳之类的授课费；还有补习班的学费。

花钱的地方还真不少，不过每月基本上都是同样的开销。从这些资金流向中可以勾勒出一幅充实、富足的生活景象。

跟一般家庭相比，东田家的支出确实比较多，但除此之外也没什么特别的。

"想从这里看出什么眉目大概是没戏了。"

就在半泽这么想的时候，突然注意到了其中一笔汇款——收款人是桥田清洁服务，金额七万日元，汇款日期是七月。

"清洁服务……"

* * *

第二天，半泽从电脑中调出前一晚发现的汇款明细。

收款账户，是同在东京中央银行神户支行的活期存款账户，公司名称是桥田清洁服务股份有限公司。这家公司并不是经营衣服干洗的清洁服务，看上去主要业务是家政清扫。

半泽在贷款管理系统中找到了桥田清洁的业务负责人。神户支行是一家规模比较大的支行，根据交易方的规模不同，神户支行内有好几个融资课。负责桥田清洁服务的是融资一课。半泽曾多次在课长会议上与一课课长三国交流过。

"说实在的，在债券回收方面我有点儿事情想请你帮帮忙。"

半泽打电话给三国，寒暄过后，提出了自己的请求。三国非常爽快地答应了："什么忙？只要有我能帮得上的地方，随时开口。"

"你们那边负责的桥田清洁服务公司，收到过我这边一家不良债权公司汇入的现金汇款。那家公司是做家政清扫的吧？"

"没错，正是。有什么问题吗？"

果然如此。

半泽继续说道："方便的话，能不能偷偷帮我打听下，这笔服务费是哪处房子的清扫费用？说真的，这家公司的社长躲得无影无踪的，真让我头疼。我想去找他当面把话说清楚。"

电话那边的三国犹豫了。

"这个嘛，对桥田公司来说，这不是泄露客户信息吗？人家可能不愿意啊。"

"这我明白，不过还是拜托啦。"

"你刚才说是一家不良债权公司是吧？"

于是半泽把目前掌握的情况告诉了三国。

"既然这样，那我问问看吧。不过，拜托你千万不要给桥田公司惹麻烦啊。"

"我知道的。其实，我有点儿着急。"

得到三国的应允后，半泽挂了电话。

一小时后三国回电了："刚才说的那个事，我通过那家公司的会计负责人悄悄查了一下。客户东田在七月请他们打扫的是宝塚市内的一家公寓。"

"宝塚？"

根据半泽手上的资料，西大阪钢铁关联资产的一览表中并没有在宝塚的公寓。

三国还把打听到的公寓的地址告诉了半泽。

"找到秘密资产了？"看到半泽写的笔记，邻座的垣内悄声问。

"有可能。"

半泽打电话给经常来往的司法秘书，申请调出那所公寓的所有权登记副本。然后又联系竹下，告诉他整个来龙去脉。

"宝塚的公寓啊。我倒是听过小道消息，说东田跟家里人都不住在一起。如果东田真住在那的话，我可真想冲过去骂他一顿……"

破产的经营者跟家人分开生活，都是为了躲避债权人。

有不少人在破产的时候就离开家，在全国范围内辗转迁移。甚至有的经营者会为了保护家人不被债权人追讨而与配偶离婚，然后一个人过着流浪汉或逃亡者的生活。

社长，是个孤独的职业。

手里不缺钱的时候周围前呼后拥，都是讨好献媚的人，一旦陷入困境，却没有任何人伸出援手。连带保证[①] 这个名称的本意，

① 连带保证，是两个以上的保证人对同一笔债务承担连带的保证责任，是国际融资担保的一种形式。其特点：a. 债权人享有既可向所有的保证人请求赔偿，也可只向其中一人请求赔偿的选择权。但是，债权人的这种权利只能行使一次。即如果债权人只要求某一个保证人履行保证责任，而法院判决的结果尚不足以补偿其债权时，则他无权再向法院提起诉讼要求其他保证人再行补偿。b. 如果仅有一个保证人被请求履行保证责任，则他有权要求其他保证人共同履行。c. 如果一个保证人因破产或其他原因而不能履行保证责任时，其责任转移给其他的保证人。

就是全部的债务都要自己背负。

千金散去之时就是缘分断绝之日。银行也是一样，半泽自己也是，至今为止从来没向着实缺钱的客户发放过没有担保的信用贷。如果信用状况已经极度恶化，想要得到融资的唯一途径就是提供担保。不论是被指责放贷不痛快，还是被批判经常无情地催还款，没有抵押担保的话，银行只会见死不救的。

"求求你们了。就这一次——真的只有这一次，能不能帮帮忙？"

即使是社长下跪求情，银行也不会给出一个温情的肯定回答。银行这种组织，只会放款给他们相信有能力还款的客户。

"社长，我们不能贷款给你。你还是自己另外想想办法吧。"

自从任职大阪西支行的融资课长以来，半泽一直在重复这样的话。

晴天送伞，雨天收伞——一点儿都不错。

融资的关键在于回收——一点儿都不错。

金钱，只借给富裕的人，不借给贫穷的人，这是铁打的原则——一点儿都不错。

这才是银行融资的基本原则。

泡沫经济之前，企业的主要合作银行会在企业困难之时帮其渡过难关。

但是，现在再也找不到这样的银行了。

过去，被"护送船队"方式保护的银行，自身在困难的时候也会从他处得到帮助的。因为义理人情优先，向中小企业提供融资，即使坏账堆积成山，银行也依旧坦然自若。

然而，时代变了。

银行的不灭神话早已成为过去，在这个时代，亏损的银行也一样会被淘汰。

因此，银行无法再继续资助中小企业。曾经，日本金融业的惯例是保护交易企业，现在这种主要合作银行的保护制度已经破灭了，究其原因，大概是同为金融行业惯例的"护送船队"方式的崩溃瓦解吧。

为了不被市场淘汰，现在对银行来说最重要的，不是保护交易对方，而是保护银行自身。

银行早就不是什么特殊的机构了，只是经营不善就会破产的普通企业。银行的可靠性，仅仅体现在泡沫经济之前。如果银行不能在企业困难的时候伸出援手，社会地位自然就会下降，对企业来说也不过是众多企业中普通的一员而已。

半泽已经从司法秘书那里拿到了所有权登记副本，所以晚上便请竹下来到支行。

"白天我去宝塚公寓那边看过了。"竹下开门见山地说道。

"这么快？"半泽惊讶于竹下的这份上心，或者说是执念，"然后呢，怎么样？"

这是支行二楼的接待室。因为银行的规定，空调已经被关了，所以只能开窗通风。厚重、闷热的空气从安装了铁栅栏的窗户中渗透进来。

"公寓外面没有贴名牌。但是我在公寓门口监视了一会儿，看到东田的老婆和小孩一起走进去了，千真万确。还有，那个女人啊，完全看不出来是已经破产的公司老板娘。真不愧是东田的女人，依然一脸要强的样子，步履中透着一股傲气。"

东田达子，今年四十二岁，对西大阪钢铁的经营不闻不问。竹下在法人会上见过她几次，而半泽与她从未谋面。

"对了，登记副本的事情怎么样了？那所公寓到底是不是东田的秘密资产啊？"

"看样子并不是。"

根据司法秘书找到的不动产所有权登记副本，公寓的所有人是一个名叫小村武彦的人。

"什么？不是东田的财产？"

"是啊，不是的。"

"难道是租来的公寓吗？"

起初，半泽也是这么想的。但是，东田特地找专业清洁公司来打扫租来的公寓，这好像不太对劲。

"债权关系呢？有没有抵押贷款什么的？"

"完全没有，干干净净。"

竹下瞪圆了眼睛。

"没有抵押贷款，那就是自己付全款买的啦？那可是个不错的公寓，即使是二手房也得花个七八千万日元呢。"

"这世上这种有钱人多了去了。"

"太不公平了。"

"我也有同感。"

"接下来该怎么办呢，半泽老弟？"

半泽用手指支着额头想了一会儿。

"我想调查一下这所公寓的所有者跟东田是什么关系。"

"你打算跟谁打听？"竹下反问。

当然，半泽立刻想到了一个人。

4

上次到这个地方，是顶着炎炎烈日来的。不过——

今天下雨了，而且是倾盆大雨。两侧的焦炭矿场在雨雾的笼罩下，从远处几乎都看不见了。雨滴肆意地落在前挡风玻璃上，即使把雨刮器开到最高挡也来不及刮去，车里充满了换气扇送进来的潮湿空气。马力全开的空调，眼下只有一个作用，就是发出嗡嗡的噪声把浓烈的烟味吹到紧握着方向盘的半泽身上。

在电话里是解决不了问题的。

波野这个人不可信。要想从他那里问出真话，必须要面对面紧紧追问。所以半泽虽然事先打电话跟他约好了见面时间，但没有告知他见面的目的——让波野感到不安正是半泽计划的一部分。

果然，一看到半泽的身影，波野立马从自己的座位上跳起来，向半泽跑去。

没想到这么小的公司，也有事务员的体面呢，或者只是因为他对那个当社长的老哥有顾虑。那位大哥正对着电话大声嚷嚷着，斜眼瞪了半泽一眼。

"快，这边请。"波野赶紧把半泽推进接待室，长呼一口气的同时立刻把身后的门关上。

他一脸痛苦地说："我说，半泽先生……拜托你了，这可是最后一次，以后别再来找我了。每次牵扯到以前公司的事情时，老板的脸色都可难看了。"

半泽冷笑："你当我多想见你啊！如果可以，我也是能不见你就不见的。不过，现在发生了一件事，我不得不来找你。"

"到底什么事？"

波野快要哭出来了。

"你知道东田社长的家人在哪儿吗？"半泽用质问的语气说道。

对这个没骨气的波野来说，仅是这样就已经很难招架了。

"我，我不是说过不知道嘛。上次我也说了，从公司开空头支票以来，我根本没见过他。怎么可能知道他的家人在哪儿？"

"你不说实话，那可会很麻烦啊！"

"真的！我说的都是真的！"波野坚持。

半泽盯着他的眼睛，念出宝塚市内的公寓地址。

"那，那是什么地方？"

"知道什么就赶紧说，我不跟你计较。不过，机会只有一次。"半泽语气严厉尖刻。

波野慌乱的表情下，喉结上下吞咽。

"别，别这样！"

波野还想狡辩，被半泽瞪了一眼后就泄气地低下头不敢看他。

"还是老老实实交代了吧，波野先生。我的忍耐也是有限度的。那是谁的公寓？你要是还想隐瞒的话，我可不会善罢甘休的。还想让我再找上门吗？！"

"别着急啊。让我想想，啊，我想起来了。那个好像是，他夫人，他夫人的亲戚家……"

"什么？"

浑蛋，果然早就知道。波野这小子，一直撒着小谎，左支右绌。一想到被他骗了，半泽肚子里就有一股火气直蹿上来——"什么亲戚？"

"听说——好像是夫人的叔叔吧。"

"名字呢？"

"好像是小村。"

跟房屋登记的产权所有人一样。

"还有呢？只有东田的家人住在那里吗？"

"大概是的，社长应该没跟他们住在一起。"

"他在哪儿？"

"我，我不知道。真的，我真的不知道他在哪儿。"

波野拼命摇着头。

"上了法庭你还能这么说吗？波野先生。"

"都说了，我真的不知道。"

"这样的话，有个大概也行，你觉得他会在什么地方，说来听听。"

波野一本正经地回答道："要我说的话，大概在那位小村先生的其他公寓或者别墅里吧。"

"那个小村到底是什么人？"

"是个富豪。"波野向半泽做出了解释。

小村武彦是东田老婆达子的娘家叔叔，继承了达子父亲老家的贸易生意，不幸的是，老爷子多年前得了阿尔茨海默病，一直在有特别看护的老人院生活。因为他既是单身又没有子女，基本上都是靠东田夫妇在身边照顾着。

"不过东田达子嘛，照顾他的目的多半是为了他的财产吧。"

"你说得挺过分的。"

"那个狠毒女人就是唯利是图。"

"这对夫妻倒挺般配。"

半泽冷笑，又问了小村其他房产的所在地，但是波野说不知道。

"不过，我倒是知道小村先生现在入住的老人院，以前社长让我往那边送过东西。如果知道小村先生在哪，大概就可以以此为突破口了吧。"

"这得找到了小村先生才知道。"

"求你别再找我了。"

"为什么不早说？"半泽想想就更生气了，"西大阪钢铁的财务信息已经泄露了，而且把信息泄露出来的不正是你自己吗？既然如此，这些事情干吗不早点儿告诉我？是不是东田找上你了？"

"没，没有，他可没找我。泄、泄露财务信息的确实是我。那是因为，他连遣散费都不付给我，就把我从公司撵出来了。"

波野絮絮叨叨找了好多借口。他泄露情报给来生，十有八九也是希望从对方身上得到什么好处。

"这可不是游戏，波野先生。就连你在内也参与了西大阪钢铁伪造财务凭证这事，这可是骗贷！"

"不是这样的，我只是听命于东田社长。"

"没什么不一样！"半泽提醒他。

在他向波野确认西大阪钢铁的财务疑点时，波野曾一直姑息养奸。一说到这里，半泽就气不打一处来，那些事情就像昨天刚发生一样历历在目。东田这浑蛋就不用说了，找到他一定要狠狠给他个教训，但是半泽也不打算原谅波野。一定要给他们点颜色看看，让他们后悔到死都来不及。他早就下了决心。

半泽继续说："别以为你的责任就这么轻易躲得过去。即使你忘了，我们银行可怎么都不会忘掉这五亿日元不良债权。不尽快想办法解决的话，你的麻烦比我也少不到哪去！"

"不要啊！我只是一个在西大阪钢铁听话干活的普通职员而已，我又没有参与过那家公司的经营……"

"我还不是一样！"半泽打断波野，"我也只是东京中央银行的工作人员，也不过跟你一样，区区一个职员而已，跟企业经营没有半点儿关系。我心疼的又不是自己的钱。但是，作为一个社会人，我绝对不能原谅你们的所作所为。我才不管会给你带来多大的麻烦，你自己犯的错误责任就要你自己来承担。"

半泽的犀利言辞让波野嗫嚅着说不出一句话。

终于，波野被绝望的情绪压垮，垂头丧气地坐在接待室里起不来了，半泽扔下他转身离开，抬头看了看大雨倾盆的天空。行里的业务用车就停在玄关旁边，半泽打开车门发动引擎，车载空调又吹起浓重的烟味儿。他越过车前挡风玻璃上努力摇摆的雨刮器，正好能看到波野的哥哥打完电话，一脸怒气地追出来。半泽发动了车子，驶过了一处水洼，泥水四处飞溅。哥哥迅速躲避的同时，还不忘破口大骂。半泽不理他，踩下油门，又一次驶出焦炭矿场。

5

正如波野所说，东田很有可能藏身在小村的某处房产里。

问题是，应该如何调查小村名下的其他房产。目前半泽所掌握到的信息，只有小村经营的公司名和他现在所住的老人院的地址。

半泽给大阪商工调查的来生打了个电话，告诉了他那家贸易公司的名称。

"这次是委托你帮我调查。我想知道这家公司现在怎么样了，尤其是公司社长个人的资产情况。越详细越好，最好能做出一份清单。"

"这是一家已经关闭的公司吧，是跟融资有关的调查吗？"

大概是调查员的直觉吧，来生对此有些疑惑。

"跟西大阪钢铁有关。"

"是吗，有意思。调查完成之后能告诉我怎么回事吗？"

"要是不收调查费的话我可以考虑考虑。"

"打个折总可以了吧。我想至少得花两三天的工夫。"

"知道了。总之，调查完请立刻联系我。"

三天后。来生坐在东京中央银行大阪西支行二楼接待室的沙发上，笑嘻嘻地说："可费了我不少工夫，不过总算查出来一些东西。调查费可是很贵的哦。"

他随口开着玩笑，把装有调查资料的文件袋推到半泽面前。

小村贸易是明治年间创立，注册资本三千万日元，年销售额超过百亿日元的商社。不过，三年前因为社长小村年事已高、身体状况不支，历经百年的老牌商社慢慢落下历史帷幕，公司目前处于关闭状态，小村也为了治疗移居到有特别看护的老人院。这家老人院地处六甲山的山坳里，从那里可以俯瞰神户港，是有钱的老人才能入住的特别处所。

"小村社长个人的资产以不动产为主，总数将近二十亿日元。不过看样子东田社长想弄到手也不是那么容易的。"来生说出这句耐人寻味的话，"这位小村大叔啊，性格蛮怪的，听说当他知道自己得病的时候，就立马写好了遗嘱委托给了律师。小村的监护人是他公司的顾问律师花岛，可不是东田啊。所以，我想就算是东田，也轻易动不了小村的财产。他肯定希望在小村死后能继承遗产，不过看样子大叔更是棋高一着呢。"

小村名下的不动产，以神户市内为中心，共有五处。除此以外，听说还有一套黄金海岸的公寓，估计是泡沫经济时期出手买的。

"调查得很清楚嘛。"

"入手的线索就是东田家人现在居住的宝塚那套公寓。"来生说，"那套公寓最开始是被抵押给银行的。我去那家银行调查过，虽然抵押已经解除了，但是也只是前不久的事儿，并不难查——你不觉得这很奇怪吗？"

来生一边说着，一边指着一套神户市内的公寓资料。

"这里是？"

"原本是出租用的房产，差不多一年前租客退租腾空了，接下来就没有续租。这可是很高级的公寓呢。我倒是也跑去看了看，并不像空置的样子，没准就是东田的藏身之处呢。"

"你见到东田了吗？"

来生摇摇头，"这个嘛，我又不晓得东田长什么样子啊。本来我还想继续追查到底，但不知道哪来的一伙怪人也在附近转来转去，只好算了。那帮小子十分可疑。"

半泽抬起头："其他债权人吗？"

"不，我觉得不像。他们都穿着西装，外表看起来普普通通。可是他们会窥视楼里的信箱，还总是在停车场附近转来转去。"

"那大概是国税局的人吧。"半泽说。

"国税局找他干吗？"来生刚说了一句，突然住了口看看半泽，"您先告诉我怎么回事我才好接着说，可不要失信啊，半泽课长。"

"东田有秘密资产，估计在五亿到十亿左右。"

来生惊讶地瞪大了眼睛。

"他一直在进货款上掺水分，暗地里存下来的钱都转移到其他地方藏起来了。"

"这可太有意思了。如果能找到这笔钱，贵行的不良债权不就能全额回收了嘛。"

"如果能逼他交出来的话。"半泽说，"本来他就把从银行贷到的钱全都原封不动地挪到了自己腰包。我一定会把这五亿从他手里收回来。"

"原来如此。我本来正打算写关于西大阪钢铁的跟踪调查报告，既然这样我就再等等好了。东田社长对决国税局，还有半泽课长你。到底谁会笑到最后呢？"来生兴致勃勃地说道。

* * *

一辆黑色丰田Celsior慢慢地从停车场的坡道驶下。

竹下开着一辆皇冠，拉开一点距离跟在丰田车后。

这是三宫站附近商场的地下停车场。

这天一早，半泽跟竹下在支行门口会合，两人直奔新神户站附近那栋有问题的公寓。

一开始他们本打算直接登门，但是当他们在公寓前和东田开的车擦肩而过之后，他们决定改变策略先跟踪东田。

显然还是这样比较妥当。在街上偶然碰到的话，就不会被说"非法闯入民宅"，东田也没有机会佯装家中无人闭门不见。

半泽他们看到东田按照指示的停车路线停好车后，带着一个女人消失在商场里。

"跟家人分居带着情妇过起小日子来了，了不得呀这小子。"

竹下坐在车里目送他们走远后，小声嘟囔道。

那女人也就二十岁出头。迷你短裙下是一双细得夸张的腿。染成茶色的长发将将及腰。东田则是一身打高尔夫球的打扮，被那个女人挽着胳膊，气宇轩昂地大踏步走远了，根本看不出是破产公司的经营者。

"去看看他们那辆车。"

半泽从副驾驶座位下了车，在宽阔的停车场里寻找东田的车子。就在水泥墙的另一面，在两台奔驰的中间，停着那台黑色Celsior。看样子刚买不久，漆面还亮晶晶的，一点儿剐蹭都没有，完全是新车的样子。

"真不低调啊。"竹下瞥了一眼驾驶座，说，"破产公司的社长，就老老实实地骑自行车还差不多嘛。"

半泽从副驾驶那边往车里看。后座上似乎是女人的杂物，还随便扔着一件外套。此外还有纸巾盒、两把伞，其中一把是细柄的女式伞。水杯架上有点零钱，还有半瓶水。仅此而已。

"什么都没有啊。"竹下从车子背后绕到半泽旁边，说，"怎么办？按照他们那架势，肯定要逛很长时间。要不要到商场里逮住他们？反正他们十有八九是在女装那边晃悠呢。"

"等一下。"半泽说，"那个纸巾盒……"

他指着后座上的盒子。虽然被颜色鲜艳的黄色外套盖住了一半，但还是能看出盒子是蓝底的，上面有个类似白色船帆似的图案——"那好像是什么银行的标志吧？"

"真的啊！"竹下惊讶地发出了沙哑的声音，为了能看得更清楚些他眯起了眼睛，"真不愧是银行员工，着眼的地方就是不一样，我就给看漏了。这是哪家银行啊？"

"银行名被外套挡住了看不见，不过这个标志还真是不多见呢。"

"不是大型银行吗？"

正如竹下所说，大型银行的话，半泽不可能对标志不熟悉。

"说不定是这附近的地方银行或者信用金库什么的。既然有了纸巾盒也就有线索了，至少是办理了存款账户之类的业务，不然不会送盒装纸巾的，普通的小业务最多送小包纸巾。看样子东田是往这家银行里存款了。"

"原来如此，他存了有多少钱呢？"

竹下撇撇嘴，走到后车门的防窥车窗跟前，把整个脸贴在上面使劲儿往里看。

正在这时，他突然感觉到背后有人——一转身，对方也吓了一跳停下了脚步。

正是东田的情妇。

该死，是那个外套……

大概是因为店里太冷了，女人是回来取外套的。

女人转身就跑。

"糟糕！"竹下叹道。

女人的高跟鞋踏在地面上发出"嗒嗒"的脆响，直奔商场贴满玻璃的地下大厅，半泽也眼睁睁地看着她的背影离去。她的右手紧紧握着手机，一边回头扫视一边把电话举到耳边。很快她的身影消失在通向卖场的台阶上——这些都只是一转眼的事情。

"他们是想逃跑吗？"竹下问。

"不会，车还停在这里呢，逃也逃不到哪去。我想过一会儿他们还是会出来的。我们等等吧。"

但是——

足足等了一小时，也不见东田现身。

* * *

从地下停车场开出去的坡道上，减速带的铁皮被夏日的太阳照得白晃晃的，直刺眼睛。竹下开着皇冠，交了停车费，一口气加速开上了坡道。

"他们不会又要玩失踪吧？"

"这次应该不至于吧。"

那个女人想必已经看出半泽和竹下是债权人，但是并不知道他们到底是谁。东田说不定会认为——他们只是因为在街上碰巧遇到了才被跟踪的，他应该想不到包围网已经渐渐缩小了。

"以防万一，我还是去监视东田的公寓吧。这次碰巧才发现东田的藏身之处，要是再被他跑了，找起来可就难了。"

"那我就去查查东田交易的银行，估计就是这附近的金融机构。"

"如果能找到是哪家银行，咬定了他我们就赢了！"

"要是能那么顺利就好了。"

半泽必须要先查出来那个标志到底是哪家金融机构，位于何处。

这对半泽来说应该不会太难。

半泽跟竹下分开后，自己在车站周边逛了逛。他发现了一家地方银行的支行后，径直走了进去，对大堂里戴着袖章、看上去有点年纪的像是大堂经理的男人打招呼道："不好意思，请问您知道这样的标志是哪家银行吗？"

半泽从记账台上拿过票据在背面用圆珠笔画出图案。

身着制服的男人把半泽的手绘图案翻来覆去地看了又看，歪着头想了一会儿："不好意思呀，我没见过这样的标志。"

"有没有可能是信用金库呢？"半泽补充道。

"我也不是都能记住，不过好像没在这附近见过这样的标志。从这里再往前走一点儿，就有一家信用金库，要不您去那边问问看？"

* * *

"后来怎么样了？"垣内问。

"还是没查到。我把车站前的几家银行和信用金库都走遍了，也都问过，大家都不知道这个标志是哪家金融机构。"

"咱们俩再偷偷去看一眼东田的车怎么样？"

"我已经拜托竹下社长去看了。"

半泽看看手表，已经晚上七点多了，竹下还没有联系他。下午半泽给竹下打过电话，告诉他有关那个标志的情况。那时候竹下已经把车停到了东田公寓附近的路上，一个人在车里静静地等着东田回来。

"那个浑蛋，还没回来呢。真够警惕的。"

竹下不等到东田决不罢休，仍然继续监视。

"标志啊……"垣内长叹了口气，"要是词汇什么的上网一搜就能查到，标志的话可不好找啊。话说白了，是不是银行的还不一定呢。"

这么一说也是。

说不定是证券公司呢，再说了，会给客户送盒装纸巾的又不只有金融机构。一上来就想到银行，大概只是业内人士的先入为主罢了。

"应该不是证券公司吧。因为西大阪钢铁完全没有过投资任何有价证券的迹象，我觉得这也反映了东田的兴趣吧。"

"这么说，他对股票没兴趣喽。"

"至少他从来没用公司的钱买过股票。而且我看过东田个人存款的账户，里面也没有任何和证券公司之间的资金往来。"

"这倒是。这么说来，这个标志还应该是银行的……"

垣内从背后的书架上取下地图铺开，"东田自己家在东淀川区，家人住在宝塚，现在藏身的公寓在神户。要不要把这些地方附近的金融机构都扫一遍？"

半泽心下不由得怀疑，"你是不是有什么想法了？"

"东田这小子，干出什么都不奇怪了。他过去几年可不只是伪造财务报表，同时也还逃税呢。这么一来，一定会被当局盯上的。既然如此，应该不会把钱藏在自家或公司附近的金融机构里吧。这也太容易露馅了。"

即使是国税局，对个人存款的调查，也不可能把所有金融机构都检索一遍。实际调查中已经发现或扣押或冻结的存折另当别论，其他的办法也只剩下根据前期掌握的线索筛查了，最多也就是锁定觉得可疑的金融机构，然后上门去问"这个人在这里有没有存款"。如果是自家或公司附近的金融机构，被盯上的可能性太高。

"我觉得，反倒是东田把账户开在八竿子打不着的金融机构的可能性更大。只要是有点儿脑子的家伙，应该都会这么干。虽然存取款不太方便，但是肯定比被发现要好多了。"

"这么说的话，可就更难找喽。"

这时候，竹下打来电话："东田这家伙终于回来了。也不知跑哪儿去耗了这么久。"

大概是因为在车里打的手机，背景相当安静。

"那女人呢？"

"跟他在一起，我看见她刚才坐在副驾驶座上了。我这就去停车场再看看。"

十分钟后，竹下又打来电话。大概是跑了几步，他的喘息很急促："我去看了，那个纸巾盒已经不见了。"

"可恶！"

"挺狡猾的嘛。"竹下的反应倒是显得很轻松，"东田应该深思熟虑过。本来想把自己隐藏好，结果却被不知道是哪来的债权者发现了行踪。他肯定又把车里从头到尾检查了一遍。结果他把纸巾盒藏起来，反而说明这东西很重要不是吗？"这话有道理。

"我再在这里盯一会儿看看。"

"那边还有什么别的线索吗？"

"也没，就是刚才除了那个女人，东田的后座上还有个男人，我要仔细看看那家伙长什么样。我想知道，跟东田这家伙同流合污的，都是一群什么样的人。"

"要是有相机就好了。"半泽只是半开玩笑地说。

没想到竹下轻松答道："有啊。"

半泽不由得苦笑了一下。

"这是我一个穷社长为数不多的兴趣了。一台单反数码相机，还有望远镜。要是拍到好照片你可要奖励我啊。"

竹下笑着挂了电话。

6

"债权人？"

男人把送到嘴边的酒杯停下了，"谁啊？"

"不知道。未树，是什么样的人，你再仔细说说。"

本来在斟酒的女人，把冰酒用的冰桶放在黑色台面上，不安地看着东田。她身材纤细，一张形似小鹿的鹅蛋脸让人印象深刻。她穿着白色无袖裙，因为手镯钩住了头发不停地用手拆解着，撒娇似的皱起眉，看起来消瘦的身体在冷气十足的房间里有些吃不消。

"就两个男人嘛。"

大概是平时就任性惯了，未树提高了嗓音，一副闹别扭、不情愿的表情。她的口音不像大阪话，倒是接近东京标准话。

"我问你那两个人长什么样？"东田凶起来。

"就是……一个四十岁左右穿着西装的男人，还有一个穿得不怎么讲究的大叔。"

"是两个流氓无赖吗？"

"我觉得不是，应该是两个普通人吧。"

"有什么特征吗？"

"很可怕的啦。"

东田哼了一声："就这些啊，早知道我去看看就好了。"

"是银行职员吧。"这时候未树说。

东田跟另外的男人对视一眼，低声问：

"你怎么知道的？"

"就是有那种感觉嘛——银行职员嘛，都那样。"

"一看就是吗？"东田接着问。

"对啊。"女人干脆利落地回答，"就那种白衬衫黑西装的打扮，看上去就像是银行职员。"

"说不定是国税局的人呢？"那男人问。

女人摇摇头，"我觉得不是公务员。我说不清楚啦，反正感觉就是不一样。"

那男人的目光直勾勾投向东田："难道会是半泽吗？"

东田的眼睛里写满了猜疑，应声道："不会吧——那个难缠的家伙怎么……"

7

　　"告诉你个秘密消息，近藤那家伙，可能真的够呛了。"

　　半泽放下筷子，盯着渡真利。

　　两人在梅田地下街一家常去的店里喝酒。充满了烤鸡肉串味道的店内，挤满了工薪阶层，十分热闹。渡真利提高音量，好像要压过周围嘈杂的痴言醉语似的。

　　刚才，就在跟竹下联系过之后不久，突然接到渡真利的电话。渡真利只要来大阪出差，一定会联系半泽。如果能住上一宿，就相约喝一场，今天也是这样。与其在家干等着竹下的消息，当然是跟老朋友一边喝酒一边等消息来得畅快些。

　　"够呛？什么意思？"

　　"外派。"

　　渡真利夹了块鳢鱼送进嘴里。

"有这样的传闻吗？"

"应该马上就要外派走了，最近时不时地总能听到这样的风声。近藤所在的系统部门管理岗位已经满员了，但是现在也不可能再回到支行了呀。"

"太可惜了，那么好的人才。"

银行把近藤逼到了崩溃边缘，然后还要把他流放到无人问津的地方不闻不问。

"人事不存在温情。"

"喊。"半泽狠狠地叹了口气，"银行员工的末路就是这么可悲的，你是这个意思吗？"

"可不就是。这可不是别人的事儿，你我都是一样的。不过，外派还算好的呢，总不至于丢了工作吃不上饭。"渡真利表情严肃，"你还记得梶本前辈吗？"

"啊，记得呀。他怎么了？"

梶本博，是他们俩大学时的学长，听说两年前利用银行的内退制度提前退休了，自己另立门户开了家管理咨询公司。

"我也是听前辈说的，他现在可过得相当痛苦。"

他退职的理由当然有很多，但是其中最大的原因就是他看到了继续在银行混下去的未来——当然，这不是什么光辉远大的未来，而是苟延残喘直到消磨殆尽的前景。所以，他才下决心要退职重来。

"他不是很能干吗？"半泽说。

梶本退职前的最终岗位应该是鞠町支行的副行长。他曾在多家支行的岗位上历练过，其临场的感觉和判断早就名声在外。据说他还善用人脉，长袖善舞，即便在泡沫经济时代业绩也颇为卓著。

"他的那些业绩在几年以后都变成了坏账损失，那是他最大的不幸。"

"他急流勇退不成功吗？"

"他的部下里有个品行特别差的坏家伙，惹上了官司，后来被发现任职期间有贪污受贿的行为。梶本作为副支行长，也不得不背上责任。"

"原来如此，还有这种事。"

"虽然有提前内退的制度，但是真想独立也很难啊！"

半泽明白渡真利的意思。

* * *

不管有何种理由，当银行员工向银行提出辞职的瞬间，他就不再是银行的人了。然而，让人意想不到的是，竟然有大部分银行员工都不明白这种理所当然的事情。

利用提前内退制度离开银行的员工不在少数，但是在那些独立创业的人中，能维持生计的不多，年收入能超过在银行工作时期的更是几近于无。

如果想离职的人一开始的目标就是另谋一份工薪工作倒也罢了，但是自立门户的银行退职员工大部分都进入了管理咨询行业，在这里他们很难取得成功。

前融资课长、前副支行长……这些"前"银行职员，虽然身份已经发生变化，但很少有人能从银行员工的角色里真正脱离出来。

自立门户的前银行职员们，最先要做的当然是拜访和拉拢原来的老客户。

他们在银行任职期间，那些客户的态度一向是恭恭敬敬、有求必应的。但是，一旦从银行退职再以个人的身份去拜访时，对方都会充满警惕，摆出一副不耐烦的表情。别说获得咨询方面的委托业务了，如果对方能端上一杯人情茶水，道一声"继续努力"再婉言逐客，已经是很好的结果了。

这样的事情一而再，再而三地发生，想在咨询行业闯出一片天空的那些豪情壮志渐渐凋零，那些旗开必定得胜的天真幻想也逐渐破灭。往往直到这时候他们才猛然意识到——

原来客户对自己低声下气，并不是因为对自己的个人实力心悦诚服，而只是冲着融资课长、副行长的头衔去的。不管怎么说，毕竟有银行的金字招牌立在身后。一旦自己不再是银行员工……

终于意识到这一点的时候，希望已经落空，在这些提前内退者心目中，取而代之的是深深的不安。

至少，想要活用在银行工作的经历，独立创业的话，总该有点能给报纸杂志写写稿件的"文才"吧？或者有点不惜一切机会不论陈词滥调随时都能开演讲会的"口才"也行吧？这两种才能多少总得沾点边儿吧？

然而，本来银行员工里拥有这些才能的人就寥寥无几，临时的咨询人员只是虚有其表……说到底，真有这份才能的人，在银行里不是早就大获成功了吗？

＊　＊　＊

“真不容易啊！”

半泽在心里暗叹。

虽说退职金比较可观，但是面对住宅贷款也只能坐吃山空，四十多岁的人还要担负子女的教育费用，更是举步维艰。

每一天只能眼睁睁地看着存折上的余额越来越少，跟那些被宣告剩余生命不过数月的重症患者又有什么区别？独立创业，听上去倒是很不错，但是接不到业务跟失业又有什么区别？

“梶本前辈现在好像在另找工作呢。可是，都四十过半了哪有那么容易啊！”

渡真利的这些话让半泽更加忧郁。半泽所知的梶本，是个热心开朗、很靠得住的汉子。

虽然在银行有多年经验，但很少有人有特别的一技之长。再加上，前银行员工的招牌、一流大学毕业的履历，在求职的公司看来，却都是“难以录用”的理由。另一方面，作为前银行职员，也有着自己的自豪。企业的需求和求职者的供给之间的这种落差使得再就业的前景十分黯淡，消除这些差异的可能性也甚小。

“当时的支行长呢？”

“就是事务部长金城。你知道他吧？”

“那个讨厌的浑蛋。”

半泽皱起眉头。

“说到底，完全就是靠政治力量决定胜负的嘛。一方面可以说金城那小子棋高一着，另一方面也可以说是梶本决策失误了。丑闻，归根结底，与追究管理责任相比，更要追究的是个人主观恶意。在银行看来，金城支行长是深知责任重大，坚守岗位，等待真相大白之时，自然就把全部的责任推到副支行长身上喽。"

"那小子连处分都没有吗？"半泽灌下一口冰啤酒，"真是好手段啊。"

"这件事跟你还有关系呢。"

想不到渡真利突然来了这么一句，半泽一惊。

"金城部长主张，如果因西大阪钢铁的空头支票产生实际损失的话，一定要追究融资课长的责任。看样子，他对你可是怀有恶意的呢。"

"十有八九又是浅野搞的鬼。"

半泽立刻明白了渡真利没有说出口的那层意思。

"以前，不知道是在哪个部门了，听说浅野当过金城的手下呢。"

半泽气得咬牙切齿。

"不惜在总部发起人脉总动员，也要把损失的责任落定在你头上，浅野显然是这样打算的——我说你可有什么进展没有啊？"

看样子这一问才是渡真利的真正目的，"融资部里可没少关心这件事啊。"

"我找到了东田现在藏身的公寓，但还谈不上回收不回收呢。"

接下来半泽把白天的事情告诉渡真利，又用圆珠笔在桌上的纸巾上画出那个他正在查询的金融机构的标志。

"就是这样的。我估计是神户的当地银行，但也没有什么头绪。你知道吗？"

渡真利一看脸色变了。

"这是一家外资机构。"——渡真利说出了意想不到的真相。

"外资？哪国的？"

"纽约港湾证券。在日本境内只有东京有分支机构，关西可没有。"

"美国的大型证券公司吗？"

"以私人银行服务为特色的银行。要成为他家的私人银行客户，至少要有十亿日元以上的金融资产啊。"

"十亿日元？"半泽目不转睛地盯着渡真利，"这么说，东田至少在纽约港湾证券藏了有十亿日元？"

"如果东田是他家的私人银行客户的话。"

私人银行是以富人阶层为目标客户开展的金融业务。业务的核心是财富管理。按照客户的意向，配置股票、债券、外汇存款，服务的内容不仅是提高资产运营收益，必要时还可以介入家庭生活中的种种问题，为其提供解决方案。日本银行为了巩固盈利基础，也在大力拓展和开发富人阶层市场，但是跟海外的传统一流私人银行相比，所提供的服务质量和内容还有显著的差距。

"总算前进了一步呢。"真是喜出望外，半泽暗自窃笑，"多亏了你，谢谢了，兄弟。"

"非查封了他不可。"渡真利一脸认真地叮嘱。

"放心，交给我了。"

半泽往渡真利已经空了的杯子里倒上满满一杯啤酒。

"不过说起来啊，渡真利，你小子对这些银行标志还真了解呢。"

渡真利脸上涌起苦涩的表情，"哎呀，还不是凑巧了嘛，也是因为种种原因吧。"

"你想过跳槽？"

被半泽猜中了心事，渡真利沉默了。他的梦想是项目融资，他大概也考虑过想在这家证券公司实现在东京中央银行已经破灭掉的梦想吧。

"如果把东田的秘密资产查封后贷款全额回收的话，也不知道浅野行长接下去会怎么做。为了把损失的责任记在你头上，他可是在总部大肆宣传，看来他的计划要半途而废了。"

"谁知道呢。"半泽说，"要我说，他八成还会说收回贷款都是他的本事和功劳呢。"

"功劳都归自己，错误全赖部下嘛。你找苅田好好商量一下，查封外资银行账户的事情能越过浅野支行长才好。"

"要是可以我肯定这么办。"

就在两人有说有笑的时候，竹下那边总算有消息了。

"我现在收工往回撤呢。照片我拍到啦，我发到你的工作邮箱里。对了，要不我改一下格式也发到你手机里吧。收到了就当下酒菜看一眼吧。老哥我干得不错吧。"

大概是在电话里听到了酒吧的喧嚣，竹下低声笑着说。

"竹下说拍到了东田同党的照片呢。"

渡真利端着酒杯正要喝，听到这话顺嘴吹了声口哨。

竹下的邮件很快就收到了。

嘈杂喧闹的居酒屋的一个角落里。半泽多少有点儿醉了，手指已经不听使唤了，摁了几下才打开邮件。随着"附件接收中"

的图标不停地转圈，图片一点一点加载下来，终于露出照片的全貌。渡真利也不说话，在旁边紧紧地盯着。

照片的背景是公寓的入口，明亮的橙黄色。而照片的主人公则是正在送客的东田和刚从门口出来的一个男人的身影。照片开始只露出了那人举起的手，渐渐地他的面部也显示出来。

直到图片加载完毕，半泽和渡真利盯着那张图片半天也没有动。

半泽将照片保存在手机里，立刻按下键盘给竹下回电。

"收到了。"

"怎么样，照得不错吧？问题是这家伙跟东田到底是什么关系？我觉得他很可能参与了东田的破产计划。我想查查这个人的底细——喂，半泽老弟……喂！你听到了吗？"

"竹下先生。"半泽为了躲避周围的喧闹，用手遮挡着手机的通话口，"这个男人……"他跟渡真利对视一眼。

"我认识。"

"什，什么，真的假的？他到底是谁？跟东田什么关系？"

"我还不清楚他跟东田的关系，但是我知道他是谁。"

"谁啊？"

半泽深吸了一口气。刹那间，他有种奇妙的错觉，仿佛周围的喧哗叫嚷都在意识里被屏蔽了，手中的手机和竹下那边有一条看不见的线紧紧相连。

"他是我行的支行长。"

"啊？"竹下哑口无言，"什么什么？你们银行的……到底是怎么回事？"

半泽此刻比谁都更想知道这个问题的答案。

8

桌上的电话响起，是行里的司机小牧重雄打来的。

"我到中岛制油公司门口了。现在正要进去呢，估计接下来一个小时左右都没问题。"

"谢谢。"

挂断电话，垣内赶紧冲半泽微微点了下头。

支行长的办公室没有人，副行长江岛也刚跟中西一起离开。他们去拜访的对象是九条特殊钢，行里的人都戏称这家公司"苦情①特殊钢"，支行一年到头总是因为各种事情被这家公司的社长抱怨投诉。今天好像是因为前几天通过的融资款项，资金没有按照对方要求的上午汇过去而是在下午才到账，又触到了社长的逆

---

① 日语中"九条"跟意为投诉抱怨不满的"苦情"同音。

鳞。那位社长是那种没完没了抱怨的人，估计副行长他们这一去起码得两个小时。

才刚刚上午九点半，行里客户很少。

半泽跟垣内一起站起身来，走向支行长室。虽然是独立办公室，但是因为这里也是支行的第一接待室，所以平常都不上锁。接待区往里，就是浅野平常办公的桌子和橱柜。

垣内一走进去就立刻关上门。

半泽径直走到桌前伸手去拉抽屉，"上锁了。"

垣内默默地递上钥匙。这是从总务课悄悄借出来的备用钥匙。半泽接过后打开了抽屉。

抽屉里有文具，支行的统计报表文件，还有人事档案。私人物品只有一本袖珍书和一本经济杂志——上一周的《周刊日本经济》。

"这里只有一件替换的衬衫。"

垣内打开柜子看了一眼说，这时候半泽注意到桌下放着的公文包。

半泽跟垣内对视一眼。

半泽把公文包拿到了桌子上——"等一下。"垣内说完转身锁了门。毕竟，私下翻查个人的公文包这种事可不能被人看见。

他们发现了一本存折。

这是别的银行的存折，白水银行。打开封面就可以确认到开户支行的名字，是梅田支行。那应该是坐落在大阪站前那些小巧精致的建筑中的一家店铺。

"看样子是新开的折子呢。"

当然了，因为存折的第一行就写着"新开户"。开户日是今年二月下旬。

"跟西大阪钢铁业务的开展几乎是同时的。"

浅野以一千日元存款为首次开户金额，开通了这个存折。

"课长……"

垣内猛然抬起头来，正对上半泽的视线。

开户日之后没多久，就有五千万元的汇款入账。

汇款人是东田。

汇款日期是三月初。

"西大阪钢铁的融资贷款是在什么时候流出的，你还有印象吗？"半泽问。

"这么一说，的确应该是在三月初左右。"

浅野当时是怎么说的，半泽记得清清楚楚——"记得要好好跟我报告啊"，给西大阪钢铁的贷款开始支付时半泽告诉过他。

"实际上他早就知道了。"半泽咬牙切齿地说，"西大阪钢铁的融资是在二月末。那之后不几天，也就是三月初的时候，那笔钱就从我行账户里流出了。然后，其中一部分就这样流入了浅野的个人户头。"

两人相对无言，实际上都已经猜到了。

"五亿日元的百分之十，对吧。"垣内悄悄地说，"这想必就是违法融资的贿赂回扣了吧。"

"想必没错。"

但是——现在那个账户里只剩下几百万的资金了。

第一次三千万的提款是在五月份黄金周之后，以汇款的形式转出的。收款方名称是以片假名记录在存折的备注栏中。

东京城市证券。

* * *

浅野回到行里已经是下午了。听司机小牧说，浅野去了中岛制油后，又想起一些其他的客户，去其中两家转了一圈，第三家则去了位于大阪中心的堂岛机械，因为是午休前才到，所以索性跟客户一起吃了午饭才回来。小牧开着车，径直把堂岛机械的专务和浅野送到了中之岛有名的鳗鱼店，然后，自己饥肠辘辘地在外面等他们吃完。

"因为今天的午饭是中国菜嘛。"他们说的是银行食堂今天的菜单。小牧跟半泽一起来到支行的食堂，一边吃着五目中华丼，一边小声说："浅野支行长不喜欢中餐，所以才躲出去吃。"

"所以就自顾自吃高档鳗鱼餐啊。"

"我以前伺候过不少支行长，都不像这位这个样子。我们这些总务课的行员，在他眼里不过是跑腿使唤的杂役罢了。"

这取决于支行长的器量。有的大度的支行长，他们知人善用，会照顾和保护自己的员工，所以都颇具声望。浅野则是完全相反的另一种极端类型。

吃完饭回到行里，浅野在办公桌上翻开了上午交上来的贷款申请书。他看见半泽，右手一扬，像召唤家奴似的挥挥手——看样子，他还没发现存折失踪的事情。

"您有什么事情？"

半泽走到他桌前，浅野把一份申请书摔到他面前，冷冷地甩下一句："重写！"

在半泽看来，那是一份丝毫不存在问题的有关运转资金的贷款申请书。

"有什么问题吗？"

"对担保物的评价分析力度不足。"

"担保分析的话，都在这里了。"

半泽一边说，一边把快戳到鼻尖的申请书打开，翻开相应的页面让浅野看。

"这不是三个月前的吗？又不是业绩多好的公司，要好好考虑担保措施，交到我面前的时候必须要提供最新的数字。"

"要说最新的话，不动产抵押物的评估价值不会在短期间内有什么变化，而且这家企业的抵押物价值比贷款余额高出很多。反倒可以说是我们求着对方从我们这里贷一部分款呢。"

"谁让你干这些的？"

浅野这是在成心找碴儿吵架。不管半泽说什么，现在的浅野就是要否定他的全部。只要半泽不服从浅野，就会更激化浅野的敌对情绪。半泽知道眼下明哲保身的选择是听从他的安排，但这样更会让半泽的反感犹如火上浇油，形成恶性循环。

"虽然小木曾次长出了那件事，但是人人都认为他对你的评价一点不错！半泽！"

"对我的……评价吗？"

"没错。就是他对你的评价。总是自我表现，喜欢耍嘴皮子，但是作为融资课长的实力却在应有的水准之下。这个评价我只能说是让我很困扰，结果还发生了巨额损失。你，到底有没有好好反省？"

"反省？"

半泽慢慢地抬起头看着浅野——自导自演了一出遭受了损失的好戏，反倒要别人反省？当然，这话不能说出口，半泽只能把话憋回去，一言不发。

浅野还是那副派头，眼中的怒火熊熊燃烧，瞪着半泽。他把头向后仰去，恶狠狠地看着半泽，从那令人讨厌的态度里，半泽似乎能感觉到"小木曾为了帮我打倒你才落得那般下场，这笔账我早晚一定要讨回来"的决心和恶意。

"没错，你反省了吗？"浅野慢悠悠地说，"如果好好反省过，就不可能把这么粗制滥造的申请书提交上来吧。有抵押就什么贷款都能放吗，半泽？那都是过去的事情了，现在早就不是那个时代了。你连认清现实的能力都没有是吧？"

"您的意见很有趣。"

半泽受够了他的讥讽。

"什么叫有趣？"

浅野把牙咬得吱吱作响，以一副恨不得冲上来揍人的架势对半泽怒目而视。

"如果抵押物是股票的话当然能理解，毕竟股价波动剧烈。但是要求三个月前刚刚做过评估的不动产再进行重新评估，实际上也是不必要的。再说，还要花评估费用呢。"

"弄出五亿日元的坏账损失，现在反倒心疼起费用来了吗？"

浅野冷笑，"你这种反抗的态度，早就在本部传开了呢。"他用一副瞧不起人的语气指责半泽。

"我并不是要反驳什么。只不过因为不合常理，我就照实说了而已。"

"不光是人事部和融资部，现在，就连业务统括部也认为，你身为大阪西支行的融资课长很有问题。"

"我听说，这好像是您一力散播的观点。"

"半泽！"一直在旁边竖着耳朵听的江岛锐利地插嘴阻拦，"你这是什么态度！"

"不知道你还能虚张声势到什么时候呢，半泽。"浅野说着，又瞪了半泽一眼，"明天，因为你的事，业务统括部的木村副部长要来临店检查。部长直接下令，如果查出你有问题，直接就地处分。再怎么会狡辩，也要你尝尝地狱的滋味了。"

浅野说完，把桌上的申请书用力一甩，扔到半泽身上。文件夹硬质的边角在半泽胸口留下锐利的痛感，接着掉在地板上。垣内赶紧走过来收拾散落一地的文件。

"让半泽课长自己捡！"浅野喝道。

但是垣内还是默默地捡起文件整理好，递到半泽手边。

"对不起了。"

"没什么。"

垣内简短地应了一声，目光中也充满着熊熊怒火。

业务统括部临店检查，这是头一次听说。但是，接下来要尝地狱滋味的，可是浅野你自己——半泽把这句话咽进了肚子里，迅速回到了自己的座位上。

9

　　最开始出现征兆是傍晚五点多的时候。听到支行长办公室里传来噼里啪啦的拉抽屉、开柜子、四处翻找的声音，半泽差点儿憋不住笑声。

　　"开始了呢。"旁边的垣内小声说。

　　"装作什么都不知道。"

　　"我懂。"

　　浅野终于从办公室里出来的时候，带着一脸憋得难受的表情。接下来，他又跑到融资课那边自己的另一个办公桌乱翻了一通。江岛看到他那副样子忍不住问："您有什么事吗？"他只能含含糊糊地糊弄过去。

　　桌子上的电话响了。是渡真利打来的，半泽已经告诉他，自己发现了浅野收受贿赂的证据，同时拜托渡真利通过人事资料调查浅野的履历。当然，这是通过渡真利在人事部那边的个人关系渠道秘密调查的。

"浅野的履历整理出来了，邮件发给你。这些事情还没跟浅野摊牌呢吧？"

"还没呢。"半泽压低声音，"刚才，他好像终于发现存折不见了，这才慌了。他那模样太可笑了，我现在正兴致勃勃地看戏呢。"

"我也想围观一下。"电话的那一端，渡真利不怀好意地笑了，"够白痴的，谁让他随身带着这种东西的。"

半泽正要放下电话，渡真利的邮件就来了。在等到浅野神色匆匆地回了家，江岛也下班离开之后，半泽才打开了邮件仔细研究。

"初中转了三次学呢。"垣内说。

与之前已经到手的东田的履历对照一看，立刻发现了两人的共同点———一所丰中市内的中学。

"如此说来，浅野过去也在大阪待过，而且那时候跟东田社长在同一所中学就读。"垣内惊道。

东田比浅野大两岁。也就是说，浅野在读一年级的时候东田已经读三年级了。在那之前，浅野在东京世田谷区的一所中学入学，同年夏天，因为父亲工作调动转学到大阪。

"我记得，浅野家老头子是在大日本电机工作吧？"垣内说。

大日本电机是大型综合电器制造商，半泽也记得以前管理层一块喝酒的时候浅野曾提到过。浅野很是得意地吹嘘他的父亲是怎么从综合电器的事务部门的普通职员，一路升到管理层的故事。

"不光是中学，大日本电机也是两人的共同点。东田的老爸好像也在那工作过呢。"

这是之前打电话向波野了解来的情况，"我调查过，现在仍有一处大日本电机的公司宿舍，还在丰中市内，就在这所中学附近。"

"这么说来，浅野和东田十有八九是在他们父亲的宿舍结识的。"

"不能肯定，但是可能性很高啊。"

东田经营的西大阪钢铁，曾经一直是支行难以说服的企业。结果浅野出马，立刻达成了巨额融资的意向，当时就让人百思不得其解。

在此之前东田坚决拒绝跟新的银行发生业务联系，应该是怕银行在分析企业财务报表时，发现他造假账的事实。后来突然决定向东京中央银行融资，想必一定是因为浅野的积极推动。"有我在，绝对不可能露馅"——说不定浅野还拍着胸脯打过包票呢。

"在浅野参与之前，东田只是打算通过虚报采购成本、账目造假的方式，从其他交易方那边一点一点地积累回扣。就算有意想从银行捞一笔，充其量也就是骗骗实力较弱的关西城市银行。但是，浅野的出现，彻底改变了他的计划。"

"浅野一定因为什么原因而急需用钱。这样的话，配合东田的计划破产正是顺水推舟。"垣内说，"但是，授信审查不是浅野一个人说了算。如果任凭课长你去仔细分析，一定会发现假账的问题。所以他指派新人中西负责此事，逼着毛头小子完成财务分析，然后不停催着提出申请书，故意不给课长留任何分析判断的时间。"

"这种模棱两可的授信行为，在日后发生损失问责的时候，就会成为往我身上转嫁责任的理由。"

"真是好精明的算盘啊。"

是可忍，孰不可忍。

"但是，浅野也有很多预料不到的地方。首先，东田在夏威夷买别墅的钱是通过我们支行汇出去的。或许，他可能没想到我们会无意间发现这件事。还有，他绝对想不到他出入东田家公寓的时候会被竹下社长拍下照片。最后，还有这本存折。"

"要揭发他吗？"垣内郑重其事地问。

"还不到时候。"半泽说，"首先要把东田的秘密资产查封掉。我们要优先债权回收。"

"但是，如果查封手续被浅野支行长发现了，说不定会告诉东田转移资产。"

"所以，我打算越过浅野。"

"越过他？"

半泽早就跟法务室的苅田商量过了，"材料齐全，立马查封他！"

垣内摆出胜利的手势作为回应。

第五章　黑『花』

1

　　"你说什么？居然找不到存折了？"电话那一头的东田突然失控地大声吼叫起来。

　　"你到底把存折放哪儿了？"

　　"公文包里……"

　　"什么？！公文包？你竟然把这么重要的东西就这么随意地放在包里！"

　　浅野猜想电话那头的东田一定是一边拿着电话听筒，一边做着仰天长叹状。浅野不禁对东田的反应勃然大怒。不，其实这也并非完全是针对东田，真正让他生气的还是存折丢失这起意外事件，以及可能因此导致的后果。

　　"不是我把它弄丢的啊。"

　　虽然他极力想要保持镇静，可是声音仍旧微微有些颤抖。呵呵，没有弄丢？那么，存折到哪儿去了？那本隐藏着自己所有秘密的存折，究竟到哪儿去了……

"你最后一次看到存折是什么时候？"

电话那头传来了失物报失时的惯用问句。

"是昨天，因为我昨天还取过钱。"

呼的一声，听筒里传来了叹息声，"唉，浅野啊，你让我说你什么好呢……"

昨天用存折转账买股票了。他也没打算拿这事当理由辩解，总归还是自己太蠢了。

"存折是不是掉在什么地方了呢？"

"有这个可能。"

然而，到底是掉在了什么地方呢？浅野却一点儿线索也没有。

"那你有没有贴个寻物启事啊？"

两人像是换了一下角色，东田倒摆出一副银行工作人员的口吻。

刚才已经确认过信用卡跟注册印章①了，都还在，所以即使有人捡到了也是取不出钱的。

"浅野，你还是小心为妙。这存折要是掉在银行内某个地方的话，那可就不太妙了。有没有可能是你用完之后，以为是放到公文包里了，其实是掉出去了呢？"

---

① 注册印章：是指户主本人在银行开户时候使用的印章，在中国个人开户需要身份证，本人签名，然后经由公安系统确认核实，而在日本则使用印章。

恐怕还真是这样的。因为存折在银行内被偷几乎是不可能的。

"浅野啊，你说你这人平时看上去也挺稳重的，偶尔犯个错还挺吓人的。股票的事儿也是一个道理。不过也多亏了你，我这儿的计划性破产进行得可是相当顺利啊。"

冷不防地，东田捅了一下浅野的痛处。

就是因为股票信用交易 ① 的事儿，浅野亏了一大笔钱。

虽然对于此事浅野是心知肚明的，可是不知不觉之中还是越陷越深，等到他醒悟过来的时候，已经损失惨重，无力回天了，令浅野惊恐却又茫然不知所措。

真是够愚蠢的。

自己明明对股票不甚了解，一年前偶然通过网上交易买了一点股票，本来是随便玩玩的，没想到因此对股票产生了浓厚的兴趣。浅野天生就是这么个性格，一旦对某事产生兴趣，就会废寝忘食地沉迷其中，也正是因为这种性格给他惹上大麻烦，从数十万日元的网络交易逐渐膨胀到数百万日元，没过多久就染指了

----

① 信用交易：保证金多头交易及融资交易，亦称多头交易。当投资人预料股票行情将要上涨，他想立即买入而后在合适的时机以更高的价格卖出，但他手中现金不够，于是通过股票信用交易方式，按照规定比例预交一部分价款，其余的差额部分由经纪人设法垫付，这就是保证金多头交易。在保证金多头交易中，投资人可以用少许的现金买入价值较大的股票。当股票行情上涨后，投资者可将股票抛出，再将借款本息偿还与经纪人，从而获得较多的盈利。在股票的信用交易中，做保证金多头交易的前提是投资者预测行情上涨，如股票后市不像投资者预测的那样乐观，则投资者的损失也将加倍。

风险巨大的信用交易。

刚开始的时候他接连赚了好几笔。

但这并不是什么好事儿。因为这让浅野觉得——股票能赚钱，自己有炒股票的才能——浅野这种盲目自信才是最可怕的。如果是在股票跌得还不太厉害的时候就割肉抛掉，那么也就不会蒙受数百万日元的损失了。然而浅野赌徒心理爆发，打算把这亏空给捞回来，于是就越买越多，越玩越大，最终导致了无法弥补的巨额亏损。

信用交易的结算时间在六个月以后。

结算日期日益迫近，必须偿还的金额是三千万日元。对于浅野来说，这可是一笔只有卖了自家房子才能勉强偿还的巨款。而他炒股亏损的事儿，可是一直瞒着妻子的，妻子一直相信浅野说的"我炒股炒得不错"。

必须得想点儿办法啊！有没有什么可以解决这一麻烦的捷径呢？无论浅野怎么为此事发愁，依然无法阻挡结算日的逐渐逼近。如果他无法如期偿还欠款，那么浅野的信用问题就会被曝光出来，这样一来，作为银行职员的他，别说前途将会一片惨淡，就连自家住宅也保不住了。

就在浅野盘算着怎么解决面前困境的时候，股票的行情越发低迷，事态的发展愈加恶劣，已经到了进退两难的地步了。

浅野每天都如同在地狱里煎熬一般，愁容满面，不管做什么都挤不出一丝笑容来，就连胃也一抽一抽地疼着。他觉得自己像是陷入了一个无底的沼泽，眼看着就要没顶了。

东田满的名字，正是在这个时候出现在了他的眼前。

"东田……"浅野喃喃自语道。

浅野正在看的是跑外联开发新客户的副课长交给他的一份报告。

在那份报告的最后面，出现了东田的名字，虽然只不过是为了敷衍报告而写进去的而已——通过西大阪钢铁波野财务课长，向东田满社长提出的面谈申请被拒绝。

这时候浅野的脑海里不由得浮现出三十多年前的情景。那会儿他还住在狭小的公司职工宿舍里，宿舍在丰中市居民宅区内。那时候的东田是个身材矮小，但是长得很结实的少年。他父母待人很和气，自己跟他们一家人关系都不错。东田经常对他这个刚从东京转学过来，还没有很好融入新学校环境的学弟照顾有加。

东田的绰号就叫"加满"（以下均称为阿满）。这个绰号包含了两层意思，一层就是给车子加满油，另一层意思则是说他那结实的身材就像一辆能量十足的小坦克。

阿满经常保护被坏孩子欺负的浅野。而且他还从父母那儿听说浅野的成绩非常好，因此也十分佩服浅野。阿满在的时候，平时喜欢找浅野碴儿的那些家伙都离他远远的，不敢靠近一步。因为在柔道部担任队长的阿满力量强大，大家都对他心存畏惧。

"难不成这个社长是阿满……"浅野的脑海里的念头不停地交错，一会儿觉得不可能，一会儿又觉得很有可能。

* * *

浅野叫来了负责开发新客户的那名员工，命他马上把西大阪钢铁的资料拿过来。

首先映入眼帘的是社长的简历。

虽然家庭住址不一样，但是根据年龄推算跟浅野认识的阿满正是同龄。信用调查公司的资料上，也记载着东田满的毕业学校。浅野看到了丰中市高中的名字，此时他的猜测彻底被坐实了，这位社长正是自己认识的阿满。因为中学毕业后的阿满就是进入了这所高中。

在此之后，东田满如他的绰号一般开足马力，一帆风顺，进入了大阪府的大学，毕业后先就职于普通公司，然后就独立创业，成立西大阪钢铁公司。

创业公司的社长啊。

这番经历可以说和浅野记忆中的阿满非常符合。既可靠，又洋溢着披荆斩棘的活力。阿满就是这样的人。

浅野目不转睛地看着西大阪钢铁的公司概要。

据说这是一家很不错的公司，但是没想到竟然如此卓越。而阿满就是这家销售额高达五十亿日元公司的社长。这就是与浅野分别三十年成为成功人士的阿满，有足够的资本对东京中央银行的新客户开发人员不屑一顾。西大阪钢铁是一家难以攻克的公司。浅野觉得如果是自己所认识的阿满的话，说不定他能帮帮现在的自己呢。但是浅野仍然有一丝顾虑——"不知道这家伙是不是还记得我啊。"

浅野为了不让旁人听到，用支行长办公室的电话，诚惶诚恐地给阿满打了电话。

接电话的是位女子。浅野没有直接报上银行的名字，而是说："请问社长在吗？麻烦你转告他一下，我是他中学时期的同学浅野。"

大概等了数秒。

"是浅野啊？好久不见了啊。"电话那头传来了东田的声音，依然是那副随意的口吻，让人感觉不到已经分别了三十年。硬要说有什么不一样的，那便是称呼发生了变化，他不再称呼自己"小匡"，而是叫自己"浅野"。

"真是好久不见了。听说你现在可是事业有成啊，真不愧是东田先生啊。"

浅野也不再称呼他为阿满，而是叫他东田。

"不不不，没什么大不了的。话说回来，可真令人怀念啊。现在你在做什么啊？我听我老妈说，你去银行工作了？"

浅野已经暗自酝酿了很久了，终于等到可以亮出身份的这一刻了。

"我现在在大阪。"

"大阪？你什么时候来这儿的啊？"

"去年六月。"

"什么嘛，你可真是够见外的。你早点儿联系我啊。你在哪家银行啊？"

"东京中央银行大阪西支行。"

当听到"大阪西支行"时，电话那一头刚刚还很高涨的热情劲儿突然一下子退却了。

"大阪西支行吗？"东田说，"那家支行不错，在我家附近。"

"我在这边担任支行长。"

这句话引起了东田的戒备心，他陷入了沉默。

突然醒悟过来的浅野发现，三十年不曾联系的幼时玩伴东田并没有自己想的那么蠢。利用一切可以利用的人，这就是东田为人处世的原则，现在的浅野可总算设身处地地感受到了。

"有空来我这儿玩吧，我非常欢迎哦。"

时隔三十年，两人的命运又再度交织在了一起。

* * *

东田说道："算了，存折丢了就丢了吧，也不是什么大事。就算有人捡到了也取不出现金，咱们现在做的事情，除了知情者外，其他人也不明白，不是吗？"

"也是啊，东田，你这么一说，我总算松了一口气。可能是我过于神经质了。"

"是啊……"东田用忠告般的语气说道，"顺便问一下，半泽的事儿怎么样了？比起存折，我更在意那个男人。就算那个时候是偶然遇到他的，他的存在总让人觉得不舒服。"

"东田，这就是银行职员的工作嘛，在其位司其职。"浅野说道，"现在那家伙是负责西大阪钢铁业务的融资课长，为了免责必须做垂死挣扎。不过只要把他一调走，他就束手无策了。银行就是这么个机构。"

"但是要把他调走的话，应该是人事部的事吧。"

"那儿可是我的老窝，目前正在逐步执行赶走那家伙的计划，我有的是办法弄走他。明天还有新的面谈会，到时候半泽那小子一定会被放在火上烤得痛不欲生。"

此刻因存折一事一直烦恼不堪的浅野，终于感觉到自己恢复了往日的气势。他一直认为自己是个擅长操纵的银行家，现在再次暗自确认了这一点，心情也舒畅了许多。

"我期待那天早点儿到来啊。末树那家伙从上次以后，都不太敢一个人出去买东西了。"

东田心疼起他的小情人来了。浅野对他沉迷于女色有点儿看不下去。

"不过是时间问题罢了。明天的事情结束后我再联系你。"

浅野放下电话听筒，鼓起腮帮子，"呼"地吐出一口气来。

桌上还放着一罐喝了一半的啤酒，浅野一边喝着已经不冰的啤酒，一边打开笔记本电脑，连上了网络，登录邮箱。

工作上的邮件都是发送到银行邮箱里的，这个邮箱是专门用来接收亲朋好友发送的邮件。

然而这一天，并没有任何亲朋好友给他发邮件。

他只收到了一封邮件。

发件人为"花"。

这是什么？是谁的恶作剧吗？浅野正打算按下删除键，看到标题里写着"秘密"二字，又停下了鼠标。

只看了一眼内容，浅野立马像是僵住了一样，双眼死死盯着那封邮件，无法移开视线。

我知道你所有的秘密。你收了五千万日元吧，这样做好吗？身为支行长的你竟然做出这样的事情来。

花

滑轮带动的灰缎子大幕缓缓地掠过鼻尖，遮住了整个视野，和东田聊天时展现在他眼前的那幅已经隐约可见的美好愿景瞬间消失了，取而代之的是，梦魇过后那种无法言表的痛苦以及绝望的现实，一下子溢满了胸膛。

这是专门为单身赴任的支行长提供的一个单间。浅野坐在房间角落里的电脑前，身子僵直，两眼盯着那封邮件，恨不得把它吞了似的。

你收了五千万日元吧……

这就是浅野的秘密。但是到底是谁泄露了这旁人根本不可能知晓的秘密呢？浅野突然有了一种可怕的紧迫感，就像是被谁用长而尖锐的爪子抓住了心脏一样。他不断地吞咽着口水，然后用衬衫的衣袖擦拭着额头上不断滴落的冷汗。

花……

存折，到底在哪儿丢的呢？
话又说回来，我为什么要把那么重要的东西拿到银行来呢？！

后悔、自责和存折谜之遗失的焦虑纷纷涌上心头，浅野陷入了混乱之中。他双手抱头在桌子面前喃喃自语了一会儿，又陷入了沉思。

等等，冷静地思考一下。对方到底是谁？到底是谁捡到了那本存折呢？

浅野稍稍抬起点儿身体，解除了屏保，再次凝视着那封邮件。

首先是这个可恶的寄件人知道浅野是银行支行长，那么就是与工作相关的某个人。难不成……有可能是自己的部下？

惊慌失措的浅野不断地用已经有点儿不听使唤的大脑思索着，有没有这个可能？或许是自己在支行上楼梯的时候，从包里拿什么东西，存折被包里的东西带出来，就那么掉到外面了？当然不能否定这种可能性。汗珠从鬓角淌下来，流到下巴，又滴到了地上。

* * *

哎呀，这么说这个发件人是看到了浅野的存折后才发了这样一封邮件的吧？当然也不一定是这样的。说不定是跟存折没任何关系的人，就是瞎猫碰死耗子，误打误撞说出来的？只要没有存折这一铁证，或许还可以蒙混过去。

但是，能够说出五千万日元这个金额，那是不是可以证明"花"拿到了他的存折呢？而且邮件里还写着"身为支行长你竟然做出这样的事情来"。之所以说是"这样的事情"来，那是不是说明发件人手里握着证据？

245

还有一件事也很让人在意。这个自称为"花"的发件人，为什么会知道浅野私人邮箱地址，这又是怎么一回事？

和很多银行职员一样，浅野也有两个邮箱地址，并且分开使用。

一个就是用于银行的工作，一个是私人用的。印在名片上的邮箱地址当然也是银行的那个，他从没在工作中用过私人邮箱。

那么知道这个邮箱的唯有……家人、亲戚、朋友，其他还可能有谁？

抱着胳膊的浅野怒视着那罐不太凉的啤酒，梳理着记忆。支行职员们应该都不知道，客户也不知道。那么到底是谁泄露出去的呢？不，根本找不到头绪。

第二天早上，彻夜未眠的浅野揉着睡眠不足的眼睛去支行上班了。

"支行长，业务统括部的木村副部长来了。"

二楼入口处，一直在等着浅野的江岛跑了过来。木村是出了名的难以取悦。看来江岛很怕跟他打交道，因此才焦急地等着浅野到来。

都怪那封邮件，他都给忘了，这一天是业务统括部临店检查的日子。

"哦，您好您好……"浅野勉强隐藏起内心的不安，脸上挤出笑容来，走进了木村等待着的支行长办公室。

2

　　"这位是融资课长半泽。这位是木村副部长。今天，木村副部长莅临本店，主要是指导融资课的业务，同时还要和每个职员进行单独面谈。"

　　听完江岛的介绍，半泽低头行了个礼，说了句"麻烦您了"，视线投向沙发那边，大模大样坐着的人——木村直高。

　　"你就是那位大名鼎鼎的名人课长？"

　　"名人？这话怎么说？"面对木村那充满敌意的眼神，半泽一边回视一边说道。

　　"你现在可是非常有名啊，把跟本部的调查员顶嘴、欺负次长当成爱好，你这位融资课长现在可谓是无人不知、无人不晓啊！"

　　"这真是好事不出门，坏事传千里啊！"

　　就在半泽想要开口反驳的时候，浅野表情怪异地插了句嘴。

他恨恨地瞪着半泽，铁青的脸上浮现出幸灾乐祸的表情。

查出浅野私人邮箱地址的人，实际上是垣内。他刚好跟浅野的一个学弟是熟人，所以从他的大学同学会名册中查到了邮箱。

不过，发邮件的人则是半泽。"花"这个笔名，当然是借用了他妻子的名字。就在半泽绞尽脑汁思考着应该以谁的名义发出邮件时，妻子的名字突然浮现在他的脑海中，所以他便不假思索地借用了，同时心里还在窃笑着。因为花正是那种有事说事，凡事不辩出谁是谁非决不罢休的性格。在这次事件中，妻子对他绝对是斥责多过同情。那么，借用她的名字，也算是小小的报复。所以用这个名字来揭发支行长浅野的罪状，简直再合适不过了。

现在，从浅野的神情看来，那封邮件应该是发挥了极大的效果。

"早会之后，我们就开始吧。"木村对着闭口不语的半泽，慢条斯理地说道。

刚从支行长办公室出来，半泽就接到了融资部渡真利的电话。

"业务统括部的人去你那边了吧？"

"来啦，一个让人讨厌的浑蛋！"

听了半泽的话，渡真利说道："他可是个老狐狸。"

"那可是当年近藤所在支行的支行长，就是那个把近藤逼疯的浑蛋！"

"我知道！"半泽回答道。

"毫无例外，那位也是个自私自利、强硬专制的人，对自己非常自信而且固执己见。"

"既然是非常自信的人，那他为什么就甘愿待在副部长的位子

248

上等着发霉呢？"

渡真利低声笑了，"估计就连人事部也觉得要是让这种人当上部长的话，以后的日子可就不好过喽！"

"近藤最近怎么样了？难道他就是因为这种人葬送了自己的人生吗？"

"是啊，就是被那家伙葬送了，半泽。"渡真利略带些许伤感地说道，"行了，副部长不过是在名头上听上去好听，也没什么了不起的，实际上也不过是个没有什么管理能力的暴君。起码有一点我敢断言，他是绝对没有资格对你们融资课的体制指手画脚，挑毛拣刺的。"渡真利继续说道，"那家伙跟被你整过的小木曾关系也很亲密，可以说是一丘之貉，所以你要知道这是怎么回事。现在姑且不论小木曾做过什么事，他去就是为了证明那些人对你的评价没有错。"

"辛苦你啦。"半泽悠闲地说道。

"你可小心了，尽量别被他们联合起来坑了。"

渡真利说完便挂断了电话。因为考虑到后面会进行全员面谈，垣内立刻召集早会，进行了简单人数确认，传达相关事项。早会一结束，中西就去了木村所在的办公室，因为他是第一个接受面谈的人。

此时，半泽开始热血沸腾。

* * *

"办事人员都很努力地在工作，但是业绩只有这么一点点，难道不是很奇怪吗？"木村直高挖苦道。

对此，半泽沉默以对，反而是记录员在本子上唰唰地写着什么。莫非写了什么"此人反应迟钝"之类的？

办事员都面谈过之后，就轮到了副课长垣内。

"您要多加注意啊！"

这是半泽刚才走进办公室之前，迎面擦肩而过的垣内给他的忠告。缺乏管理能力的人，一旦站在指导的立场上，总会忘记自己到底有什么水平，转而对别人评头论足。

"现在才刚刚中期呢！"半泽若无其事地说道，静静地观察着对方的反应。

"你还真是大言不惭。"木村咄咄逼人地说道，"说起来，业绩恶化，难道不是因为西大阪钢铁巨额坏账造成的吗？那是你的失误吧。就算是下属再怎么努力，也无法挽回五亿日元的赤字！对于这件事，你是怎么认为的？"

"好像是事实判定失误。"半泽用冷静的语调回答道。

木村怒火中烧，瞪着眼睛，生气地看着半泽。

"事实判定失误？"

"到底是不是我的失误，目前还没有定论。至少，我不承认是我的失误。在关于本次事件的听证会上，我也明确否定了。莫非有人跟您说是我的失误了吗？"

"你说得可真好听啊。真是无理搅三分，都到现在这个时候了还不承认自己的失误！你怎么是这样的人啊！"木村气得爆发了，"发生坏账，当然是要你这个融资课长负责任了！"

"您今天这一天，到底在面谈的时候听到了什么啊？"半泽慢条斯理地缓缓开口反击道。

一般来说，总部领导来店视察指导的时候，融资课长不可能反驳。木村敢于说出这种挑战性的话，应该也是算准了半泽不敢反驳他，但事实与他的想象背道而驰。

即使没有听过渡真利的那番话，这家伙也不能原谅，绝对不能原谅！

别把人看扁了——半泽抬起头，冷冷地凝视着对方。大概是完全没想到会受到反击跟侮辱，木村面红耳赤，刚想开口说些什么的时候，就被半泽打断了。

"如果说呆账需要融资课长负责任的话，那么支行长以及同意这笔贷款的融资部应该一起负这个责。在西大阪钢铁的问题上，还有一些其他不为人知的内幕，对此，您是怎么看待的呢？"

"不为人知的内幕？"

"哼，"木村挑衅般地在鼻子里哼了一声，"是指你没有看出来假账，强迫融资部的领导签字批准的事情吗？"

"那个案子，原本就是浅野支行长亲自负责的。并且，是他指示我总结一下，第二天一大早就提出书面申请的。"

"你这是要把自己的能力不足，怪罪到支行长身上吗？"

"怪罪到支行长身上？"半泽想了想，"嗯，从某种意义上来说，也许是吧。请把我下面说的话记录下来，在是否应该批准西大阪钢铁五亿日元贷款这件事上，浅野支行长的判断，很明显脱离了常规程序。"

"真是服了你了，"木村把手上的圆珠笔扔到记录板上，轻蔑地说道，"你的年收入是多少啊？你可不是个普通的银行职员。在自己工作范围之内发生的问题，难道你不应该负责吗？"

"如果真的是我责任范围内的事的话，我自然会负起责任。"

"当然是你的责任了！"木村非常生气，大声吼道。

"我说不是。"

"真是话不投机半句多啊！难得遇到你这样蛮不讲理的人啊。"

"您才是那位蛮不讲理的人，您要是一开始就不想听我解释的话，又何必支付着高额交通费，特地来我们支行视察，这样做有什么意义呢？"半泽摆出一副对决的姿态，"还有，在西大阪钢铁贷款问题上，是您把它当成了坏账、损失，然而我并没有放弃回收债权。"

"真是太有趣了吧。"木村脸上流露出挑衅般的笑容，"不过，我提前告诉你一句，暂且不论你的主张是什么，要是贷款没有回收回来的话，你可要负相应的责任。做好这个心理准备吧！"

"是啊。但是，请不要忘记还会有相反的情况出现。"

"相反的情况？"木村憎恨地反问道。

"如果您非得无聊到想去歪曲事实，一旦真相大白，您也会被追究责任。临店检查的事情就不用说了，恐怕您还想写对我不利的报告吧。但是，当最后大家发现它完全有违事实，您作为汇报者，只会暴露出自己的能力不足，仅此而已。"

暴跳如雷的木村，气得脸色一会儿青一会儿红。

"如果真像你说的那样，我给你跪下道歉！但是，凭借我长年的现场经验来看，你能翻盘的可能性几乎为零！"

"那就请您记住自己说过的话吧！"

面谈就这么结束了。

＊　＊　＊

"你到底是什么意思，半泽！"

木村最后面谈的是支行长浅野。包含江岛在内，两个人在支行长办公室待了差不多一个小时。送走木村离开支行之后，浅野怒气冲冲地把半泽叫了过来。

房门紧闭的支行长办公室内，江岛一边摆着一副吊儿郎当的流氓架势，一边用锐利的目光盯着半泽。

"你知道自己做了什么吗？是自己的责任就老老实实地承认！身为融资课长，你不感觉可耻吗？"

面对着暴跳如雷的浅野，半泽冷静地反击回去。

"是我的责任，我一定不会推卸。这不仅仅是融资课长，也是银行员工，更是所有上班族应该做的。但是，我认为对不是自己的过错而去谢罪的话，这种不负责任的行为才更可耻！"

"半泽，你身为融资课长，可真是不称职啊！"

一直在旁边听着两人对话的江岛，以一副什么都明白的口吻说道。这家伙一向没有主见。不管何事，只要是浅野说的就是对的，浅野不认同的就是不对的，完全是浅野的忠实追随者。对于江岛这类人，半泽直接选择无视，一直观察着浅野的表情。

"没有下次了，半泽！"浅野满含恶意地说道，"你给我记住了！"

"这种拿人事调动来威胁部下，以上欺下的行为，只会反映出组织管理者的无能。"半泽说道。

"你在说什么？！"浅野因为愤怒，脸色变得十分难看，"你是在顶嘴吗？"

"关于西大阪钢铁的案件，听说你在跟总部汇报的时候，把责任都推到我身上，却把自己摘得干干净净。这个案件，原本就是支行长——你负责的案件。另外，连研究讨论的时间都不给我们，就强行决定发放五亿日元贷款。这件事无论如何我都感觉很不正常。即使对方是东田社长，也应该留有足够的研究讨论时间。不调查研究就发放贷款，真的很奇怪。还是说，当时没有进行研讨，是有其他什么原因吗？"

真是有意思。浅野脸上明显地浮现出狼狈的神情。那种狼狈，如同风中之烛，微弱地在眼中轻轻摇曳。最后，又在意志力的牵引下，勉强埋入感情深处。部下的反叛所引发的怒火跟想象中一样大，浅野的怒吼声穿过紧闭的房门，在整个楼层回荡着。不过浅野的这种态度，也表明他不过是虚张声势。

没过多久，浅野已经吼得筋疲力尽，肩膀也上下起伏。这个时候，江岛又开始刷存在感，插话道：

"就像支行长说的那样，半泽，你要好好反省，从明天开始，哦不，从现在就开始全身心地去反省。木村副部长那边我之后会去道歉的。"

半泽强忍住想要笑出来的冲动，说了句"那就拜托了"，然后从座位上站起来。

这家伙，简直就是个大笑话。

3

"邮件？"

电话另一端的东田，只说了一句便陷入沉默。在听到浅野说
存折丢了的时候，他还尚能从容面对，但是现在，他好像终于意
识到事情的严重性了。

"我转发给你，应该是捡到存折的那家伙发来的。"

"赶紧发给我看看。"浅野没有挂断电话，拿着无线听筒跑到
开着的电脑前，把那封可疑的邮件转发给了东田。没过一会儿，电
话那端传来东田低沉的哼哼声，感觉像是在抱怨谁，随后吐出了一
句，"情况不妙啊。"

"浅野，那个叫花的，你心里有没有头绪？"

不用东田说，在这之前，浅野就也已经想过了。

"无论如何，一定要找出是谁给你发的邮件，浅野！"

"我也想把他找出来，不过不太容易啊！"

浅野话音刚落，突然意识到东田也知道自己的私人邮箱，"东田，你有没有跟谁说过我的邮箱地址？"

东田没回答，反而骂了他一句："你笨蛋啊！"

"我为什么要那么做？"

"你女朋友呢？"

"女朋友？"东田不愉快地反问道，"你是在怀疑未树吗？"

"也不是怀疑……"

面对浅野含混不清的回答，东田冷淡地说道："她不知道。"

"顺便说一声，我也没告诉过板桥。"

"这样啊，不好意思，怀疑到你身上。"

"算啦算啦。"东田打着哈哈说道。

他随后问道："会不会是那个半泽？"

对于这个问题，浅野已经反复思考过很多遍。如果真是他干的话，那可以说是最糟糕的结果了。光想想就已经觉得很可怕，浅野顿时感到胸口一阵憋闷。

"虽然说存折确实丢失了，不过我觉得偏巧就落到半泽手里的概率还是很低的。"

"就别管什么概率了。"东田说道，"只要有那么一点儿可能性，就要查一下，应该防患于未然。这个计划绝对不允许失败，一丁点儿失误都不能有！"

确实如此。浅野此时脑海中浮现出来的，是半泽对他的那种反抗态度。在银行这个系统里，敢于那样反抗上司的下属，除了半泽，还真是从来没有遇到过。之前在人事部待过的浅野，自诩见识过各种各样的银行职员，但是像半泽这样跟上司顶着干的下属真是凤毛麟角。

并且，浅野虽然不愿意承认，但是在西大阪钢铁授信判定这件事上，半泽的批评很是犀利，直戳他的要害，几乎快让他不由自主地动摇了。

他参与了西大阪钢铁的计划性破产，还把责任都推给半泽。

在浅野这个非常了解银行以及银行职员的人看来，推脱责任是很简单的事情，但是意外地遭到了半泽的反抗，让他不由得感觉到这个计划还是多少有些天真了。

为了整个计划，浅野已经在总部疏通好各处关节。正常来说，既有关系亲密的人事部小木曾、定冈等人帮忙，再加上这次副部长木村的面谈，按照这样的步骤走下去，此刻应该已经将半泽整得体无完肤，陷入穷途末路了才对。但是，事与愿违，半泽居然公然跳出来责难自己，死活不承认自己的失误。这对一直以为半泽是个还算比较顺服的部下的浅野来说，可以说是彻底失算了。

"今天面谈结果如何？"

东田的声音从电话另一端传来，打断了浅野的思绪。

"嗯嗯，一切都是按照我们的预想进行的。"

从某种意义上来说，这倒也不算虚言，不过浅野还是在逞强。因为，在浅野的剧本里，向来以严厉出名的木村副部长一定会帮忙狠狠地收拾半泽一顿。但实际上，半泽非但没有被打败，反而是找到木村的漏洞反击了回去。

不管怎么说，这次的事情对半泽肯定是没有什么好处的。从这一点上来说的话，倒是跟预想的一样。事情发展至此，就算木村牵强附会也罢，强词夺理也好，一定会在报告里说半泽的工作态度跟管理有问题，报告很快就会送到人事部。之后，浅野就会以半泽能力不足为理由，要求人事部尽早更换。人事部根据这些会做出怎样的判断，那是不言而喻的。

"估计这个月之内，人事部就会来找我了解情况的。"

"会被调走吗？"

"嗯，要是这样的话，半泽也就彻底完蛋了。咱们只管好好考虑一下自己的事儿就行了。"

心满意足的声音从话筒中传来，浅野挂断了电话。

转眼之间，之前的种种不安销声匿迹。浅野的心里，一种类似于满足的情绪油然而生，充满了整个身心。无论半泽想要说什么，但是他左右不过就是个课长。在银行系统内，支行长拥有绝对的权力，从这点看来，事情必定会按照浅野的预期发展下去。

"总算不需要那么费心了。"脸上流露出从容镇定的笑容，浅野自言自语道。

但是，这种从容，伴随着新邮件的提示音，瞬间消失得无影无踪。

发件人——花；标题——研究中。

读完邮件之后，浅野感到心里边的苦涩和阴霾慢慢地扩散开来，侵蚀了整个身心。

浅野，你这个缺德的支行长，你跟那位傲慢的东田社长的秘密关系，我可是都知道了。我正在考虑要不要去告发你们。真是不调查不知道，一调查吓一跳，你这个人可真够坏的啊。要不我把存折的复印件送到客户会谈室吧，还是说，送到人事部？董事长办公室的秘书处？要么送到总务部？到底送到哪里较好呢？要不要告发你，现在一切都取决于你的态度。那么，该怎么办呢？你这个不见棺材不落泪的支行长，就此给你的人生画一个句号吧。

浅野猛地咽了一口唾沫，喉咙发出"咕咕"的声音。

手指、手掌，乃至全身都开始簌簌颤抖，视线死死盯着邮件无法挪开。

要真是那样的话，毫无疑问，浅野的银行职业生涯也就此终结了。

因过于气愤，浅野的胸口剧烈起伏，双肩也是抑制不住地抖动。这封邮件再次提醒他，自己的未来目前正掌握在一个素未谋面的陌生人手中。

电话突然响了起来，把浅野吓了一跳。

"是花吗？"

不调查不知道……

他调查了我，他知道我的事。要是这样的话，也一定会知道这个号码。

你的态度决定一切。

我的态度？我的态度……你的意思是让我向你这个素不相识的人屈服吗？让我这个支行长？

电话铃声就在这几乎让人窒息的屈辱和焦躁感中，不停地响着。

浅野心一横接起了电话。

"爸爸？"

放在耳边的话筒中传来的是孩子稚嫩的声音。

"是怜央啊。"浅野一口气松懈下来，顿觉浑身无力。

大儿子怜央今年上小学二年级，尚未脱去稚嫩的童声，加上现在听上去像是在央求，所以带着女孩子一样的尖嗓门。

"爸爸，这次能让我们去大阪玩吗？我还有佐绪里和妈妈。我们想住在那儿，可以吗？"

面对儿子突如其来的提议，浅野勉强才说出来，"可以啊。能让妈妈接电话吗？"

"太棒了，爸爸答应啦！"怜央充满喜悦的声音从话筒另一端传来。之后，就听到利惠的声音。

"老公，你那么忙还去烦你，真是对不起啊。怜央不管怎么说，就是想去，我说他也不听。喂，你怎么了？"

"嗯嗯，想来就来吧，没关系。"浅野说道，然后又以比较公式化的语调问，"准备住哪里？你能预约下酒店吗？"

"嗯。订梅田那边可以吗？"

"可以吧。"

"你也过来住吧，订两间房吧！"

"好啊。"虽然明白利惠这些话背后的深意，浅野仍然冷淡地说道。

"两张床的好吗，还是一张双人床的好？孩子们的话，就订两张床的房间吧。我们的话——"

"你决定就好了！"浅野打断妻子的话，说道。

"好吧。"妻子或多或少感觉到浅野的焦躁和不耐烦，温顺地答道。接着又问，"要跟佐绪里说话吗？"

佐绪里今年上小学五年级。因为要参加私立中学的招生考试，所以在上补习班。如果周末在大阪过夜的话，就意味着不能参加每周日定期进行的测试。支付了那么高的学费，能这么轻易说不去就不去吗？浅野并非没有想过这个问题。"爸爸，你还好吗？"面对着佐绪里充满朝气的童音，浅野硬生生地把自己的不满掩藏了起来。

"工作忙吗？"

"还行吧。"

"爸爸，你已经很努力了。"

是听利惠说过什么吗？佐绪里的话里充满着以往从来都没有过的担心。但是，孩子的一言一语，对现在的浅野来说，就像是一根根细针，正不断地扎着他的心。

"嗯嗯，佐绪里还好？"浅野问道。

"嗯嗯，我一直很努力啊。上周的测试，我是班级第三名呢。爸爸，你累了吧？"

佐绪里虽然是个孩子，但是一直非常敏锐。

"没有啊。"浅野模棱两可地说道。

稍微和女儿聊了一会儿之后，浅野没有让利惠再接电话，直接说了句"再见"，就挂断了电话。

对于现在的浅野来说，家人是他沉重的负担，如铅块似的压在他那肮脏的心上。

这一切，最初是如何开始的呢？浅野尝试着去回忆。

对了，最初只是股票交易亏了，想平仓。然后不知不觉地就发展到了信用交易，结果造成巨额损失。

如果在损失还是数百万的时候割肉就好了。但是，时至如今，再怎么想也无济于事了。

为了填补缺口，却招致更大的损失，得不偿失。

浅野所犯的错误是低级的。并且，因为无聊的自尊心作祟，他也始终无法向妻子坦白。

然后，浅野为了掩盖自己的这些过失，又犯下更大的错误。

浅野的所作所为已经触犯刑法，可以按照"渎职罪"和"诈骗罪"来处以刑罚。如果这一切被人揭穿的话，毫无疑问浅野在银行的晋升之路将会就此终结，甚至可以说，就连普通银行职员的工作都会失去。到了那时候，孩子们该如何看待他这个坐在法庭被告席上的爸爸呢？

如果那样，他们还会再说"爸爸，加油"吗？

思绪纷繁，浅野实在是难以忍受，便从办公桌前站起身，想去喝点酒来逃避这一切。起身之后，却发现膝盖哆哆嗦嗦地抖动着，人也颤颤巍巍的，几乎举步维艰。

自己向来重视的自尊心，在现在看来，一点儿意义都没有。正是为了守护这所谓的自尊心，自己才越陷越深，几乎已经堕落到深渊了不是吗？真是太没面子了。简直都想诅咒那样的自己了。人生要是可以重新来过就好了，就像看无聊的录像时，我们可以选择倒带那样就好了。

摇摇晃晃地走到冰箱前，浅野拿起一罐啤酒，然后又回到了开着的电脑边，再次看了看那封邮件。

回信吧，浅野想。

放下啤酒罐，手放到键盘上，回信的页面跳出来。

这里面是不是有什么误会啊？请不要再给我发恶作剧邮件了。如果太过分的话，我会到警察局告你的。

浅野盯着自己编辑好的邮件，然后又删掉了。要是把对方逼急了可是不妙。但是，即便如此，邮件内容也绝不能让对方太得意了。

你是谁？

这样说怎么样？也许是可以的。但是，感觉有点儿太短，于是浅野又在后边加了几句。

你是谁？你好像对我有些误解，能不能见个面当面说清楚？

这句怎么样呢？

不错。"误解"这个词，虽然说是有点儿像政治家惯用的借口，但是放在第一次反击对方的邮件里边，还是可以的吧。

发送。

等待。

时间流逝。离"花"发来邮件已经过去了二十分钟。"花"会注意到浅野的回信吗？

浅野喝着啤酒，差不多又等了十分钟。他实在是等得心焦难耐，便去洗了个澡。

什么也做不下去，心情仍然焦躁郁闷，然后又是一个小时过去了。看来今天是不会收到回复了，浅野这样想着。

终于，"花"回信了，已经是午夜十二点多了。

我拜读了你的回信。是误解吗？是否真的是误解，我们就交给银行或者是警察来判断吧。

在读完信的瞬间，浅野就怔住了。已经陷入半恐慌的浅野，不得不再次回复。

你这样为所欲为让我很为难，我们见面谈吧。把你的目的告诉我。

等待。

五分钟，十分钟，然后是三十分钟。凌晨一点过去了，两点过去了。即使如此，浅野仍然继续等着。但是，这个晚上，"花"再也没有回信。

4

"近藤的外派终于要出正式文件了。"

第二天早晨，渡真利因为业务统括部的事给半泽打了个电话，顺便说到了近藤的状况。

"哪里？"半泽急忙问道。

"是京桥支行的客户那里。我是跟人事的那家伙悄悄打听到的，听说是作为总务部部长之类的职位派过去的。虽说是部长，但其实也只是中小企业而已。手下只有几个人，肯定也会忙着到处跑业务吧。当然这次调动肯定是没有期限的。"

也就是说，他不可能再回到银行了。

虽然也有不少人因为和外派地的关系搞不好而再被调出来。但是这种情况下，大多数都会被调任到别的公司，运气不好的还会像踢皮球一样到处被推来推去。

到最后，如果是因为自己意识到被四处讨厌而主动辞职的话还好一些，但对于孩子尚且年幼，到处需要花钱的近藤来说，估计是不可能辞职的。

"那家伙，好像为了在大阪买房子，之前才刚刚付了保证金。"渡真利说的事情令半泽非常心痛。

"银行不知道这件事吗？"

"知道的，之前已经在做贷款核算了吧。"

半泽叹了口气。也就是说，银行是在明明知道近藤的情况后还提出调动之事，故意逼着他离开大阪的。

"这难道不是不想放给近藤贷款吗？"渡真利又一针见血地说出了透彻的话，"这都是该死的人事部干的好事，他们只会把我们这些人当成游戏里的棋子一样来耍着玩。"

"近藤自己知道了吗？"

"还不知道呢，你可别多嘴哦。"

"知道了。"

他想起了当年——毅然决然地决定到银行工作，谈论着未来梦想的近藤。"我想帮助这些企业，因此我一直把成为中小企业融资领域的专家作为自己的目标"——这就是当时近藤的梦想。

但这个梦想现在却因为这种无聊的事情而备受挫折，生了病之后被调往现在的系统部门给个闲职混日子，可以说和外派也没什么不同。

然而让近藤的人生计划彻底被打乱的不是别的，正是银行本身。

"上次那件事，后来怎么样了？你们那位支行长——"

"他给我回了邮件，说想直接见面消除误会。他还以为别人什么都不知道，继续在那里装糊涂呢，正好我也想让他知道一下自己到底有多智障。"

电话那头传来渡真利强忍着的笑声。

"半泽，彻底收拾收拾他。"

这还用说，这次一定要彻底地好好折磨他一番。

但是——

当天下午两点多法务室的苅田给他打来电话，形势突然变得不妙起来。

"事实上，上次说的那个海外房产的事，可能很难办啊。"

苅田以严肃的口气开门见山地告诉半泽。

"你说难办？到底是怎么回事？"

"我试着咨询了夏威夷当局，但是对方反应相当迟钝。我也试着查了一下其他案例，但是由于对方不在我们的法律约束范围内，所以没办法强制执行。交涉起来可能要花很多时间啊。"

"最近几周是决定胜负的关键时期，在此之前，我想抓紧找到回收的办法。"所剩的时间已经不多了。

"我理解你的心情，也知道你的处境，不过你还是想想有没有别的可以回收的资金目标呢？国内的金融资产什么的？"

半泽说了纽约港湾证券的事情。

"我们把那个给没收了吧。"

"但我们现在并不知道东田是否真的在那里有资金交易。即使真有，我们连是什么类型的交易，资产有多少，都是一无所知的。在这种没有完全准备下就去查封很可能会导致失败，而且如果被东田察觉到我们的这些举动的话，那可是赔了夫人又折兵啊。"

伴随着郁闷的咂舌声，苅田无奈地说道："难道这是山穷水尽了吗？"

* * *

荧光灯发出的咝咝声回响在这间小小的日式房间里，不知从哪里飞进来一只小小的飞蛾，发疯似的划了个弧线后从视野里消失了。

晚上八点多离开支行后半泽来找竹下，此刻正坐在竹下家的卧室里。虽然是晚上，但还是闷热难当，竹下给半泽拿了杯冰镇啤酒，两人简单地干了一杯。之后开始讨论如何推进西大阪钢铁公司的债权回收行动，然而一说到白天苅田传来的消息，整个谈话就被沉闷的氛围所支配了，一时间，二人都陷入了沉默。

竹下率先打破了沉默，说道：

"也就是说，现在要放弃夏威夷的那个房产，想方设法瞄准纽约港湾证券的资产，是这样吗？"

"嗯，大概就是这么回事吧。不过如果不知道详细情况的话，我们就无从下手。"

竹下猛地从鼻子里喷出一股烟，把头转了过去，从侧脸可以明显地看出他相当不愉快。

"难道就没有什么办法吗？对了，那个浅野支行长，他肯定知道的吧？威胁他逼他说出来怎么样？他不是已经吓得够呛了吗？"

其实半泽也这么考虑过，他原本打算以"花"的名义写一封邮件去威胁浅野，胁迫他说出东田的一些机密信息来。但是，这么做对半泽他们来说有利有弊，可以说是一把双刃剑。如果事情可以按计划顺利进行的话，那肯定能加速这笔资金的回收，但如果失败了的话，好不容易才找到的这笔秘密资金的马脚，可能就会再次消失得无影无踪。东田和浅野可以说是共犯。如果东田被抓了，浅野的处境也会变得很危险。出卖东田，对浅野来说等同于是在出卖自己。

"我认为现在想要把浅野和东田二人分裂开很难，还是想要一个更可靠的获得信息的方法。"

"我不认为会有这种方法。"竹下说着，带着一副事情很难办的表情喝下已经变温了的啤酒。

他们再一次陷入了沉默。

突然竹下抬起头说："女人。"

"什么？"

"女人，东田的那个女人。要不要试着从那个女人那里挖点儿消息？"

半泽想起了那两个人在百货公司停车场亲密地挽着胳膊走在一起的背影。

"你打算怎么做？"

"反正也就是个陪酒女，现在应该是在哪家店里接客。我去查查，然后跟她接触一下，让她帮我们查一下，你看怎么样？这事交给我吧。你再去想一想，看看还有没有别的更好的方法。"

即使再怎么为最后的回收方法而苦恼，日子也只会这么一天天地流逝。与其这样光是在这里想办法伤脑筋，倒不如索性先行动起来。这么想着，半泽点了点头，草草结束了这次怎么都高涨不起来的谈话。

5

"怎么样了？是谁在威胁你，有头绪了吗？"

那天晚上八点多，东田打来电话。

"没有啊，不知道是谁啊，真的是完全摸不着头脑。"

不光是那样，昨天发出去的邮件，对方到现在也没有回复。浅野皱起了眉头。一想到说不定哪天那个存折就会跟告发信一起被送到银行，他就什么心情都没有了。

"但是呢，既然对方肯回信的话，也就是说还有一定的回旋余地。"

"我不这么认为。"

"不用太担心，对方的目的大概就是钱，你别太着急了。你等着看吧，用不了多久对方就会跟你联系，到时候肯定会问你想要花多少钱买下存折。"

"要是那样的话就最好不过了。"

能用钱解决的事都不是大事，麻烦的是用钱都没办法解决。想到这，原本保持冷静的浅野，表情立刻阴沉下来了。

"对了，我下周要去中国。"东田转换了话题。

"终于开始行动了吗？要去哪？"

"深圳。"

"东田社长终于要大施拳脚啦。"

这可以说是东田的一个梦想。中国持续掀起建设热潮，每次去中国，他总会看到修建中的公路，拔地而起的高楼大厦。预测到中国市场的无限潜力，东田就想要在中国开一家公司，并努力使之成为现实。为了这一天的到来，东田用了几年时间，有计划性地存下了一笔钱。

二十年前，东田单枪匹马创立了西大阪钢铁公司，但是由于主要客户方针转换，公司无法适应，一度陷入了经营困境。而此时，那些所谓的大公司落井下石，对东田实施转包欺凌，这种种行径让他极度愤怒。不光如此，他们还无视公司经营现状，不容分说强制要求降低成本，总之，能利用的尽最大可能去利用，而一旦没有压榨空间了则弃之如敝屣，十分无情。以上种种事端，都是东田所无法忍受的。当然，国税局也不例外，过去公司业绩良好的时候，随时会以各种名目被征收国税，这导致东田对税务当局也产生了极度不信任感。

对银行也是如此。

浅野听说这些事的时候，是跟东田重逢后不久。之前，西大阪钢铁因资金周转不灵陷入困境，产业中央银行当时的新客户开发负责人来到他们公司，原本答应"贷款"的约定当场作废，给了已经陷入绝境的东田致命一击，也正因如此，公司一度濒临破产，这件事加深了东田对银行的厌恶。

浅野认为，东田是那种不屈不挠，即使身处逆境，也会实现绝地反击的人。

在这个破产计划里，包含着东田对客户，对国税局，以及对银行的怨恨。换言之，它也呈现了东田的复仇大戏。

就这样，看透国内市场闭塞、不合理等种种弊端的东田，做出进军中国市场的大胆决定。

而此时，浅野正因财务问题，陷入进退两难境地，因此一拍即合，也参与到这个计划中来了。对于浅野来说，他既说不上后悔也没有羡慕，只是怀着复杂的感情，维系着与东田的关系。因为，如果东窗事发，他必定会被赶出银行，那时候唯一可以依赖的，也只剩下东田而已。

"在深圳，一个月两万日元就能维持最低生活水平，工人的工资只有日本的十六分之一，尽管如此，那边还是聚集了大批寻找工作的各行各业的人才。建材争夺战异常激烈，市场近乎到了白热化，这种建设热潮的势头短期内是不会衰退的。这真是前所未有的难得商机啊！"

"这次去，我是要跟当地一家顾问公司签约，抓紧筹备新公司。快的话，今年之内公司就能成立，我打算飞去中国。浅野也一起过来吧。"

最后一句话听上去不像是玩笑话。要是能去，浅野还真想去。从某种意义上来讲，他很羡慕东田这种能够不留后路的舍弃一切，义无反顾投身第二人生的人。

"钱还在证券公司吗？"浅野问道。

东田在那里应该存了至少十亿日元。要不就不做，一旦要做就做得彻彻底底。东田奉行的就是这种"一不做二不休主义"。

"是啊，公司成立后，定了交易银行，我就把钱转到那边去。那些债权人绝对不会想到我会特意在东京的外资证券公司存这么一大笔钱吧。你真是给了我一个好建议啊，浅野，谢谢，太谢谢啦。"

完全不顾忌被逼得走投无路的浅野的心情，东田对着电话放声大笑。

"一切都很顺利。这也是因为我们平时做的准备很充足啊。"

东田得意地说道："浅野，你也不用担心。幸运女神是站在我们这边的。现在，那个叫什么'花'的也快现出原形了，到时候我们跟那家伙一决胜负。我有种预感，说不定今晚就会有电话打给你。"

"但愿如此。"

东田兴高采烈，而跟他通电话的浅野则是越来越感觉心里堵得难受，便挂断了电话。这里是支行长的公司宿舍内。公司提供的宿舍麻雀虽小，五脏俱全，各种设备应有尽有，但是没有一个可以倾诉、排解抑郁的对象，浅野情绪低落，无法抑制。

但是，这件事只能靠自己去思考、去解决。对于浅野来说，眼前的问题他无法置之不理，但是也没办法积极地去解决。

在这静谧无声的房间里，浅野被不安和焦躁所包围，觉得自己快要发疯了。

他打开威士忌酒瓶，从冰箱里取出冰块，粗鲁地扔到玻璃杯里，倒上酒后一饮而尽。并不是说自己的酒量有多好，总之就是想要喝醉，酒一气儿喝下去，然后却被呛到了。可就算是这样，浅野硬是把杯子里的酒喝光，然后又倒了一杯，接着一杯接一杯，不停地喝下去。可直到最后自己期待的睡意也没有来，反倒是头疼欲裂。难道我连想喝醉都不行吗？浅野郁闷地心里想道。

就在浅野骂咧咧的时候，邮件送达的提示音传了过来。

是"花"的邮件。

为所欲为的事是指什么呢？你的所作所为，才是为所欲为，不是吗？我现在只考虑什么时候把这个存折送到你的直属领导那边去。还有，想象着你的狱中生活会是怎么样的呢？这个好像也成了我的乐趣之一。所以呢，我打算向三个地方告发你，银行、警察，还有媒体。还真是想快点看到你深爱的家人们被记者围攻的场面呢。

"家人"，这个词跳入眼帘的一瞬间，浅野脑子里一片空白。

脑子里不断掠过利惠低声抽泣的表情，以及可爱孩子们的哭脸。因为填补股票交易中的巨额亏空，浅野已经涉嫌"渎职罪"，要是以这一罪名被逮捕的话，家人该怎么办呢？一直勤奋好学的佐绪里能够紧闭双唇，一言不发地去忍受朋友的嘲笑吗？怜央是个敏感的孩子，发生这种事之后，大概会不想去上学了吧？还有利惠，她也不得不忍受妈妈帮的各种流言蜚语和中伤——这都是我造成的啊，因为我一时的鬼迷心窍造成的。

浅野坐立不安。

求您考虑下，不要告诉我的家人，千万不要告诉我的家人。

这样的邮件一旦发出去，也就变相承认了自己所犯的罪行，但他已经无暇再去理会这些事了。浅野拼命了。

点击完发送键的浅野，无力地垂下头。悔恨如同涟漪般涌向心头，然后水位慢慢地不断上升，直至要将人溺毙。

无论再怎么自责，无论自己表现得有多强硬，都已经无法改变过去了。什么自尊心啊，都一边去吧，浅野目前只考虑一件事——保全自己。

不是为了将来的梦想和期望，仅仅是保全自己目前的地位和家人。对于这个被逼得走投无路的自己，浅野感到痛心疾首。

第六章　银行规则

1

　　微微的细雨打湿了北新地的地面。此时是星期二晚上八点多。或许是时间尚早，又或许是受经济不景气的影响，路上来来往往撑伞的行人寥寥无几。半泽和竹下丝毫不理会周围那些无聊的揽客声，默默地走着，最后在一幢多功能大楼前停住了脚步。

　　"就是这家店。"

　　整洁的大楼墙面上，镶嵌着承租于此的店招牌。竹下指了指其中一家名为"Artemis"的粉红色店招牌，率先一步走进了大楼。

　　这种地方他也能找得到。半泽对竹下的韧劲真是甘拜下风。

　　竹下觉得从东田女人那里肯定能找到突破口，于是向和东田关系密切的几位社长多方打听，终于查到了这女人是在这家夜总会上班的。

　　"是一个叫未树的女人。东田是这里的常客，听说他和未树已经勾搭了快两年了，好像现在两个人也是经常一起来这里上班。破产社长还真有一套啊。"竹下一边撇着嘴说着风凉话，一边按下了电梯的按钮。

这是一幢还算比较新的大楼。电梯门打开的同时，下来了一群给一个六十岁左右的老头送行的陪酒女，她们身上散发出一股浓浓的香水味儿，穿着开衩高到隐约能看见内裤的旗袍。

半泽和竹下乘上了空出来的电梯。这家店在三楼，走廊的最里面。

推开沉重的黑色大门，瞬间震耳欲聋的卡拉 OK 声就迎面扑来。虽然时间还早，但屋内已经传来了各种千娇百媚的声音，还有一名手握麦克风的年轻男子一边跳着舞一边投入地唱着走了调的南天群星的歌。

"欢迎光临。"

尽管打招呼的声音如此热情，竹下却只是板着脸抬起一只手示意了一下。

"好开心呀。您又大驾光临啦。请往这边走。"

两人被带到了一张在角落的桌子。一名女孩子坐在二人中间，坐在靠墙位置的半泽，环视了一下仍旧有很多空座的店。

一个看起来仍稚气未脱的小个子姑娘走到半泽面前和他打招呼："欢迎光临。"因为没有客人，所以分到每桌的女孩子很多。竹下问道："未树在不在啊？"

"未树？不好意思，她还没来呢。不过我想她应该也快到了。"

他俩举起兑水酒先干了一杯，竹下随便吃了两三口下酒菜，锐利的目光盯住了店内的一个角落。

"你瞧那儿。"听见竹下这么说，半泽若无其事地向那里看去——两个男人正在喝酒、三个女孩子围坐在他们旁边，但两个人连点儿笑容也没有，只是默默地喝着酒。

"这就是一直待在东田家公寓前的那两个家伙。国税局的。"

"也就是说他们在搞秘密侦查？"

国税局的动向在明面上根本无法掌握。不过可以明确的是，国税局确实是获得了某些信息也在采取着行动。

正在这时，店门被推开，"啊呀，欢迎光临。"随着妈妈桑一声又尖又细的招呼声，一个男人走了进来。

是东田。

未树也一起进来了。她一进门就赶紧帮东田存包，把他的一个大行李箱拿到店内去了。东田上身穿着藏青色麻制短上衣，下身是接近白色的裤子，进门后顺手将塑料袋递给了老板娘。

"给你带了点儿礼物。"

"哎呀，这不是乌龙茶吗？一看就是高级货。您这是去过中国了吗？"

"我带了很多，给店里的姑娘们都分点儿吧。"

被女孩子们围着奉承道谢的东田心情极佳，然而也就到此为止了。

他被领到桌子边刚叉开双腿坐下来，突然发觉正对面坐着半泽和竹下二人。一根香烟刚刚叼到嘴上，一脸满足的笑容瞬间消失了。双方就这么互瞪了好几秒钟。但是，东田转而像什么事情都没发生过一样，将打火机的火苗凑近嘴边，点着了香烟美美地吸了起来。

坐在半泽身边的竹下站了起来。半泽根本来不及制止他。

"真是好优雅呀。拿着借来的钱挥霍，玩得挺潇洒啊！你个浑蛋！"

恰在此时，卡拉 OK 的音乐声停了，店内瞬间安静了下来。东田只是嘴里吐出"喊"的一声，扭过头去，根本没理睬竹下。

"你倒是说话啊！我看你还有什么好说的！"

在客人和女招待们屏气凝神的注目之下，竹下叉着双腿挡在东田的身前。狭窄的店内，一种紧张的气氛迅速弥漫开来，所有人的视线都集中到了竹下和东田身上，想要知道接下来会发生什么。

"你这是给店里添麻烦呢，老实点儿坐好吧。"东田说道。

"给店里添麻烦？你有没有搞错，给我们添了天大麻烦的是你这家伙啊。连句对不起都不会说吗？做尽坏事还反过来倒打一耙，简直就是强盗逻辑。"

说罢，竹下抓起台子上的点心盘子就朝东田扔了过去。东田闪身避过，玻璃盘子砸在他身后的墙上，撞了个粉碎，碎片四溅。坐在旁边桌子的女孩子们都惊叫着跳了起来，赶紧逃到了在远处。

"喂，老板娘，叫警察。他这是在损坏物品。"东田瞪着竹下低声说道。

"你说什么？"

说时迟，那时快，暴怒的竹下抄起了东田身前的桌子，在一片惊叫声中，将桌子高高举起，想要砸向东田。

"竹下先生！"半泽慌忙拦住了竹下，将桌子放了下来，"这么做是不能解决问题的，这一点你应该很清楚。"

由于愤怒，竹下的脸都变形了。一反平时略带幽默的表情，眼底藏着狰狞的凶光。

"这还能容忍吗？这种家伙，他根本就不配活在这世界上！"喘着粗气的竹下破口大骂。

"竹下先生——"

拦着竹下的半泽身后，传来了东田嘲讽的声音："什么呀，尖嘴猴腮的穷酸银行职员也一块儿来了啊。"

"那你就跟这个不明事理的大叔解释解释，如果有话想跟我说，通过律师来找我。不管做什么事情，都要遵守法律，要遵守规则，要抵制暴力，你说是吧。"

"你说什么？"竹下又想要冲过去，半泽拦住了他，瞪着用挑衅的目光看着他们的东田，他站在散落了很多玻璃碎片的椅子旁。

"东田先生，如果你认为这个世界是只靠法律构建起来的话，那你就大错特错了。还有比法律更重要的东西。听好了，你也就能在这里扬扬自得一会儿了。你口中所说的法律，不久之后就会让你痛哭流涕。敬请期待吧。"

东田冷笑起来。

"啊，好可怕呀。最近的银行干的都是连催高利贷的都自愧不如的违法讨债勾当吗？如果有必要的话，我会向上面告你的哦。明明像个丧家犬一样，只有夹着尾巴逃跑的本事，少在那儿说大话吧。"

半泽拉住想要猛冲过去的竹下，说："我们走吧。"随后他俩出了店门。

"那个王八蛋！"

一进电梯，竹下就扯着大嗓门怒吼了一声，电梯小小的轿厢也跟着震颤起来。他的身体因愤怒而不住地颤抖，夹杂着白发的脑袋也憋得通红。

　　虽然嘴上没有说出来，但若论怒火中烧的程度，半泽和竹下是一样的，不，应该更甚。

　　但要是中了激将法而使用暴力的话，那就正中了东田的下怀。

　　走出了大楼，竹下开口说："你先回去吧，我留在这里。"

　　"你留下来准备做什么？"

　　"不用担心，我不会对东田动手的。"

　　竹下抬起头来仰望着刚刚走出来的这幢大楼，"只要监视着这家伙的话，应该就会有些收获的，既然没有别的线索，现在就做点力所能及的事吧。盯住他说不定就能发现点什么，哪怕只有一点儿可能性也好。不是已经查到这家店了吗，不过还有很多没搞清楚的事儿呢。比如说，东田是怎么到这里来的，是坐电车还是自己开车？自己开车的话，停在哪个停车场了？从这里出来后，是直接回家，还是顺便去其他地方？我准备把那家伙所有的行动彻底查个底儿朝天。我觉得这里面一定藏着东田隐瞒资产的线索。我一定要把它找出来，让东田那家伙彻底哑口无言。要是有消息的话我会马上通知你的，你就等着我吧。现在这就是我的工作。"

　　竹下斩钉截铁地说完这番话后，转身走进了这幢大楼对面的雪茄酒吧。在这个酒吧里监视"Artemis"所在的大楼，位置再合适不过了。目送微微抬起右手示意的竹下进了酒吧，半泽穿过雨势渐大的新地，向着车站迈步走去。

2

生无可恋。

那感觉简直就是人为刀俎，我为鱼肉。

今天？或者是明天？——还是说告发自己的材料和存折复印件已经被寄往了某处？

夜不能寐，食不下咽，心不在焉，集中力几乎丧失殆尽。现在展现在浅野眼前的世界，黯淡无光，前景一片灰暗。

如同阴沟里流出来的铅灰色的脏水一般，今天的浅野又度过了阴郁的一天。

开早会，接电话，有人来搭话时虽然也在应答，但大部分的内容浅野都没记住。一切都如此空虚，简直就像做了噩梦一般——当然，如果这真的只是一场梦该多好啊，该多幸福啊——浅野在模糊的潜意识里对自己轻轻地说着。

不对，还是有一件事还留在脑海里的。

是利惠发来的邮件。

我们这周六十一点到达新大阪站，麻烦你来接我们一下。

他记得邮件确实是这么写着的。浅野不安地想着，见到家人后，我还能像以前一样扮演好丈夫、父亲这个角色吗？

对于现在的浅野来说，想要在脸上挤出笑容，简直太难了。从这个意义上说，浅野的精神状态已经接近了崩溃的边缘。

现在——

在支行长住宅楼的自己家中，浅野打开了电脑，等待邮件的到来。昨天也是，前天也是，还有之前那几天也是，每天回到家里的浅野草草吃完饭后就一直坐在桌前，然后，等着"花"发邮件过来。

从最后一封邮件算起，已经过了十天左右了。

按照东田的说法，应该还有交涉的余地。这对浅野来说，简直就像是最后一根救命稻草。但事到如今，浅野也不知道是不是还有这个余地。

浅野也没有从容地认为这段日子也许是"花"放弃了。浅野并没有异想天开到置之不理这件事情就会任它自生自灭的地步，岂止如此，各种不安如同盛夏的积雨云般冉冉升起，层层密布，结成遮天蔽日的大块雪白云团，不断地夺走浅野精神上的活力。

对于被宣告执行死刑，却没有被告知何时行刑的囚犯来说，比起洗干净了脖子被套进绳索的瞬间，还是等待送自己上路的行刑官的这段漫长时间更让人不堪重负。

浅野现在正是这种心境。

没有邮件。

今天也是一样。

这段时间里，浅野的邮箱里已经堆积了不计其数的已发送的"哀求"邮件。

电话铃响了。浅野呆呆地盯着电话机看了一小会儿，眼睛也不眨一下，只是茫然地持续注视着，然后看着自己的手慢慢地伸出去，用手指握住了听筒。

"喂。"

自己那心不在焉的声音听上去非常遥远。

"什么啊，原来你在呀。"

听筒那头传来的语速略快又洪亮的声音，钻入了浅野那已经空荡荡的大脑里。

"啊，是东田啊。"浅野有气无力地说道，"你已经从中国回来了吗？"

东田没有理会浅野的问题，气势汹汹地继续说道："你们那儿的那个半泽，那家伙简直太过分了，居然找到了未树的店里给我设埋伏，害我在店里丢了好大的面子。我差点儿想去报警了！"

"半泽……"浅野答道，"他就是个到处惹是生非的家伙。"

"你嘟囔什么呢？如果是和银行回收相关的话，浅野你不知道才怪呢。公然在那里滔滔不绝地数落我，他以为自己是个什么东西啊。那家伙到底什么时候才会被调走啊！浅野，你快点儿把他给我赶出大阪吧！"

"反正只是时间的问题。"

业务统括部的木村写的批判半泽的报告，内容正如浅野所预测的那样，并且已经送达了人事部。人事部应该不久就会来征求他的意见，询问怎么处理。

"不用那么着急啦。"浅野漫不经心地答道，"不管那家伙再怎么叫唤也无济于事。他肯定承受不了来自银行的强大压力。用不了多久了。"

"是吗，那就好。"东田带着还是不太死心的腔调说道，紧接着就和浅野说起了去中国视察的事。

"现在日本与基础设施相关的建筑、土木、钢铁等方面的公司都还没怎么打入中国市场，这和当初预想的情况一模一样。"东田继续说道，"基础设施应该是政府管辖吧，这块怎么操作是重头戏。不过幸好通过熟人的牵线搭桥，找到了一个优秀的中国人，总算差不多搞定啦。会计事务所也定好了，合同费用也付掉了。现在请他帮忙开始操办创立公司的正式手续。快了快了。"

"我很期待。"

"怎么回事啊，听上去不怎么开心啊？你还在为上次那封恐吓邮件烦恼吗？不用担心，一旦有什么问题，你可以到中国来，以后就在中国发展好啦。"

不知是否是因为在中国的准备工作开展得非常顺利，因半泽的事情对浅野发泄之后，东田又开始变得兴高采烈，那口气俨然是一副已经在中国大获成功的样子。

　　"你说得对，到时候还要请你多多关照啊。"

　　浅野放下听筒，深深地叹了一口气。

　　这天晚上，依旧没有"花"发来的邮件。

3

"哎呀，加油吧。"

对说这话的自己，半泽不由得一阵心生厌恶。因为他觉得，名为银行的这个组织中那令人生厌的部分，已经原封不动地渗透到自己的话中、自己的声调中。

渡真利来大阪的那个晚上，久违的同窗同期四人再次相聚。

不过这次却是一次让人应付得心累的聚会。

前一天，人事部对近藤进行了有关外派意向的询问。今晚聚会的名义，是给近藤开一个激励会。

渡真利和半泽煞费苦心，仿佛对"外派"这个词毫不关心似的避而不谈，这反而让近藤觉得更不自在。再加上苅田，一股极不和谐的气氛油然而生。

"你那独户住宅怎么办呀？"苅田小心翼翼地问。

"化为泡影啦，没办法。"近藤倒是一脸轻松的样子。

"喂喂，没办法算什么话啊。因为你的事，我可是对人事部那帮家伙火冒三丈啊。"

渡真利第一个将心中的怒火宣泄出来，等他想到"糟了"的时候，空气已经骤降到了冰点。

"事到如今再怎么说也无济于事啦。"苅田说道，"银行也就是这么回事，大家都心知肚明的吧。"

"你这是被驯养惯了啊，苅田。"大概是对近藤的外派忍无可忍，渡真利前所未有地反驳道。

"就是因为说这种话，人事部才会得意忘形的。听好了，所谓人事，就是喜欢拿这些我们不喜欢不称心的调动来试探我们。如果你买了房子，就把你调到需要搬家的岗位上去，这种事情是家常便饭。把刚刚建好的房子没收变成公司住宅，然后借给根本不知道是哪冒出来的人，而房主本人却被发配到遥远的地方，住公司宿舍。有这种莫名其妙的事情吗？这样的话，不就和中世纪的初夜权差不多吗？"

"说得有点儿过了啊，渡真利。"半泽说着，轻轻端起从未如此连珠炮般讲话的渡真利的酒杯，给他倒了一杯兑过水的薄酒，渡真利又任性地往里面加了点儿烧酒。

"有什么过分的。我以前把银行当作可以工作一辈子的地方，虽然现在已经不这样想了，但结果还是在银行里工作，可是这个银行又怎么样呢？回顾一下我们三十多岁的时候吧，哪怕有一件事情也行，银行回应过我们的期待吗？不良债权处理、不提升基本工资、扣奖金，这些都被当成理所当然的事。刚进银行的时候明明还被人崇拜和奉承，现在听说你是银行职员，别说羡慕了，唯恐避之不及。我们的人生到底算什么啊！"

渡真利用拳头轻轻砸着桌面，苅田在一旁嘟囔道："唉，说得也对。"

"到头来，我们银行职员的人生，也许最初是镀了一层金，却渐渐层层脱落，现出原形，露出底子，最后只有不断生锈。"

"别说这种凄凉的话。"近藤笑道，"我还不想生锈呢。凡事不都要看怎么理解吗，我是这样想的。"

"那叫作妥协。"近藤把苅田的这句揶揄当作耳边风，继续说道，"银行并不代表全部。职业也不是只有银行职员这一种。银行坏就坏在，给大家灌输了一种在这世界上银行才是老大，不当银行职员的话就活不下去的恐怖感。所以我倒把梦想寄托在外派上。虽然我不再是银行职员了，但是如果我可以为一个公司默默地做点儿贡献，那样也挺好的。我倒不觉是被剥掉了镀金。我对外派挺满意的。"

半泽欲言又止，看着近藤。

"说实话，只要还待在银行里，我就不奢望还有比这更好的工作。虽然病情好转了，但是曾经得过病的历史是无法抹去的。一旦被贴上了标签，就别想再揭下来了。所以能够给我一片新天地，有一个从零开始的环境，我真的很高兴。即使去的是中小企业，也挺好。我的梦想就托付给你们了。"

近藤的言语中似乎并无懊悔。

银行这一组织，一切都奉行差错主义。提升业绩的功劳会随着下一次的工作调动而烟消云散，但差错永远不会销声匿迹。银行正是这种特殊组织。银行里没有败者复活制度，采用的是一旦倒下就再也无法翻身的淘汰赛方式。所以，倒下的人只有消失。就是所谓的银行规则。

尽管如此——

无论世人怎样评价银行这一组织，也要在银行就职，作为银行的一员赌上自己的人生。这个金字塔形构造的必然结果自然是既有胜者也有败者。但如果失败的原因是在于无能上司错误施令以及组织的装聋作哑和不负责任的话，这难道不是对一个人一生的冒犯和亵渎吗？我们并不想为了这样的组织工作，我们也不希望自己的组织是这样的。

这种想法暗自涌上三人心头，如同无形的汤匙在三人心中来回搅动。努力从这种尴尬的气氛中挣脱出来的苅田微微一笑，说道：

"唉，不是谁都可以如愿以偿的。像半泽这种没什么特别梦想的家伙，大概才是最合算的。"

"瞎说什么呢。"渡真利立刻抢过话头，"你不知道半泽在求职面试的时候扯了些什么吧。喂，半泽。说给他听听。"

"什么乱七八糟的。"半泽笑道，心里却一下子回想起了当时面试会场里的热烈气氛。

泡沫经济的鼎盛时期。想挤进银行这道窄门的学生不计其数，今天参加聚会的所有人都成功攻克了那个难关。

渡真利用恶作剧般的口吻说道："那个面试的会场是在哪里来

293

着？太平洋酒店吗？我正好在等面试官的时候，听到了从隔壁隔间传来的声音。因为这个声音听起来很耳熟，我马上就反应过来这是半泽在说话。那时候这家伙——"

情不自禁笑出声的渡真利开始表演起了模仿秀，"嗯——我十分感谢救了我父亲的银行。我希望有一天可以用自己的双手来推动银行这一组织，为社会做出贡献——"

"你太啰唆了，渡真利。"

三人不由自主地笑了起来，半泽哑了下嘴。

"不是挺好的吗，好得很啊！"

渡真利嘻嘻一笑，同时将手搭在半泽肩上，看着板着脸的半泽。

"那么半泽，债权回收，成功了吗？"

* * *

激励会差不多开到十一点左右。

先送走了近藤，又和苅田告别，他住在离梅田一小时路程的员工宿舍。渡真利说："咱们再换一家继续喝吧。"于是二人走进了位于大阪希尔顿酒店内的酒吧。

"喝得有点儿多啊。都怪你这家伙说些多余的话。"半泽愁眉苦脸地说道。

"你是说关于你梦想的事儿吗？这不是挺好嘛，我觉得这个可是美谈啊。"

"到你嘴里，怎么听着都像在吹牛。"

"不管谁说出来听着都是在吹牛。也不知道那个时候的面试官是谁，他居然还真敢把这样的笨蛋学生招进来。"

互相碰杯之后，渡真利说了一句"话说回来"，又显得有些支支吾吾。

"是关于我人事调动的事情吗？"

渡真利没有接话。但是，大致可以猜得他想说的是什么——外派。半泽抿了一口杯中的鸡尾酒，骂了一句："真 ** 的见鬼！"

"还没有决定啦。"渡真利收起了刹那间露出的怜悯表情。

"是还没决定。但这样下去的话，结局可想而知。而且你这边的支行长还是在要求换人。虽然他这么转嫁责任的确欺人太甚，但是没有人挺身而出、仗义执言。顺便说一句，连能证明你清白的证据也没有——至少目前表面上还没有。你准备什么时候把那张牌打出来？"

半泽将酒杯握在手中，"那么，要拿他怎么办呢？"

"浅野什么反应？"

"哭着求饶，已经拼了老命了，简直让人可悲。每天像疯了一样发邮件过来，说请我放他一马，还说要多少钱都行。"

渡真利眼底浮现出近乎恐惧的东西，咽了一下口水，说道：

"喂喂，那接下来怎么办啊？"

半泽捏紧了酒杯，"我基本上还是相信人之初性本善的。如果别人善意待我，我自也会投桃报李，诚心诚意报答。但是，谁要欺负了我，我也肯定以牙还牙，以眼还眼，绝不忍气吞声，必加十倍奉还。然后——彻底打垮他！让他再也爬不起来！我唯一要做的，就是让浅野好好领教一下。"

"原来如此。"

半泽对渡真利眼中浮现的一丝恐惧佯装视而不见，将杯中的
酒一饮而尽。

4

　　你要做的事情只有一件：向银行和部下认罪，然后赎罪。给你的最后期限是到下周一为止。

　　　　　　　　　　　　　　　　　　　花

　　当天凌晨一点，看到"花"发过来的这封邮件，浅野顿时觉心被撕得粉碎。

　　目光涣散的浅野看了看挂在墙上的日历，下周一之前……今天是星期三，只剩五天了。

　　但是这封邮件的口气和以往不同。

　　银行和部下——

　　外人是不会这样讲话的。也就是说，"花"果然还是支行里的某个人？

浅野死死地盯着这封邮件，脑子里不停地反复思考谁才是发件人。

支行的工作人员一共有四十人，这是连临时工都包括在内的人数。

"花"应该就在这些人中间吧？

浅野仔细地将所有部下全都回忆了一遍。

睡眠不足和精神疲劳使得他大脑反应迟钝，翻来覆去地重复思考，但最终答案渐渐地聚焦到了同一张脸上。

半泽。

虽然并没有确凿的证据，但是能把自己折磨到如此痛苦地步的，除了他之外不会再有第二个人了。手法巧妙，不留把柄。虽然令人痛恨，但这个"花"冷酷无情，为了决不让人查到自己的庐山真面目，发过来的邮件全都在他算计之中。

此时，浅野还注意到一件事情。

"花"——不，恐怕是半泽？——这次是故意写了这些邮件的吧。

为了让自己留下线索。所以才在这重重迷雾之中，故意给他设陷了吧。

想到这儿浅野不由得起了一身鸡皮疙瘩，他不知道该怎么办才好。

如果对方真的是半泽的话，那么被捏在半泽股掌之中的浅野可以说是一点儿希望都没有了。逐一回想迄今为止与半泽的对话，浅野的焦虑和绝望便水涨船高，胃部犹如浸泡在黏稠滚烫的岩浆里那样难受。

无论怎样都难以入眠，现在也根本不是睡觉的时候。

半泽、半泽、那个半泽……半泽的脸在脑里层叠出现，就算闭上眼睛也挥之不去。

不不，还不能确定"花"就是半泽。浅野试着给自己打气，但身子却因恐惧而缩成一团，已经胆战心惊到对自己无能为力的地步了。

彻夜未眠好不容易熬到了天亮，早晨八点半的时候，浅野拨通了支行的电话。

"啊，是副行长吗？不好意思，我身体不大舒服，今天休息一天。"

"您不要紧吧，支行长。如果要去看医生的话，派行长专用车送您去吧。"

对电话那头担心自己的副行长，浅野只能给以类似喘息的答复，现在的他还真像是一个病人。

明媚的阳光透过拉紧的窗帘洒了进来，但现在这光的微粒也无法照进浅野的心田。

邮件的内容无数次地在浅野脑海中重现。

期限是下周一之前——

脑中的某个角落嘀嗒一响，仿佛被人按下了定时炸弹的开关。时间的流逝伴随着无可奈何的沉重，开始将浅野的心向着那无边的黑暗世界中拉去。

* * *

第二天早晨，八点半上班的浅野看到文件收纳盒里堆积成山的书面请示文件，不由得发出一声叹息。所有的事情都显得如此沉重。无论是早会时的业绩通报，还是江岛汇报昨日情况时所说的话，都只不过是声音的排列组合，毫无意义。哪个都觉得很麻烦，净是些无关紧要的事。浅野的神经，现在宛如悬于一根发丝之上。精英意识也好，特权意识也罢，早已片甲不留。这种精神上的落差，简直可以比得上世界上最大瀑布的下落幅度了。

浅野身体沉重不堪，感觉快要呕吐了。

"支行长，您脸色不大好，不要紧吧？"

对关心自己的江岛，浅野微微抬起左手当作回应。离支行长的座位不远处，是融资课长的座位。尽量让自己不朝那边看的浅野，突然被那里爆发出的一阵笑声吸引了，不由得抬头看了过去。

融资课正在开晨会。那里有一张不想看见的脸——半泽。现在——说不定。不，十有八九——自己的将来正掌握在这个男人手里。半泽或许是否察觉到了浅野的视线，突然转过身来，投来一个冷冰冰的眼神。

西大阪钢铁的计划实施之后，与半泽之间的信赖关系便彻底破裂了。

破坏这层关系的正是自己。但是，面对身为支行长的自己的欺凌，半泽不仅没有萎靡不振，竟然还要反击。这一点让浅野无法容忍。不管什么理由和原因，跟自己这个顶头上司对着干的态度就让人不愉快。让你死你就乖乖去死，让你替我背黑锅你就老实给我背着——浅野只需要这种部下。

半泽的抵抗激发了浅野的反击心理，到现在为止给半泽穿了各种小鞋：毫无征兆地把申请书退回去，到自己曾经任职的人事部大肆宣扬半泽的不是，把不承认责任在自己身上的半泽贬得一文不值，说他不具备担任融资课长的能力云云。但是——

"花"就是你这家伙吗？

浅野有一股冲动，想要立刻把半泽叫到自己跟前，当面质问。

在邮件里哀求讨饶，让浅野产生了一种无可救药的厌恶自己的情绪。半泽又朝这边瞥了一眼。这次他的眼神里仿佛带着一种鄙视；又仿佛是一种乐在其中、想要敲诈的眼神。难道是心理作用吗？

这个浑蛋！明明只不过是个融资课长！一股类似想要重整旗鼓的情感油然而生，浅野仿佛忘了如果被"花"告发之后会变得怎样，现在要优先考虑自己的自尊了。

* * *

但是，那个想法不过一闪而过，浅野立刻又打消了念头。因为妻子和孩子们哭泣的脸浮现在了眼前。对这意料之外的一幕，浅野的眼眶一热。

我——是在哭吗？

浅野那刚升起的锐气又被挫灭了，再次陷入无法自拔的不安之中。胃一阵绞痛，感觉真要吐出来了。浅野慌慌张张地离开座位跑进了厕所。

由于没怎么进食，吐出来的只有黄色的胃液。眼泪夺眶而出，浅野的心再次开始被拽向无边的黑暗之中。他眼冒金星，五彩斑斓的色彩四散开来，又随着急速的水流一去不复返。脑中定时炸弹的计时器仍在嘀嗒嘀嗒地走动着。在这个炸弹上，并没有安装电视剧中经常出现的蓝色与红色的镍铬合金线，赌赢剪断哪根线就可以让倒计时停止，如同什么都没发生过，这种电影里经常出现的桥段并不存在。如果真有两根线可以选择的话，他立刻就会选择其中一根一下子剪下去，是死是活在此一举吧。但对现在的浅野来说，就连这也是奢望。浅野察觉到，给自己规定好时间，让自己在这期间痛不欲生，也是"花"精心盘算好的。

"半泽，是你这家伙吗？"浅野看着镜中自己那没有血色的脸低声说道。

明明心无此意，这句话却脱口而出，话音如飘浮于空中的尘埃一般触碰到鼓膜边缘，又消散不见了。

5

这一天，也就是星期五的傍晚，监视东田的竹下拨通了半泽的手机。

看到来电显示是竹下的名字，半泽赶紧离开座位，到无人的会议室给竹下回电。电话那头竹下的声音，因为过度疲劳听上去很沙哑，同时又兴奋异常。

"我发现了一件有趣的事情，"竹下问，"今天晚上你有空吗？"

二人约好晚上七点在难波站碰头，半泽草草处理完这天的工作，匆忙赶往离支行步行只要一分钟的地铁站。

竹下已经先到一步。见到半泽，他轻轻抬起右手示意，一声不吭地朝鳗谷的方向迈开了步子。

这一带虽然很安静，但是隐藏着很多有趣的店。竹下掀开了一家小餐馆的暖帘，看来这里是他经常光顾的店。狭窄的店里只有吧台和三个榻榻米房间。二人进了最里面的那个榻榻米房间，坐在半泽对面的竹下开口第一句话就说道："你看看这个。"从包里取出几张照片递给半泽。

"又拍了什么让你得意的照片吗？有什么好东西——"半泽说到一半，突然一下停住了。

"怎么样，吓了一跳吧？昨天晚上拍到的。"

半泽抬起头来。竹下一副恶作剧成功的臭小孩模样，咧着嘴笑着。

照片里是一对情侣。

女的是谁一目了然，东田的女人。在她旁边的男人，也是见过的面孔。

"是板桥。住在菖蒲池的那位，已经倒闭的淡路钢铁公司的社长。就是和东田勾搭在一起的那个。"

"这个板桥和东田的女人在一起？"

第一张照片的背景是夜晚的霓虹街。"这是在新地。"竹下解说道，但是照片颜色有些暗，看得不是很清楚。第二张照片是宾馆一条街。照片上清楚地拍到了两人牵着手准备走进宾馆的样子。竹下的拍摄技术相当高明，连板桥笑嘻嘻的表情也拍得一清二楚。

"这两个家伙居然勾搭上了。当然，东田肯定没有察觉到吧。如果察觉到的话，未树和这个板桥肯定都会被扫地出门。这个未树姑且不论，板桥一定会被收拾得惨不忍睹。"

服务员端来了啤酒，竹下把照片收进了包里，然后他向负责点单的女服务员点了两三道菜后说道："先点这么多吧，剩下的等另一个人来了再说。"

"还有一个人？"

对于半泽的疑问，竹下一副简直憋不住要笑出来的样子。

"是板桥。刚才我打电话叫他过来。"

半泽一惊："你和他说了吗？这个照片的事情。"

"稍微给他透了点儿风。单单这样他就已经吓得惊慌失措，连电话都快从手里掉下去了。"竹下说道，并瞅了一眼手表，"和他约好七点半碰头。已经快到了吧，有好戏看啦。"

竹下话音未落，就听见入口处的玻璃门被人用力地推开，一名客人闯了进来。此人也不理会"欢迎光临"的招呼声，急匆匆地走进来，脚步声自远而近。

"哦。欢迎欢迎，请坐吧。"

竹下指着坐垫让板桥落座，板桥的表情十分僵硬，眼睛缩成一个小点，眼窝深处在微微颤抖。

"哎呀，先坐下来再说吧，板桥先生。"

听到竹下再次开口，板桥胡乱把鞋一脱走进了房间。

"是、是什么事，和未树有关？"

"不要着急嘛。等一下会慢慢和你说的。来来，先喝一杯吧。"

板桥接过竹下递来的杯子，将杯中酒喝了一半左右，用手背抹了抹嘴。

"下酒菜要点儿什么？"竹下好像非常享受板桥慌张的样子，也不理会板桥"不需要"的回答，自顾自点了一道土豆炖肉。

"不要客气呀，你也点道菜怎么样啊？"

"你适可而止吧。特地把我叫过来，你却要岔开话题吗？"板桥言辞激烈地说道。

从他的态度可以看得出来，这男人是个胆小鬼。半泽目不转睛地盯着板桥。虽然不知道他是在哪里通过什么手段和东田的女人勾搭上的，不过看起来他还挺有追女人的手段。

"这样啊。本来想之后慢慢地讲呢，这样的话可就要食不下咽喽。"竹下说着，慢条斯理地取过包来，从包里抽出刚才的照片递给板桥。

板桥顿时狼狈不堪。拿着照片的手不停地颤抖，手边的杯子也被打翻了，洒出来的酒把裤子都弄湿了。即便这样，他的视线也无法从照片挪开，嘴唇不停地哆嗦着。

竹下仍然喋喋不休地说道："你还真有两下子啊，板桥先生。这是东田的女人吧。东田知道这件事情吗？东田对你有恩吧？我就知道你和东田很熟，还帮他实施恶意破产计划，没想到你和这位小姐关系也这么好啊。"

"等、等等。做这种事情你觉得合适吗？"

对板桥这文不对题的反驳，竹下一笑了之。

"你说什么呢？你一个帮凶，给别人添了多少麻烦你自己不知道啊！你这种家伙有资格说这种话吗！我说得不对吗？"

"我，我不知道你在说什么。什么干坏事，什么恶意破产计划之类，我不知道。"

"事到如今，你就别跟我装蒜了。我已经都知道了。"

"你到底有什、什么目的？"板桥说，"钱吗？钱可没有，我说真的。"

"我没什么目的啊。"

竹下不慌不忙地说："我只是想把这照片给东田送过去。在这之前，看在我们曾经做过同一个行当的交情上，跟你提前打个招呼。仅此而已。"

"请不要这样！"板桥惊慌失措到了极点，脸上一下子变得毫无血色，"你这样做的话，我——"

"会很难堪吧？"

板桥闭口不语。对板桥的这种态度，竹下怒斥道："到底怎么样，你把话给我说清楚！"

"会困、困扰的。如果和未树的关系被东田知道的话……"

"你和未树从什么时候开始勾搭上的？"

"从什么时候……"

"你说说看。说得好的话，我也可以考虑放你一马。"

板桥终于开口说道："我和未树已经交往一年左右了。她说虽然东田先生有钱，但他也只有钱了，所以她就和我好上了。未树是个寂寞的女人。"

板桥说得冠冕堂皇，半泽不禁笑了出来。这位暖男先生继续说道："虽然我的公司快要不行的时候，是东田先生帮助了我，但那都是由于未树暗中撮合的缘故。"

"这可不妙啊。你们的关系要是露馅的话，"竹下像是要敲诈似的故作犹豫，"半泽先生，怎么办？我们还是把这件事捅出去吧？"

"等、等一下。"

板桥起身离开桌子，跪下之后将脑袋深深地埋了下去，"求求你！请无论如何不要把这件事传出去。拜托了。行行好吧，竹下先生！"

　　面对这个已经秃顶的男人那哀求般的眼神，半泽强忍着一阵恶心说道："我有一个条件。"

　　"我想要东田在纽约港湾证券的资产明细。如果你能把这个给我的话，这件事情我就不给你抖出去。"

　　板桥慌了："稍微等一下，这种事情我可办不到的啊。就算是我，要去查东田先生的资产明细这种事情也是……"

　　"你不是有女人在他那边吗，让她去查不就可以了？要动动脑子，板桥先生。就是因为这样你的公司才倒闭的啊。"原本就讨厌吝啬的经营者的半泽用严厉的口吻说道。

　　板桥反驳说："虽、虽然是这样，但你们是想要查封他的资产吧。要是这么做的话，我的将来不也完了吗？"

　　"你是白痴吗？"竹下插话进来，"你想和东田一起被逮捕吗？"

　　"逮、逮捕？"

　　板桥露出了胆怯的神色，同时又带着一抹怀疑。他在怀疑竹下是否是虚张声势。

　　"东田干的事情摆明了就是欺诈，证据我们也有了，用不了多久，我们就准备去告发他。如果你按照我们说的去做，我们肯定不会害你的，打官司的时候还会给你做证。冷静一下，放聪明点。东田已经走投无路了，你到底跟着谁才划算，不用我说你心里也清楚吧？"

　　板桥一脸愕然，许久说不出话来。

第七章　晴天的水族馆

1

　　星期天。半泽和竹下二人坐在大阪站前的大阪希尔顿酒店二楼的酒吧里。这是半泽经常光顾的酒吧，店里面很宽敞，椅子坐上去很舒服，和旁边桌子之间的距离也比较远，不用担心谈话被别人听到，酒也很不错。

　　"情况如何，你们那位支行长那儿？"竹下一边说着，一边不怀好意地笑着。

　　半泽耸了耸肩膀，说道："他就是自作自受。现在估计是生不如死吧。刚过中午的时候我给他发了邮件，不过目前为止还没有收到回复。"

　　"再怎么不好，总归也是你上司嘛，稍微对他仁慈点儿吧。"

　　"我已经对他很仁慈了。"

　　"这是礼尚往来吗？"

竹下大声笑了起来，突然又戛然而止。

"来啦。"

板桥走了进来，慌慌张张地在宽敞的店内四下张望，看到轻轻抬起右手的竹下后，加快脚步朝二人走了过来。

"来啦，坐那边吧。"

竹下一边给一身便装打扮的板桥让座，一边迫不及待地问道："怎么样？"

"我问过未树了，她也有自己的难处，处境也很艰难啊，不过她还是答应帮我一把。"

板桥表情严肃，一说到女人，他就不由自主地变得扭扭捏捏起来，看上去非常滑稽。

板桥把夹在两腿间的牛皮纸信封放到了桌子上。半泽拿过去，打开一看，里面是纽约港湾证券为东田签发的证明书的复印件。资金运用情况和余额一目了然。

复印件共有两份。

"这些就是全部了吧。"

虽然半泽的话更像自言自语，并没有问谁的样子。板桥压低了声音说道："这是东田不在家的时候，未树悄悄帮我复印的。据说都是你们银行的支行长教给他的，让他在这个证券公司里操作资金。东田就按照他说的办了。"

"这些真的是全部了吗？"竹下问道，"没有其他的了吧？"

"东田带到神户那所住宅的文件应该只有这些了。听未树说，他家里还有一些现金，不过应该数目不大。"

虽然谈完了事情，板桥并没有立刻起身离开，他向前探了探身子，说道：

　　"我有一个请求，竹下社长，半泽先生，这件事能到此为止吗？我求你们放过我们吧，到时候请你们一定要说我们跟这事没什么关系啊。"

　　"放不放过你，还要看结果而定。"竹下冷冰冰地说道，"如果进展顺利的话，我们会考虑的。"

　　"怎，怎么会这样！这和前面说的完全不一样嘛！不是说好了帮你拿到这些，就不追究我和未树的吗？"

　　"一开始就和那女人没关系。"半泽开口说道，"问题在于你。"

　　"拜托了，就是这个问题。我早就说过了，我再也不想跟着东田混了，我只想和未树两个人平平安安地过日子。您要是不放过我的话，我就什么梦想、希望都没了啊。"

　　"没有梦想和希望的可是我们啊，这点你要搞搞清楚哦。"竹下毫不留情地回应道。

　　"好啦，我们说过的，只要事情进展顺利，如果能够好好弥补给我们带来的麻烦和损失的话，我们也会考虑放你一马的。还要看你以后的表现啦，就凭两张复印件就想一笔勾销吗？你也是个生意人，你觉得世界上会有这样的好事吗？"

　　板桥像被霜打了的茄子一样，一下子泄了气，低下了头。

　　"这件事对任何人都要保密。"半泽直树盯着板桥，叮嘱道。

　　"你要是敢告诉东田的话，我就彻底毁了你，明白了吗？"

　　"明、明白了，我绝对不会让东田知道的。我也跟未树强调过了。所以，所以，能不能不要查封那些资产啊，否则他就会知道是谁泄露出去的了。"

"你就那么怕东田吗？真没出息，自己的女人都和东田睡到一块去了。"竹下冷笑着说道。听到这话，板桥的脸色不由得一变。

"没有那回事！她和东田没有发生过任何肉体的关系，只不过是被他叫到家里喝喝酒什么的。"

"她不是一直睡在他家吗？"

"怎么可能？！"

真是愚蠢到家了。不过，从她肯把这些文件带出来这件事来看，这个叫未树的女人，也许已经开始对东田断念了。虽然板桥浑然不觉，但她绝对是一个不好惹的女人。

"谁知道呢？"竹下鼻子里哼了一声，把脸扭到了一边。

半泽接着问道："你就说我怎么知道他们的消息是从哪来的。这些事你对那个女人也不要乱说。"

"那接下来我该怎么办呢？"板桥一脸无助地问道。

"你就和以前一样该干什么干什么，就当什么也没发生过。到时候你自然就知道了。然后——"

"然后怎么样？"

"带着你的女人逃跑。"

板桥瞬间目瞪口呆地看着半泽，然后赶紧道谢："太感谢了，太谢谢您了！"他一边说着，一边匆匆地站起身离开了。

"真是个没出息的男人。没问题吧，就这么让他跑了？"

"微不足道的小人物而已。"

半泽一边说着，一边凝视着板桥带来的资料上面的数字。余额有十几个亿之多。

"什么时候动手？"竹下问道。

"明天。"半泽答道，"马上就办手续申请临时扣押。"

"太好了！终于等到这一天了。"

"把竹下金属的债权也一起收回来吧。"

"真的能收回来吗？"

"当然可以。"

半泽面带微笑和竹下互相注视着说道。

"为债权回收，干杯！"

半泽举起装着鸡尾酒的玻璃杯，和竹下举起来的啤酒杯，碰在了一起。

2

　　透明水箱的另一侧，海葵那细细的触手无力地漂浮在水中。在无数人的注视中，仿佛想要去抓住某些虚无缥缈的东西一样。

　　简直和现在的我一样啊，浅野不由得在心里暗自感叹。

　　稍微移动了一下视线，突然看到自己那张一脸严肃盯着水箱看的面孔正映照在玻璃上。

　　这里是水族馆，今天他带一家人来这里玩。孩子们都玩得兴高采烈。怜央一直围着浅野转来转去，一刻都不舍得离开爸爸身边。佐绪里讽刺怜央是个小跟屁虫，其实自己也非常高兴。

　　"爸爸，快去看鲸鲨吧！"

　　"按顺序看呀，怜央你个小跟屁虫！"

　　佐绪里在拉着浅野手的怜央头上戳了一下。

　　"好疼呀！"

"佐绪里，你自己还不是一样，小跟屁虫。从刚才就一直缠着爸爸。"

"我就要缠着爸爸！"

看着佐绪里鼓起腮帮子的小脸，利惠不由得苦笑了一下说："真拿你们没办法。"

真痛苦啊！

浅野从来没觉得家人的存在，竟然是如此沉重、如此痛苦、如此令人牵肠挂肚的事。

我，不配做你们的爸爸。

"爸爸，快过来呀。快点儿嘛！"小学二年级的儿子在喊他。

儿子非常尊重浅野，经常说："我爸爸是最棒的。"利惠经常把怜央这样称赞爸爸的话讲给浅野听。

"爸爸，上次的社会考试，我考得特别好呢。"佐绪里一边走，一边随口说着自己的事。

"要能一直都考这么好就好了呢。"

利惠忍不住笑着接口说道："就你话最多。"

"下次再继续努力！"

"嗯嗯。我一定要像爸爸那么努力才行，加油！"

浅野仰头看着天花板。心脏扑通扑通地跳着，血直往头上涌，手心里都是冷汗，已经湿乎乎的了。

带着孩子们来玩的这个水族馆，在浅野担任支行长的大阪西支行所在的辖区内。

穿过绵延不绝的钢铁批发商业街，就能来到这个坐落在面朝大阪港的天保山上的一个大型游乐场。

路上，利惠告诉孩子们："这一带是妈妈和爸爸工作时常来的地方哦。"不过孩子都不太感兴趣，随口答着"哦""是吗"之类的。

在孩子们眼里，那种地方有什么好玩的呢？

从大阪中心直到港湾附近，这一片是最煞风景的区域。

那种杀气腾腾的光景，甚至透过车前面的挡风玻璃，直接侵蚀着手握方向盘的浅野的心。

看看鱼就能喜笑颜开，孩子们那种轻易就能得到满足的天真，那无邪的笑声，刺痛了浅野的心，仿佛是在拷问着他的那些虚伪行径。

"老公，你不要紧吧？"突然，利惠悄声地问道，"你脸色看上去不太好呢，是哪里不舒服吗？"

"没有……我没事。"浅野好不容易挤出一句回答。

"是吗？"利惠的表情暗淡下来。

胃里一阵揪心的痛。如果，如果没有那些事的话，就可以堂堂正正地用灿烂的笑容回应妻子，面对孩子们了。然而，此刻的浅野，背负着过于沉重的负担，只能表达出和本意完全相反的冷漠。

而利惠也许已经感觉到了，浅野的心里一定藏着某个刻意隐瞒的秘密。

现在浅野的生活中，随处都弥漫着疑神疑鬼的氛围。

这样的状况越发让浅野感到消沉，失魂落魄，更让他感到厌倦。

利惠终于忍不住向他发问，是在下午三点过后。那时候他们走累了，在咖啡馆找了个空位坐下来休息，孩子们则又跑去看鲨鱼了。

浅野盯着菜单在看，却有一种冷漠的感觉从他身上散发出来，利惠不由得抬起头来，用非常认真的眼神看着浅野，说："我真的很担心你。"

"什么？"

"担心你啊。"

"你说什么呢。"

痛苦的感觉在心底里膨胀开来。同时，他也觉得很麻烦。在孩子们面前好不容易忍住没有表现出不耐烦的样子，此刻却表露无遗。妻子的表情阴暗下来，问道："你没事吧？"

"当然没事。"浅野眼神空洞地回答着。

妻子继续说道："今天让孩子们先回去，我让妈妈帮忙照顾一下孩子，她答应了。刚刚我打电话过去拜托的。只要在新大阪站把孩子们送上新干线，妈妈会在东京站接他们的。"

"你怎么擅作主张……"

"对不起。不过，就让我再在这里待一晚吧，求你了。"

"随便你吧。"说着，浅野扬手叫来了服务生，虽然他还没决定点什么。

* * *

"花"给他定的期限是明天。

估计今天晚上，还会有邮件发过来吧。说不定此时正在发呢。而此刻，也许那个"花"也正在等待着浅野的回复。

这么一想浅野就更加坐立不安了。此时的他正站在了人生最大的分岔口上。现在根本不是儿女情长的时候。他想坐在电脑前面等着，他想和"花"好好交涉一下。

傍晚时分，把孩子们送上近乎满员的新干线之后，浅野和妻子在梅田吃了晚饭。然后以"还有工作没做完"为由，把妻子一个人留在了宾馆里，自己回到了支行宿舍。

慌慌张张赶回到宿舍后，浅野立刻冲到有电脑的房间里，连上衣都顾不上脱，就赶紧打开了笔记本电脑。

一连上网，他立刻看到来了好几封邮件。一看发件人的名字，浅野的心脏立刻"咚"地猛跳了一下。

是"花"。

做好心理准备了吗？你的人生已经彻底完了，支行长先生。

发送时间是下午六点四十分。

"可恶！"

浅野狠狠地咂了下嘴。正是在去水族馆等地方的这段时间里收到的，现在已经是晚上八点钟了。

他慌了，赶紧回信。

白天我外出了。我刚刚读完您的邮件。一切都按照您吩咐的办。请您告诉我，我该做些什么？无论如何请给我个机会跟您谈一下，万分感谢。

发送。电脑画面中，出现了发送的进度条，很快消失了。浅野长出了一口气，瘫坐在了椅子上。

已经跟妻子提前打过招呼了，如果太晚的话就不回宾馆了。他洗了个澡，冲了一杯咖啡，坐在电脑前面严阵以待。他一开始就没打算跟妻子回宾馆。今天晚上是生死关头。

然而，对方迟迟没有回信。

明天就是"花"设定的最后期限了，就这么完了吗？还是说，还有一线生机？

心绪难宁，而且在等待的这段时间里，浅野的心里像长了草一样，被折磨得坐立不安，焦躁不已。

三十分钟过去了。一个小时过去了。

怎么办？该怎么办？他不停地重复着没有回答的自问。是对方根本不在乎我回不回信，还是说因为我回复得太迟了，对方等得生气了？

但是，过了两个小时左右，有邮件进来的提示音把浅野从无休止的痛苦思考中拉了回来。

来自"花"的回信，漫长得令人窒息的两三个小时，说是受刑也不为过。

他赶紧满怀希望地打开邮件。然而，不由得倒吸一口冷气。

谢过罪了吗，支行长先生？你自己承诺过的哦。该怎么向银行，还有你的部下们赔罪呢？

花

"谢罪……"

干巴巴的、微弱的声音从浅野的嘴唇里挤出来。

"谢罪……吗？"

对方打了他一个猝不及防。

又不能无视。

但是，浅野一心想着要和"花"进行交涉，由于一直过于纠结这一点，而完全没想过如果对方提要求的话，自己应该有什么样的对策。说他糊涂也罢，笨也好，实际上他的确没有想过，如果对方让他谢罪的话，他该如何应对。

第一，真要谢罪的话，就必须在大家面前承认自己所犯的罪。这对于一心要隐藏自己罪过的浅野来说，是不可能做到的。

我打算谢罪，在那之前我想和您谈谈。

等待，再等待。

时间缓缓流逝，一分钟，又一分钟。

快点回信！已经受够了！等得不耐烦的浅野，痛苦得抓心挠肝，焦躁不安。

终于，有回复了。这次是过了大约一个小时以后。

然而——

满嘴谎言的支行长先生，坐等明天吧。

花

"喂，等、等……"

房间里响起浅野的悲鸣。慌忙之中赶紧回信，然而手抖得几乎无法打字。

我一定谢罪。请您告诉我具体该怎么做，请给我一个说话的机会。

现在不是顾忌身份和面子的时候了。

又是漫长的等待。这时候浅野明白了，对方是故意的。他心神不宁地坐在电脑前面，连个盹儿都不敢打，焦躁地等待邮件的样子，"花"肯定心知肚明。"花"也知道，随便打出一张牌都能让浅野作为银行职员的职业生涯彻底毁灭。正是因为看穿了浅野对此事害怕得要死的心情，才在这跟他玩这个猫捉老鼠的游戏。

"求你放过我吧，我受不了了……拜托了，求你放过我吧，求你了。"

浅野双手捂着脸。忍耐已经到了极限了。

他断断续续地呜咽着，"求你放过我吧，求你了……"

浅野伏在桌子上，身体扭动抽搐着，痛苦地低声哭泣着。

然而，等了一个小时，两个小时，"花"的邮件就是不来。在这段时间里，浅野可是哭得够惨的，最后哭得眼泪都干了。这回他又换了个发泄方式，与生俱来的任性，加上又是个蜜罐里长大的精英少爷，哪吃过这个过亏，他起身拿满屋子的东西撒起气来，一通乱扔乱砸。这会儿又把自己的所作所为忘到了九霄云外，开始恨起"花"来。桌子也被他踢飞了，拿着床上的枕头又是一顿拳打脚踢，拖鞋被扔到窗帘上，很快就把自己折腾得筋疲力尽，他"扑通"一屁股坐在了床上，呆呆地盯着电脑画面。然而就在此时，有新邮件进来的通知图标刚好跳了出来。

浅野就像个没了魂的空躯壳一样，慢慢地晃悠悠地站起来，打开了新邮件，里面简短的文字一下映入眼帘，不过邮件的意思很费解，他看了很久才明白。

去向部下坦白你的罪行并谢罪，如何？怎么处置你，全凭那个部下决定。

花

部下……来决定？

居然要别人来决定我的人生吗？我可是支行长啊！

此时，浅野眼前浮现出的部下的面孔只有一个——半泽。

他无法忘记，前几天接受木村副部长问话之后，半泽叫住他时的那种充满挑衅的眼神。他非常痛恨自己那时流露出来的惊慌失措。

在银行这个组织中，身为支行长的他面对半泽时一直处于君临之势，然而事实是，此刻他却臣服在自称是"花"的半泽的脚下。

真是岂有此理！

他反复地对自己说着"我地位比他高""我比他更强大"，然而这种心理暗示在那个可憎的表情面前如此不堪一击，瞬间瓦解。

心力交瘁的浅野一下子趴在了桌子上，双手抱头，痛苦万分，惨兮兮地哭泣喊叫着，反复用拳头敲打桌子。就这样不知不觉中，浅野迷迷糊糊地睡着了。

3

　　半梦半醒之中，一夜就这么过去了，又到了早晨。

　　这到底是自己成为银行职员之后的第多少个早晨了呢？浅野一边想着这个从来没想过的问题，一边比平时更早地出了家门。

　　昨晚，可能是担心打扰自己工作吧，利惠没有打电话过来。这反倒正好。在那种被"花"的邮件搞得心慌意乱、失魂落魄的时候，要是妻子打电话过来，不难想象自己会说出什么样难听的话来。真对不起妻子啊！此刻的浅野完全没法保持平常心。居然能用这样的精神状态陪着家人过周末，消磨时间，自己都觉得有点儿不可思议。

　　不过，不管经历了什么，天亮之后的浅野多少平静一点儿了。据说夜晚拥有让人类失去理智的神秘力量。他的确有这种感觉。

　　到银行是早晨八点十五分，已经有超过一半的员工坐在位子上了，桌子上都摊着各自的工作文件。

"早上好。"

看到浅野出现，大楼里此起彼伏地响起打招呼的声音。

"早。"

浅野随口应着。他注意到，位于融资课一角的融资课长位子那边没有传来打招呼的声音。是半泽。看到那张和平常没什么两样的侧脸，浅野有点儿迈不动脚步了。

他默默地走进支行长办公室，刚把公文包和上衣放进柜子里，副支行长江岛就过来找他。

"早上好，周五支行长您刚回去，我就接到了人事部田所次长的电话。他让您给他回个电话，估计是——"江岛瞥了一眼融资课长的位子，压低了声音说，"关于半泽的事儿吧。"

"知道了。"浅野嘟囔着回答道。

他一抬头，发现江岛正目不转睛地盯着自己。

"支行长，您身体好点儿了没有？"

"不要紧了。"

"是吗？另外还有一件事……"

江岛又朝半泽那边看了一眼，这次突然把音量加大了，说道："业务统括部把上次面谈结果的报告发过来了，结果是很严重的——要改善。"

江岛应该是为了让半泽也能听到而故意提高了嗓门说的，然而背对着他们的半泽完全看不出有任何反应。

"喂，半泽！"

江岛被半泽不予理睬的态度气得顿时火冒三丈，大声吆喝起来。

半泽迈着稳健的步子，从容不迫地走了过来。真是一张不想看到的脸。瞬间，浅野万般滋味涌上心头，胃里也开始翻滚起来。

"叫我有事吗？"

"你还说有事吗？事大了！"江岛双肘撑在桌子上，愤怒地盯着半泽，"拜你所赐，咱们支行的声望一落千丈！"

他一边说着，一边用指尖咚咚敲着业务统括部发过来的报告。

"都是你的责任。"

半泽一直盯着江岛的面孔，默不作声。

"你适可而止吧！"

看到半泽没有任何反省的意思，江岛气得脖子上青筋暴起，脸也瞬间涨得通红。

然而，半泽依然面不改色，面对江岛的恫吓一点儿反应都没有。然后，他的视线，慢慢地转向了静静地坐在旁边的浅野身上。

浅野不敢直视他的目光。

谢罪——

"花"的邮件在他脑海里不停地闪现，天亮之后本来已经感觉平静的心，又被搅起了层层涟漪。然而浅野也深知，不管自己的心里发生如何天翻地覆的变化，自己的处境也丝毫不会被改变。

是你吗？半泽。那个什么"花"，是不是你啊？

恐怖在心里翻腾着，除了紧张不安之外无能为力。

这家伙的手里，这个只不过区区一介融资课长的男人手里，却握着身为一行之长的我这个精英的命运。

这个事实真让人恨得牙根痒痒。懊悔得无可奈何。

没有什么办法了吗？

应该还有办法吧。

对这个男人进行威逼利诱也好，欺瞒哄骗也罢，应该能找到一个让他对自己言听计从的办法吧。不管怎么说，我可是支行长啊。

对呀。支行长。

浅野心里不停地默念着，"我是支行长……"

"你一个课长之流的，不管说什么，只要我坚决否定不就完了吗？不对吗？不，没错。就是那样啊，就是那样……吧……"

"支行长，支行长……"

这时候，浅野大脑中的各种胡思乱想被江岛呼唤自己的声音打断了，他瞬间清醒了。

一双怒火燃烧的眼睛正看着自己。

"咱们到里面说吧。"江岛指了指背后的支行长办公室。

"你给我进来！"江岛又冲着半泽喊了一声。

三个人进了支行长办公室。

江岛对于半泽的怒火是单方面的。

"这都是因为你态度不好导致的。"

他大发了一通雷霆之怒后，最后说了这么一句话。

"态度的问题吗？"

一直沉默不语，听由他数落的半泽耸了耸肩膀突然大笑起来。这家伙大概觉得很好玩吧，浅野想到。这家伙，从来就没有把江岛之辈放在眼里。他一直都是这种态度。

"你说什么？"

"咣"的一声，在支行长室里回响起来。是江岛的拳头砸在桌子上的声音。"那，你觉得是什么问题啊？你给我听好了，半泽课长，支行长把西大阪钢铁的授信判断全权交给你了，你却辜负了支行长的期待和信任。你还不承认这是你的问题。支行长，您倒是说点儿什么啊。"

浅野不知如何是好。放在过去，他肯定会理所当然地附和这种说法，跟在江岛的后边起劲地数落半泽的各种不是，严厉地强迫他承认都是自己的错。然而，此刻——

他一看到半泽的眼睛，就什么话都说不出来了。

"这种人不值得再包庇了，支行长您倒是狠批他一顿啊。"

脑海里回想起了"花"的邮件。

你谢罪了吗？

可恶。谢的哪门子罪。什么罪……

"支行长——"

江岛又开始催他的时候，门被打开了。融资课的横沟从门缝里探进个脸来说道："副支行长，时间差不多了。"

江岛抬起手来看了看手表。

"不好意思，支行长，原本定好了今天一早要去立卖堀钢铁，我先出去一下。"

"半泽！"他又瞪着融资课长说道，"赶紧向支行长道歉！"

扔下这句威胁性的话后，江岛匆匆忙忙地离开了支行长办公室。半泽没有回答。此刻，房间里就只剩下浅野和半泽两个人了。

浅野的脑海里满是和"花"来来回回的邮件在飞。"花"到底是不是半泽，并没有确凿的证据。

然而，另一方面，又有某种东西让他觉得"花"应该就是半泽。

虽然努力地装出平静的样子，浅野的心里却非常乱。胃像被什么东西捏住了般火辣辣地疼痛着，头也疼得阵阵发沉。

扔掉自尊，向这家伙谢罪？岂有此理。为什么非要那么做？不管这家伙干了什么，都要给他压下去，遮掩住，就当什么都没发生过，不管是什么！

然而，半泽的目光就像针一样刺过来，把浅野的想法扎得千疮百孔。

那家伙可不是个单纯的傻瓜，说干就能干得出来吧。在总行有深广的人脉，并且运用自如。虽然他比浅野年轻，职位比浅野低，但是如果他有那个心思的话，说不定二人在比赛场上刚一交手，浅野就被对方摔出了场外。更何况这家伙手里握着证据呢——现金存折这个无法被撼动的铁证。

这已经不仅仅是道义的问题，也不能用"课长闹着玩儿呢"来搪塞，这已经构成刑事犯罪了。半泽肯定会彻底追查到底吧。谢罪呢，还是不谢罪？浅野的心里，各种复杂的情绪又开始激烈地翻滚搅动起来。

然而，很快那些对立的，或者说是矛盾的感情被一种不由分说、无法抗拒的力量，集中指向了一个结论。

浅野终于把一直注视着地毯的视线慢慢地再次转向了半泽。

一看到对方那像看傻瓜一样的表情，脸上那一丝若有若无的嘲讽的笑意，浅野的自尊心就像被火烫了一下。

要向这种家伙，可恶，向这种家伙……

这时候，脑子里突然插入了别的画面。浅野强作镇静的表情彻底地崩溃了。"爸爸！"怜央的笑脸绽放在浅野的脑海里，还有佐绪里那气鼓鼓的笑脸，还有妻子说着"变大了呢"的声音。

我——我——对不起你们啊！

浅野一下子睁大了眼睛，直视着半泽的眼睛。

4

"对不起。"

浅野突然冒出这么一句话来，两只手撑着桌子，深深地低下了头。浅野终于承受不住了，瞬间屈服了。

"求你原谅我吧。"

在数秒的时间里，半泽就这么默默地盯着浅野的头顶，等着他抬起头来。

浅野终于慢慢地抬起脸来看向半泽，那眼神仿佛在探寻半泽的反应一样。对方的脸上浮现出的感情看起来无法言表，五味杂陈。

"你说的是什么事啊？"

刹那间，浅野吃了一惊，睁大了眼睛看着对方。那副惊慌失措、再次因心理斗争而动摇的样子，实在是太精彩了。

"西大阪钢铁那件事。"浅野勉强从嗓子眼儿里挤出了声音。

"哦？为什么呢？"

浅野狼狈不堪。

"那五个亿不是你的责任。是我急着去做授信审批，都是我的过失。"

半泽强忍着怒火，沉默不语。什么过失！别开玩笑了。都到了这个时候了，还打算巧言令色，偷换字眼蒙混过关吗？他一边这么想着，一边瞪着他的上司。

"所以，希望你给我一个谢罪的机会。非常抱歉！"

"你说过失？"

半泽一开口，浅野牙齿紧紧咬着嘴唇，赶紧把视线转移到了地板上。好半天，浅野都没能说出话来。

过了一分钟，也许是两分钟。也许更久。行长室外，传来了通知大家参加周一全员例行早会的广播声。随后传来了全体员工陆陆续续起身，朝早会场所一楼大厅走去的脚步声。并没有人不知趣地跑到房门紧闭的支行长室来喊他们。

"那，请允许我更正一下。"终于，浅野开口了。

他脸色惨白，嘴唇颤抖着，眼珠像微弱的电灯一样来回转动。

"我——我，背叛了银行，背叛了东京中央银行。做出了作为支行长，不，作为一名银行职员不应该有的行为。我很惭愧。"

浅野的头一下子垂了下去，他的心理防线彻底崩溃了。他又沉默了，凝固在脸上的表情，仿佛支离破碎的蜘蛛网。他慢慢地在椅子旁边跪下去，头伏在了地板上。

"就是这样，对不起，请你原谅我。"

"无法原谅。"半泽说道。

他冷静的口吻中带着尖刻。浅野无言地抬起头看着半泽。

这个迄今为止对半泽百般挖苦讽刺，为了能把半泽赶出去使出各种手段，到总行疏通关节的上司。这个恨之入骨、欲杀之而后快的对手！

"你就是银行职员里的垃圾，我要让你身败名裂！"

这话说得太狠了，愕然的浅野嘴巴一张一合的，但是一个字也吐不出来。

支行长室里的内线电话突然响了起来。

"去接。"半泽命令道。

浅野慢腾腾地站起来，拿起听筒放到了耳边，听到对方的声音后，很为难地回头看着半泽。

"是前台打过来的。对、对不起，我、我妻子来了。实际上她来大阪了，是来跟我道别的。"

浅野对着电话说道："知道了。不过，完事儿你就回去吧。"说完就放下了听筒。

"她说给大家带了一些礼物过来。无论如何，都要亲手交给我……"

不一会儿有人敲支行长室的门，浅野打开了门。一位里面穿着短袖衬衫，外面套着一件短外套，脚上是一双轻便运动鞋的非常朴实的女性站在门外。个头不高，看上去很聪明的女性。注意到半泽在场，她赶紧非常客气地鞠躬致意。

"非常抱歉，突然跑过来，打扰你们工作了。"这句话不是对浅野说的，而是对半泽说的。

"没事。"半泽小声回答道。

这时候浅野的妻子好像一下读懂了室内不寻常的气氛，脸上不由得浮现出惊讶的表情看了丈夫一眼，然后又回头看看半泽，表情一下子僵住了。

"啊，这……这个。"她把手里提着的点心盒子递了过来。

"一点儿小东西，不成敬意。分给大家吃吧。承蒙大家一直以来这么照顾我丈夫，非常感谢。啊，这位是？"

"融资课的半泽课长。"浅野介绍道。

"真是太不好意思了，还请您多多照顾我丈夫。"说着，她深深低下了头。

"您到大阪来啦？"

这么一说半泽想起来了，浅野发过来的邮件里提起过，白天外出了。

"嗯。孩子们特别想念爸爸，非缠着我让我带他们来，我们周六过来的。孩子们昨天就回去了，我想难得来一趟，想到支行里跟大家打个招呼，所以才待到今天的。请问——你们最近工作都很忙吧，我丈夫也总是没什么精神，我很担心。"

"好啦，你还不走吗？"浅野催促道。

浅野的妻子皱着眉，看上去那么楚楚可怜，又是那么真诚。半泽不知道该说什么好。

"虽然他就是这么个人，不过，还请您多多关照他，半泽先生。"

浅野妻子从容不迫地抓住半泽的手，紧紧地握住。从她的指尖传来了意外强大的力量，让半泽吃了一惊。她带着非常认真的表情，用哀求的眼神望着半泽。

"请您，请您，照顾照顾他。"她求情般地说着，半天也没有放开半泽的手。

这就是女性天生的敏锐直觉吧。很显然，浅野的妻感觉到了什么。虽然她不知道到底发生了什么事，但是她感觉到了，空气中弥漫着的不寻常气氛告诉她，他们一定是在说着什么逼迫自己丈夫的，特别的事。

面对沉默不语的半泽，浅野妻子仿佛就要哭出来了。

"喂，好啦。"浅野实在看不下去了。

听到浅野的声音，浅野的妻子后退了一步，再次深深地鞠了个躬，转身离开了支行长室。她的背影看上去是那么寂寞，半泽看着她远去的背影，半天都没收回眼神来。

"对不起。给你添麻烦了。"把妻子送走后，浅野返回来道歉道，"希望你能原谅我。就是这样，半泽。是你给我发的邮件吗？"

半泽没有回答。

现在说是谁发的邮件还有什么意义呢？半泽用他惯有的方式，单刀直入地说道："我打算向银行告发你的所作所为。"

浅野的脸上浮现出绝望的恐惧。

"求你饶了我吧，求你了！"

他再一次把头伏在了桌子上，"我还有家人，我不想给家人添麻烦。"

真是个任性的理由。

"你作为银行职员的前途到此为止了！你会被刑事起诉，被彻底声讨！你做好心理准备吧。"

"拜，拜托了。千万别这样——你千万别这样。半泽，很抱歉到处说你的坏话，求你给我一个补偿的机会。让我当牛做马也行，求你放过我吧。"

半泽的心理天平开始摇摆了。

一开始那个天平是朝"毁灭他"那一边倾斜的。然而，浅野妻子出乎意料的出现，让那个重心发生了微妙的变化，现在又朝着新的方向倾斜过去。

浅野还在哭着。这个四十二岁的男人，作为东京中央银行的人事精英，一路春风得意地走到这个地位的男人，毫无顾忌地泪流满面。

半泽坐在了椅子上，往椅背上一靠，整个人也瘫软下来。小花，为什么脑海里突然浮现出了妻子的面孔？

"你答应我的条件的话，我也可以考虑放过你。"

浅野挺直了身体，瞬间感觉一缕希望的光芒照在了他写满绝望的脸上。他停止了呜咽，眼睛一眨不眨地盯着半泽。

"什么条件？"

"让我去我想去的部门，这就是我的条件。"

浅野目不转睛地看着半泽，"哪个部门？"

"营业二部。"半泽说道，"哪个组都可以，但是职位必须是次长。"

"营业二部……"浅野小声说道，惊愕地瞪大了眼睛。

营业本部是东京中央银行中精英云集的核心精锐部门。而其中的二部，则一手掌握了银行里所有同类资本大企业的交易，是被称为东京银行保守本流[1]的核心中枢。

"这个……"

浅野咬着嘴唇。这事有多难办不用说也知道。本来就已经是处境艰难了，更何况自己已经把半泽给贬得一文不值，名声扫地，在这种时候就更是难上加难。半泽所期望的职位，有了浅野四处散播的那些评价，怎么看都是不太可能的事。

"办不到的话你也就没有未来了。别说在银行没法混下去，就等着去监狱里吃牢饭吧。人事部待会儿不是要打电话过来吗，要是你真那么重视家人的话，那你就赶紧想办法吧。另外还有一件事，让融资课的所有人都去他们想去的部门。听明白了吗？这就是我的条件。"

说完半泽冷冷地瞥了一脸愕然的浅野，站起身走了出去。

* * *

支行长室里就剩下浅野自己了，垂头丧气地呆坐在地毯上。

实在是一个太难办的事情了。课员们的人事调动倒是相对容易多了。

---

[1] "保守本流"路线是日本20世纪50年代初期，由首相吉田茂所确立的基本路线。是当时日本治国的核心思想。

让半泽——去营业二部当次长？

那可是不折不扣的高升啊。

然而，为了让这件事成为现实，就必须彻底颠覆迄今为止自己向总部散布的那些对半泽不利的评价。这样的话，也就相当于要推翻包括人事部次长小木曾、业务统括部的木村在内的，在此次事件中对半泽做出负面评价的所有人的话。

这时候桌上的电话又响了起来，浅野抬起头来，晃悠悠地站起来。不出所料，是人事部的田所打来的电话。

"关于半泽融资课长的事，人事部已经决定把他调走了，差不多也定了调到什么地方去。所以打电话过来通知您一下。"

"啊，这件事，能请你们缓一缓吗？"浅野赶紧说道。

田所是以前浅野在人事部工作时的手下，两人关系很亲密。

"这里面可能有一些误会。"

"误会？"电话的另一边，田所被搞糊涂了，"这到底怎么回事啊，浅野支行长？要把半泽课长调走，不也是您的意思吗？"

"啊，本来是这个想法来着。不过，我好像对他的能力有误解，我前面做得有点儿过于不讲情面了，不好意思。调走这件事暂且不要提了。"

"您要是这么说的话，那就这么办好了，不过——"

明显能听出对方不服气的口气。

"抱歉，关于他的事，能让我亲自过去解释一下吗？"

"业务统括部那边也送来了报告，我觉得把他调走挺合适的啊。"

"不是，我不是说了嘛，其实事情并不是那样的。"明知自己没理，浅野还是毫不掩饰地焦躁起来，"总之，关于半泽课长的人事变动问题，我会重新提案的。"

"好吧。什么时候啊？"

定好了具体的商谈日期，浅野放下了电话听筒。此刻，半泽的未来和浅野的未来密切地联系在了一起。

5

　　半泽和竹下一起走在北新地。已经过了晚上九点了，也许是最近经济好转的缘故吧，商业街上行人络绎不绝。二人来到了一座相当干净漂亮的小楼前。和上一次来时一样，也是一个雨夜。因为刚刚被雨淋过，"Artemis"的招牌绽放出夺目的光芒。然而也许是心情的关系，在他们二人看来，这块招牌今晚看起来有点儿脏。

　　站在电梯前面的时候，竹下突然长叹了一口气。电梯门打开了，和醉醺醺的男人一起走出来的，还有三位穿着华丽礼服的陪酒女。

　　二人乘上了电梯。

　　"能让我们进去吗？"

　　竹下爽快地对略带担心的半泽说："不要紧的，之前的损害都已经赔偿了，也好好道过歉了。"

"啊，是吗？"

"我一直在想啊。"竹下说道，"到底该用什么办法教训一下东田那个人渣呢？是堵在他们家门口呢，还是把他叫到某个地方，说你小子完蛋了？不过从上次和东田交过手之后，我就想到了。就在这家店里。东田那小子不是最喜欢在女人面前耍帅装酷逞英雄嘛，就在女人面前把他的假面具扯个精光，让他彻底现原形。"

下定了决心的竹下，紧绷起了面孔。三楼到了，他们径直走到走廊尽头的那个门前。不知从何处传来了巨大的卡拉 OK 声。在这个充斥着女人们娇滴滴的声音和夸张放浪笑声的夜晚的一隅，半泽和竹下二人，显得那么格格不入。

"欢迎光临。"

传来了接客的声音，妈妈桑走了出来。但是，当看到来客是竹下和半泽二人时，她的表情瞬间晴转阴。

* * *

竹下从妈妈桑那里知道了未树的上班规律，并查明了每天基本上东田都会来。东田通常在晚上十点左右过来，打烊后两人再一起回到东田在神户的公寓。

"啊，那个——"

扔下紧张得说不清话的妈妈桑，竹下冒冒失失地闯了进去，半泽紧随其后。

东田由未树和几个女孩子陪着，正在喝酒，看上去兴致相当高，不时发出豪爽的笑声，周围的女孩子们也笑个不停。

但是，在看到竹下的突然出现后，笑声戛然而止。

看样子东田已经喝了不少酒了，油腻的四方脸被酒精染得通红。

"我当谁呢，原来是穷社长啊。"

从东田那张收敛了笑的嘴里，喷出了先发制人的炮火，女人们齐刷刷地回头看向竹下。竹下没搭理他，而是默默地走到了对面的座位，坐在了沙发上。半泽也坐在了沙发上。这时候慌慌张张的妈妈桑赶紧一边说着"欢迎光临"，一边开始调酒。

"哪来的白痴叫花子啊？"

二人举起酒杯干杯，竹子故意大声说道："破产公司的社长又在摆架子装酷啊。"

东田冷笑了一声。

"有句话说得好啊，笑到最后的人才是真正的赢家。"

"你能说点儿有意思的话吗？"

看着东田那副一无所知悠然自得的态度，半泽和竹下相视了一下，不由得笑了起来。

"喂，东田，你以为自己能笑到最后吗？啊哈哈！半泽老弟，你听见了吗？真是个头脑简单的家伙啊。"

东田脸上那嘲讽的笑容消失了，转而怒火中烧地盯着二人。

半泽接着这句话说道："喂，东田先生，你要是以为我们什么都不知道那可就大错特错了。不要小看人。我们要把你打个落花流水！"

"你说什么？！"东田咬牙切齿地说道。

"中国那边的新公司还顺利吗，东田？"

半泽的这句话，一下子引起东田的戒备心。因为对于东田来说，中国公司的事应该是半泽绝对不可能知道的秘密。"给竹下社长和银行惹了那么多麻烦，骗取了十亿日元，但是你也得有那个花钱的命啊。"

东田已经惊呆了，一句话也说不出来。

"对了，半泽先生。那个叫什么来着，那个什么证券？"

东田的眉毛动了动，神情顿时大变，用胳膊挡开了身边的未树递过来的酒杯。店内瞬间鸦雀无声。

"纽约港湾证券。这个笨蛋私藏财产的外资证券公司。不过，那笔钱今天已经被冻结了。"

"吭当"一声，站起来的不是东田，而是坐在店角落里的两人中比较年轻的那名男子。他被另一个按住肩膀，勉强又坐下了。"被抢先了！"那张脸上的表情说明了一切。但是，半泽对着他们喊了一声："国税先生！"那个制止他的男人吃惊地回过头来看了一下。

"有那闲工夫摆出一副高高在上的架子跑到银行去耍威风的话，还不如去认真搜查一下呢。你这个笨蛋。赶紧回去向你们那个统括官报告，东田的隐瞒资产已经全部被我们冻结了。他要是能来低个头，我也以考虑分一杯羹给他。知道了吗！"

冷冷地目送二人急急忙忙地离席而去，半泽再次盯向东田。

"还想在中国开公司？你少做白日梦吧。你现在要做的就是赶紧向我们下跪道歉，然后就等着下地狱吧。醒醒吧，你个白痴！"

"估计明天你就会接到法院的通知了。夏威夷的那所别墅虽然需要点儿时间，不过已经办理了强制执行手续。你的人生，已经彻底完蛋了，东田！我怀疑你连这儿的酒钱也付不起啦。"

店内响起了竹下的大笑声。本来围在东田身边的陪酒女们也都带着疑惑的表情离开了。

因愤怒和羞耻，东田的嘴唇在颤抖。

东田站起来一把抓住竹下的衣襟。

竹下瘦弱的身体被他直接拎了起来，东田用尽全力把竹下朝旁边的桌子扔了过去。桌子被砸翻了，竹下整个人一下子被摔到地板上，躺在飞溅了一地的酒和矿泉水瓶子上。

紧接着东田又朝半泽冲过去。不过，没有喝醉的半泽明显占了上风，他抓住东田那只手一下子扭到了背后。然后就这么把他推到了店外，扔到了公共走廊的地上。东田马上又站起来扑了过来，半泽闪身躲开对手，伸脚绊了一下，东田又摔倒了。简直就是一头笨到家的斗牛。两个人就这么一来一回折腾了两三个回合，东田终于像崩溃的青蛙一样趴在地上，再也爬不起来了。

远远地围着的女子们俯视着东田的惨状。

不知哪家店里传出了卡拉 OK 声——跑了调的民歌，中间掺杂着匍匐在地上的东田那低低的抽泣声。

围观的女子们一个一个地离开了，最后连未树也转身走进了店内。

半泽低头看着东田，"东田，你还记得我上次说过的话吗？这个世界上，还有比法律更重要的东西，你却把它给忘记了。所以你才会变成这样。要恨的话就好好痛恨一下自己吧。"

电梯送来一批又一批的客人。东田就那么趴伏在地上，路过的人都会投过诧异的一瞥，随后匆匆而过，走进某家店铺。半泽和竹下一起乘上电梯，离开了"Artemis"。

* * *

"太谢谢您了。"竹下说着，伸出了右手。

"我才要感谢您呢。"两只手紧紧地握在了一起。

"正义偶尔也是会胜利的嘛！"竹下笑着说道，也不管衬衫都被淋湿了，就在雨中走了起来。

"怎么样，换一家继续喝吧？我有家很熟的店就在这儿附近。我请客。"

"好呀，不过，没关系吗？"半泽大概是在担心竹下的钱包。

竹下不由得笑了起来，"当然没关系啦。看不起我嘛，再怎么说我也是个船场商人啊，请你喝酒的钱还是有的。"

竹下放声大笑，脸上带着晴朗的表情，走在前面。

完结篇　谎言与新型螺丝

半泽整理桌子的时候，无意中发现了夹杂在曲别针里的那颗螺丝，长三厘米左右，乍一看没什么特别的。

"哦，原来在这里啊。"

捏在手里的一刹那，那个夏天的那一幕瞬间浮现在脑海里。那是1988年8月底，发生在金泽老家的事。

＊　　＊　　＊

"这么说来，你是要去银行上班了，嗯？"

那时，妈妈正站在厨房准备晚饭，她实在不敢相信自己的儿子竟然要去银行上班，反反复复地问了好多次。房间里飘着炖牛肉的香味。晚霞斜映在客厅里，依然很强烈的阳光照在院子里的夏椿果实上面。

那场求职大战从二十号夜晚开始，经过内定后一周左右的限制期间，昨天终于可以自由行动了。也就是在那一天，比平时略晚了一点儿，半泽回了一趟家乡。

"你真的能胜任那份工作吗？"

妈妈一边看着炖菜的火候一边这样说着，同时把做沙拉的蔬菜从冰箱里拿出来。就在这时候，门铃响起，是父亲回来了。

父亲走进客厅只说了一句"哟"。和平常一样没有什么多余的客套，就好像昨天、前天都在一起生活那样，气氛很轻松。父亲从包里拿出个纸箱子，打开，里面的东西滚落在了桌子上。

"这是什么啊？"

半泽看着里面滚落出来的东西，不由得产生了兴趣，和父亲一起观察着。

"是螺丝。"

"那不是一看就知道嘛，是什么螺丝啊？"

"这个叫什么呢，嗯，叫什么的都有吧。看起来像是个普通的螺丝吧。你拿在手里看看。"

听父亲这么一说，半泽从散落在桌子上的十几颗螺丝中拿起一颗来。

半泽不由得觉得有点儿意外，他看着父亲说："好轻啊。"他本以为是铁制的螺丝，没想到竟然是树脂的。

"对吧。不光是轻哦。这个螺丝啊，虽然是树脂的，但是比目前所有的螺丝都结实，和铁制的螺丝相比，重量只不过五分之一，但是强度几乎一点儿都不逊色。"

这是用玻璃纤维进行了强化的聚酰胺系树脂复合产品，父亲又加上了许多半泽这个门外汉怎么听也听不懂的说明，脸上一副"怎么样，厉害吧"的扬扬自得的表情。

"也就是说，如果使用这个螺丝的话，产品就会更加轻量化，而且还能防腐蚀，对吗？"

"啊，就是这样。顺便说一下，因为很轻，运输成本也会降低。"

"因此这可以说是半泽树脂工业的战略商品啦。"

父亲得意地说："怎么样，不要去什么银行啦，来公司帮我吧。"

"我才刚刚结束了求职大战，这就又有人来劝我跳槽啦。"

"又？难道还有别的公司也邀请你了吗？"

半泽滑稽地笑着皱起眉头。从厨房传来母亲的声音："爸爸本来想让你去三共电机那儿呢。"

三共电机是父亲那家以树脂产品为主要业务的公司的最大客户。这句话戳中了父亲的痛处。因为让他到客户三共电机那里学习，将来继承父亲经营的公司，这才是父亲的心里话。

然而父亲否定道："哪有那回事，我才没那么小气呢。"

"真的吗？"

母亲面露质疑的表情，父亲坐到沙发上，一脸认真地对她说："啊，当然是真的。"

"今后国内的制造业会越来越难做啊。咱们家也是一样，还不知道能坚持到什么时候呢。不能让儿子继承那样的公司，就连和树，我也不打算让他继承。"

和树，是半泽的弟弟，在当地公立大学读书。

"嚯，没想到你这么没底气啊。"

"也说不上什么没底气，不过是说说基于冷静观察的意见罢了。"

父亲解开领带，松开衬衫的扣子，双手在腹上交叉着。虽然傍晚还很热，但按照父亲的意思，家里没有开空调。并不是没有装空调，而是没有在平时生活中开空调的习惯。

"虽然经济形势看上去不错，但是如果看看中小规模的制造业的话，已经开始出现衰退的迹象了。我听三共电机的人说过，现在大企业要把原本下包给国内承包商的零部件制造和加工业，都转到成本较低的其他亚洲国家去。那样的话，人工费只需日本的几十分之一就够了。真到那时，咱们这些中小承包企业一下子就没活干了。"

"不变成那样不就好了嘛。"半泽看着略显寂寞的父亲的表情说道。

父亲说："孩子他妈，啤酒。"

于是妈妈拿出了两瓶罐装啤酒。父亲随手打开一罐。

"成本这东西太可怕了啊，直树。公司的腰包越来越瘪，目前为止生意做得怎样啦，人际关系如何啦，这些东西啊，很快就会付诸东流。今后零星的中小企业，在成本竞争中很快就会无人问津，失去立足之地。相当多的公司都会被淘汰吧。即使不是被淘汰，业绩也会越来越差。这件事跟你也是有关系的啊。"

半泽默默地凝视着父亲，从他脸上的表情可以看出来，他并没有期待得到半泽的回答。

"零星的中小企业受挫的话，也就意味着把钱借给他们的银行也会一样痛苦。只是，你们银行有上边保护着，因此能不能破产倒另当别论。但是凡事都不好说啊，说不定也会出现倒闭的银行的。"

半泽笑了。父亲一直就是这么个爱操心的性格，但是如果认真地说银行会倒闭这种事，那也只能当笑谈了。拿到产业中央银行内定的那天夜晚，在被学长带去吃饭的出租车中，学长也打包票说："你这一辈子肯定高枕无忧了。"那位学长还说，能到银行上班，不仅是自己，连自己的家人，都拿到了一辈子生活无忧的保障。

"银行要是倒闭了的话，那可是了不得的大事啊。"

为了附和父亲的话，半泽随口说着想都没想过的事。

"嗯，真那样的话，你也知道会怎么样吧。"

父亲把桌上的一个螺丝扔给了半泽。半泽一把接住，再次感受到了从外观上想象出来的重量和从指尖直接感受到的重量之间的微妙差异。材料可能和单纯的塑料不同吧，让人觉得冷冰冰的，像是与铁 ·脉相承、质感很硬的不可思议的物体。

"为了开发这个螺丝，我花了五年的时间。"

"哇哦——"半泽认真地凝视着这颗向他指尖传递着不可思议触感的螺丝。

"突发灵感是在你进入大学之前，我就想啊，能不能试着做出这样的螺丝呢？于是开始寻找材料。经过反反复复的试制，连专用的机器也是自己做的，终于把它给造出来了。对于你来说，这也许就是颗螺丝而已，但对于爸爸来说那可是伟大的一步啊。"

"原来如此。"半泽不由得心下暗自叹服。

"一寸螺丝也有五分魂啊。"父亲的脸上浮现出调皮的笑容。突然他一下子又变得非常认真起来，说道："**不要当个机器人一样的银行职员哦，直树。**"

"这是什么意思啊？"

"你忘啦，以前咱们家那时候多困难啊。那时那些银行职员的脸看上去都一个样儿，除了帮助咱们的金泽相互银行以外。"

那是当地的第二地方银行。半泽一声不吭地举起啤酒喝了一口，不由得想起了求职时说过的那句谎言。面对产业中央银行的面试官，他说："是都市银行拯救了被地方银行抛弃的公司。"其实真相是完全相反的。

"与此相反，产业中央却是那么无情，很快就撤回了贷款。哎，他叫什么来着？那个混账银行职员。"

"木村吧，好像是叫木村什么的。"

唯有那个混账银行职员，妈妈记得很牢，半泽也是。

"哦，就是他。关于你要去产业中央银行这事，虽然我不太高兴，不过还是能原谅。但是，只有那个家伙绝对不能原谅。你找机会给我好好收拾收拾他，报仇的任务就交给你了。"

妈妈苦笑着说了一句："孩子他爸，你说什么呢。"虽然遭到了妈妈的训斥，但刚开发出新螺丝的父亲却豪爽地笑了。然而虽然看起来很开心，但是眼睛里却一点儿笑意也没有。那眼睛里潜藏着父亲的决心，不管经过多少年，不管身在何处，绝对不会原谅那家伙的。看着父亲的那双眼，向债权者下跪，苦苦请求延期票据支付的父亲的身影再次浮现在半泽的眼前。愤怒涌上半泽的胸膛，和酒精一起流向全身。

"交给我吧，老爸。我早晚会报这一箭之仇的。"半泽认真地说道。

"你说什么呢，那位比你大十几岁吧。如果和上级发生冲突的话，你可就没有出头之日了啊。"

半泽并没有听进去母亲所说的话，说干就干。为什么在众多银行中选择了产业中央银行？这就是他的动机，绝对不能在面试时说出来的动机。

进入银行之后，半泽要对那个"木村什么的"进行调查就是很简单的事了。

木村直高。正是当时在金泽支行负责半泽父亲公司业务的男人的名字，那个浑蛋银行职员。尽管受到父亲的百般照顾，可一旦对公司业绩不看好，立刻就翻脸不认人，把父亲公司给抛弃了。

* * *

半泽刚入行的时候，木村是总行融资部的调查员。每当收到"人事通知"的时候，半泽的目光不仅仅关注着朋友和熟人的调动，同时也注视着木村的动向。产业中央银行的职员有一万七千人，一直没有接触的机会。木村成为秋叶原东口支行的支行长，偏巧成了近藤的上司，那次是二人距离最近的时候了，结果却是火上浇油，让半泽更加痛恨他了。然后又等了将近五年。终于，木村以业务统括副部长的头衔出现在了半泽的面前。

"不管多大年纪，那个浑蛋出人头地的话，产业中央银行也就完蛋了。听好了，'**在做银行职员之前首先要做人**'，这才是最重要的哦。"

"这句话是谁说的？"

"当然是我说的啊。还有，一定要去银行的话那就要努力往上爬，直树。如果不往上爬的话，待在那么无聊的组织里肯定很没意思的吧。往上爬，得到更多的权力，多帮帮咱们家这样的公司。拜托了。"

"交给我吧。我会当董事长的哦。"

父亲又豪爽地笑了。这次是打心底里期待着的笑。

"那可太好了。喂，那个螺丝，给你吧。值得纪念的实现梦想第一步。虽然不知道能不能当护身符，不过你拿着吧。"

父亲酒量不怎么样，却很喜欢喝酒，真是让人想恨又恨不起来的那种人。半泽知道这种时候最好保持沉默，于是把螺丝塞进了牛仔裤的口袋里。

"谢谢，我就拿着了哦。"

那时候——

"继续坚持梦想是多么难的事啊。"父亲经常感慨的话至今仍留在半泽的心中，"相比之下，放弃梦想又是多么容易的事啦。"

"是啊。我会记住的。"

半泽一口气把啤酒灌进了喉咙。

* * *

"怎么回事，半泽？"从听筒里传来渡真利的声音，明显地带着困惑不解。

"什么怎么回事啊？"

东京中央银行总行营业部的二楼，悠闲地坐在营业二部次长椅子上的半泽，带着欣赏的心情，想象着电话那头同期入行的男人那百思不得其解的狼狈模样。

"我是在问你为什么会在那里。"

"这个啊，大概是浅野那家伙改变了主意，举荐了我吧。"

"那他可干了一件蠢事。"渡真利压根就不相信半泽的这种说法，继续问道，"听说我出差的时候已经给你发了调令，我以为你肯定是要被外调了，结果却跑这里来了。把我彻底弄糊涂了。"

"这不是挺好吗？"

调令是昨天发出来的。

总行营业二部次长，这是半泽的新头衔，毫无疑问的荣升。听到这一消息后最开心的肯定是妻子小花。

反过来再看这一个月时间里浅野的各种行为，真是很滑稽。

把以前被他狠狠摔在地下的部下再高高捧上天。最初也有各种反对的声音，不过，漂亮地回收了西大阪钢铁公司的坏账之后，和人事部谈判的障碍就消失了。

半泽荣升定下来时，浅野露出了非常复杂的表情。放心、焦躁、羡慕——各种互相矛盾的感情交织在一起，浅野自己似乎也不知道该如何表现才好了。

"拜托了，能把我的存折还给我吗？"

浅野多次恳求过，不过，每次半泽都装糊涂，"我不知道你在说什么。"随后就这么返回了东京。

最精彩的部分是昨天去业务统括部访拜访"可恶的银行职员"木村的时候。那是拜访有关部门时顺便到他那打了照面。坐在座位上的木村，一看到半泽的身影，就很明显地惊慌失措，刚想站起来，被半泽的一声"木村副部长"给吓得停了下来。

在临店检查的报告中，木村把半泽贬得一文不值，断言西大阪钢铁的损失完全是因为融资课长实力不足，然而此后，情况发生了天翻地覆的变化，浅野对此全盘否定。

被半泽强加条件的浅野，为了逃避刑事责罚没有其他选择。为此，他承认西大阪钢铁的五亿日元融资都是自己的独断专行，并故意躲避开半泽的审查。在此过程中，浅野承认为了陷害半泽而动用本部人脉，并对其施加了各种各样的压力。不久，浅野被解除大阪西支行长的职务，等待总行找到合适的职务后就会被外派。

木村在背后支持浅野这事被知道后，他肯定也接受了相应的内部调查，木村现在肯定面临着银行职员生涯最大的危机。

"是，是你啊……"

木村无法冷静下来，视线左右移动，惊慌失措。陪同半泽一起前来的营业二部的副部长，对新部下和旧任次长之间这不寻常气氛感到非常困惑不解。

"您有什么话要对我说吗？"

没有回答。

在业务统括部杂乱的房间里，木村像被老师训斥过的学生一样低着头，咬紧嘴唇。

"请履行我们之间的约定吧，现在。"

木村脸颊发抖，仿佛求情讨饶般的目光望向这边，然而回应他的却是半泽冰冷的目光。

"因为你写的报告，给我添了很大的麻烦。请遵守约定，现在就下跪道歉吧。"

似乎是察觉到了苗头的副部长用揶揄的语调说："原谅他怎么样啊，半泽。"这个副部长以前和半泽一起工作过，他深知半泽的实力和性格，二人关系也很亲密。

"这可不行。就这样蒙混过去的话，我的自尊心是不会容许的。因为这不是受过行内处分过就行了的问题。这是木村副部长和我的问题。"

"不，不，对不起，半泽次长。非常抱歉。"木村道歉了。

但是，"下跪呢？"半泽的这一声让他身体僵住了。

听到这边的动静，附近的银行职员们都停下手里的工作，远远地看着半泽和木村。

低着头的木村突然脸颊一动，似乎是在咬牙的感觉。这个男人的自尊心像是出现了裂痕的墙壁一样，进而倾斜，然后似乎听到了倒塌的声音。

木村的表情扭曲着。慢慢地屈膝，穿着鞋子就跪在银行的地板上。

"对不起，非常对不起。"

他的头碰到了地板上了。木村请求宽恕的声音在半泽的脚边响起。刹那间周围的一切仿佛凝固了，周围一片安静。

"好啦，走吧。"

直到被副部长拍了拍肩膀，半泽一直冷眼俯视着屈服在自己脚下的敌人的秃头顶，然后在所有人目瞪口呆的注视中，意气风发地离开了那层楼。

＊　＊　＊

　　银行这种地方就是如此，人事就是全部。

　　在某个地方得到了多少评价，而测量那个评价的标准就是人事。

　　但是，人事未必总是公平的。众所周知的事实，出人头地的人未必就是工作能力很强的人，这在东京中央银行也不例外。

　　说实话，半泽对银行这个组织感到非常厌烦，老气横秋的官僚体制。只会打造华丽的外表，根本性的改革完全不可能有什么进展。这会致使管理体制也如幼儿园一般，甚至连怎么拿筷子都要有规定。一群提不出什么有特色经营方针的无能董事，明明一直被批判贷款困难，但依然保持着一种不肯向世人解释的傲慢性格。

　　大家都觉得已经没什么办法了吧。

　　所以我要改变它——这是半泽的想法。

　　营业二部次长的职位，作为这个想法的起点可谓完美无缺。不管手段如何，不爬到高层就没有比这更无聊的组织了，这就是银行。

　　曾经，参加产业中央银行入行考试时的半泽，描绘了一个美好的梦想。我要用自己的双手来打造一个美好的组织——一个遥遥无期的美梦。

　　从那以后十几年过去了。泡沫经济的狂乱过去了，美化银行的各种镀金贴纸一张又一张地被剥落了，现在的银行宛如一座残酷的黑暗之城。

银行曾经是特别的存在，只不过那已经是过去的事了。现在银行只不过是存在于世间的各种各样行业中的一个。给银行这个已经面目全非、逐渐凋零的组织戴上过去的光环，是没有任何意义的。不过反过来说，用自己的手来改变这个组织的想法，反而在半泽的心中越来越强烈。

"居然都收回来啦。五亿日元！"渡真利在电话那边用感叹的口吻说道，"真了不起。而且，你厚颜无耻的程度也挺令人佩服哦。反正你在新工作岗位上也是打算有什么说什么的吧。在这个银行里，以牺牲上司为跳板而飞黄腾达的大概也就只有你了。"

半泽笑了。

渡真利继续说道："话说回来，近藤那家伙也到这里来了，要不要再喝一杯呢？"

"好啊。"

打开笔记本，查看日程。

"不管怎么说，咱们这个泡沫时代新人组，真是运气不怎么样的一批啊。"

从听筒那边传来了渡真利的叹息，"入行后半途被强制加入持股会①，结果损失惨重，现在还不能填补当时的损失。而我们前

---

① 持股会，是指依法设立的从事内部职工股的管理，代表持有内部职工股的职工行使股东权利并以公司工会社团法人名义承担民事责任的组织。

面那一批，一般都是靠卖股票盖了房子！岂止如此，在经济不景气的最低谷，原本期待的工资待遇也没能得到，职位也被削减了，还陷入了重组的狂风暴雨中。真是一件好事也没遇上啊。"

"不要长吁短叹啦，渡真利。"半泽说道，"不久的将来，我一定会把损失的部分都夺回来的。"

"别说梦话了，永远做梦去吧。"渡真利讽刺道，"苦苦追寻的梦想，到头来也熬不过凄惨的现实，这样的心情，你应该能明白的吧？"

"没那回事。"半泽否定道，"坚持梦想本就是一件极为艰难的事情啊。只有深刻认识到这一点的人，才有勇气继续坚持下去。难道不是这样吗？"

渡真利沉默了一会儿，对此并没有发表任何评论。

从电话的对面传来了朗读空闲日期的声音，半泽开始寻找能够聚会的日子。